MW01319239

BESTSELLERWORLDBOOK 70

인형의 집

헨릭 입센 지음 | 김광자 옮김

소담출판사

김광자

전문번역가로 활동중.
1992년 고려대 영어영문학과 졸업.
『기탄잘리』를 번역하였다.

BESTSELLERWORLDBOOK 70

인형의 집

펴낸날 | 2002년 7월 15일 초판 1쇄

지은이 | 헨릭 입센
옮긴이 | 김광자
펴낸이 | 이태권
펴낸곳 | 소담출판사
서울시 성북구 성북동 178-2 (우)136-020
전화 | 745-8566 팩스 | 747-3238
e-mail | sodam@dreamsodam.co.kr
등록번호 | 제2-42호(1979년 11월 14일)

ISBN 89-7381-480-x 03890
● 책 가격은 뒤표지에 있습니다.

www.dreamsodam.co.kr

BESTSELLERWORLDBOOK 70

Et Dukkehjem

Henrik Ibsen

우리들의 가정은 다만 놀이하는 가정에 지나지 않았어요.
여기에서 나는 당신의 장난감 인형 아내였던 거예요.

Et Dukkehjem

인형의 집

등장인물

헬메르 _ 변호사

노라 _ 헬메르의 아내

랑크 _ 의사

린데 부인 _ 노라의 친구

크로그스타 _ 변호사

안네 마리 _ 유모

노라의 아이들

하녀

배달부

제 1 막

고상하고 분위기 있어 보이지만 결코 사치스럽게 꾸며지지 않은 아늑한 방. 무대 뒤편 오른쪽에 현관으로 통하는 문이 있고, 왼쪽 문은 헬메르의 서재로 통한다. 이 두 개의 문 사이에 피아노가 한 대 있고, 왼쪽 벽 가운데 문이 하나 있다. 그 안쪽에 창문이 하나 있고, 이 창문 가까이에 동그란 테이블과 안락의자 몇 개, 그리고 조그만 소파가 하나 있다. 오른쪽 벽의 안쪽으로 창이 하나 있고, 그 벽의 훨씬 앞쪽에 타일을 입힌 난로가 있으며, 그 앞에 안락의자 두 개와 흔들의자가 하나 놓여 있다. 난로와 창문 사이에 작은 테이블, 여러 군데 벽에 걸린 동판화, 장식용 도자기와 여러 가지 공예품이 놓여 있는 선반, 금박 표지의 책이 꽂혀 있는 작은 책장, 마룻바닥에는 융단이 깔려 있고, 난로에는 불꽃이 타오르고 있다.

어느 겨울 한낮.

현관에서 초인종이 울린다. 잠시 뒤 문 여는 소리가 나며 노라가 즐거운 듯 작은 소리로 콧노래를 부르면서 들어온다. 외투 차림의 그녀가 물건을 한 꾸러미 안고 있다. 그녀는 그것을 오른쪽 테이블에 놓는다. 현관으로 통하는 문이 열려져 있어, 밖에서 배달부가 크리스마스 트리로 사용할 전나무와 바구니를 들고 있는 게 보인다. 그는 그 물건들을 문을 열고 나온 하녀에게 건네준다.

노 라 헬레네, 그 크리스마스 트리를 보이지 않게 잘 감춰 둬. 밤에 장식을 다할 때까지 아이들이 보지 못하도록 말이야. 알았지? (지갑을 꺼내면서 배달부에게) 얼마죠?

배달부 50외레입니다.

노 라 자, 1크로네 아니 됐어요, 거스름돈은 그냥 두세요.

배달부가 고맙다며 인사를 하고 나간다. 노라가 문을 닫는다. 그녀는 외투를 벗으면서도 여전히 즐거운 얼굴로 생글생글 웃고 있다. 주머니에서 마카롱 봉지를 꺼내서 몇 개 집어먹는다. 그런 다음 살그머니 남편 방 앞으로 다가가 문에 귀를 기울인다.

노 라 아아, 계시네. (오른쪽 테이블로 다가가면서, 또다시 나직하게 노래를 부른다)

헬메르 (방안에서) 거기서 조잘대며 노래 부르고 있는 건 내 종달새지?

노 라 (한두 개의 포장을 풀면서) 네, 그래요.

헬메르 우리 귀여운 다람쥐는 잘도 뛰어다니는군.

노 라 그래요.

헬메르 우리 다람쥐는 언제 돌아왔지?

노 라 지금 막 왔어요. (마카롱 봉지를 주머니에 넣고, 입을 닦는다) 이리 와서 제가 사 온 물건 좀 봐 주세요.

헬메르 아, 귀찮은데! (잠시 후 그는 문을 열고, 펜을 든 채 내다본다) 물건을 사 왔다고? 아니, 그걸 전부 사 왔단 말야? 또 우리 종달새가 밖에 나가 돈을 뿌리고 오셨군.

노 라 하지만 여보, 아주 조금인걸요. 올해는 좀 여유 있게 돈을 써도 되잖아요. 그다지 절약하지 않아도 되는 크리스마스는 금년이 처음이지 않아요?

헬메르 여보, 지금 무슨 말을 하는 거야. 우리가 지금 그럴 처지가 아니잖소.

노 라 그렇지만 조금이라면 써도 괜찮지 않아요? 이제 당신 월급도 웬만큼 올랐잖아요.

헬메르 그래. 새해부터는 그렇지. 그러나 월급이 내 손에 들어오려면 아직 석 달이나 있어야 해.

노 라 괜찮아요. 그때까지 꿔서 쓰면 되죠, 뭐.

헬메르 노라! (옆으로 다가서서 장난스럽게 귀를 잡아당긴다) 당신, 또 그렇게 경솔한 얘기를 하는군. 만일 내가 오늘 1000크로네를 빌려와, 당신이 그것을 크리스마스까지 모조리 다 써 버렸다고 합시다. 그런데 선달 그믐날 밤 지붕의 기왓장이 내 머리 위로 떨어져, 내가 쓰러지기라도 한다면…….

노 라 (남편 입에 손가락을 갖다 댄다) 아이, 그런 끔찍한 얘기는 그만 둬요.

헬메르 그렇지만, 만약 그런 일이 정말로 일어난다고 하면 어떻게 하지?

노 라 그런 끔찍한 일이 생기면, 빚 같은 건 있으나 없으나 마찬가지 아네요?

헬메르 그렇지만 돈을 빌려 준 사람들은?

노 라 그런 사람들이야 어떻게 되든 상관없죠. 남의 사정인걸요.

헬메르 노라, 당신도 역시 여자로군! 그렇지만 진심으로 말해서 이런 일에 대해 내가 어떤 생각을 갖고 있는지 당신은 알고 있겠지? 나는 빚 같은 건 지지 않아. 무슨 일이 있어도 절대로 남에게 돈을 꾸지는 않는단 말야. 가정 생활을 빚으로 꾸려 간다면 당장 자유스럽지 못하고, 추해 보이는 법이야. 오늘까지 우리들은 꿋꿋하게 잘 참고 견뎌 오지 않았소. 이제 조금만 더 참으면 돼.

노 라 (난로 쪽으로 가면서) 네, 네, 그래요. 그렇다면 당신 뜻대로 하세요.

헬메르 (그녀의 뒤를 따라가면서) 내 귀여운 종달새가 날개를 축 늘어뜨리고 기가 죽으면 안 되지. 왜 그러오? 다람쥐가 뾰로통해 있는 것 같은데……. (지갑을 꺼내며) 자아, 노라, 이게 뭔지 아오?

노 라 (재빨리 돌아서며) 돈이죠!

헬메르 자아, 옜소. (몇 장의 지폐를 내민다) 아무래도 크리스마스에는 돈이 꽤 필요하겠지?

노 라 (돈을 받아 세어 본다) 10, 20, 30, 40크로네. 고마워요, 토르발. 정말 고마워요. 이 정도면 오랫동안 쓸 수 있겠어요.

헬메르 응, 정말로 그랬으면 좋겠군.

노 라 네, 네, 정말이에요. 그렇고 말고요. 자아, 이제 이쪽으로 와서 제가 사 온 물건들을 봐 주세요. 아주 싸게 산 것들이에요. 보세요. 이건 이봐르의 새 옷과 칼이에요. 이건 보브의 말과 나팔이고, 이건 에미의 인형과 인형 침대예요. 아주 싼 것들로 샀어요. 어차피 그 앤 금방 망가뜨리고 말 테니까요. 그리고 이 옷감과 손수건은 하녀들의 것이에요. 안네 마리에겐 좀더 좋은 걸 해주고 싶었는데…….

헬메르 그럼, 포장된 저 꾸러미는 뭐지?

노 라 (큰소리로) 안 돼요. 그건 밤이 되면 보여 드릴게요.

헬메르 응, 그래. 그런데 이 낭비꾼 아씨, 대체 당신을 위한 물건은 없소? 갖고 싶은 게 있으면 말해 봐요.

노 라 어머, 저요? 저는 아무 것도 필요없어요.

헬메르 정말이오? 그래도 이런 걸 받았으면 좋겠다 하는 것이 있을 게 아니오?

노 라 없어요. 정말 아무 것도 없어요. 하지만 여보…….

헬메르 거봐, 뭐요?

노 라 (남편의 얼굴을 보지 않고, 남편의 양복 단추만 만지작거리면서) 저어, 만약 정말로 당신이 저에게 뭔가 해주고 싶으시다면, 그렇다면 말예요. 가장 좋은 것은…….

헬메르 거봐. 자, 얼른 솔직히 말해 봐.

노 라 (빠른 말투로) 돈을 주셨으면 좋겠어요. 이 정도면 충분하겠지, 하고 당신이 생각하실 만큼이면 돼요. 그러면 나중에 그 돈으로 제가 갖고 싶은 걸 사겠어요.

헬메르 그렇지만 노라.

노 라 여보, 제발 그렇게 해줘요, 부탁이에요. 그 돈을 예쁜 금종이에 싸서 크리스마스 트리에 달아 놓겠어요. 멋있지 않아요?

헬메르 항상 가진 돈을 몽땅 다 써 버리는 새를 뭐라고 부르는지 아오?

노 라 네, 네, 알고 있어요. 놀고 먹는 새죠. 그렇지만 토르발, 이번만은 꼭 제 부탁을 들어 주세요. 그러면 저에게 가장 필요한 것이 무엇인지 생각해 보겠어요. 어때요, 좋은 생각이죠? 그렇죠?

헬메르 (미소지으면서) 그야 내가 준 돈을 잘 가지고 있다가, 언젠가 당신이 필요한 것을 산다면 좋겠지. 하지만 쓸데없이 다른 곳에 돈을 써 버리게 되면 결국 내게 또다시 돈을 달라고 하게 될걸.

노 라 그렇지만, 여보.

헬메르 어때, 그렇지 않다고는 말 못하겠지? (노라의 허리에 팔을 두른다) 이 돈 먹는 귀여운 종달새는 돈을 굉장히 많이 먹는단 말야. 상당히 많은 돈이 들어.

노 라 어머, 어떻게 그런 말씀을 하세요? 저도 될 수 있는 한 절약하며 산단 말이에요.

헬메르 (웃으면서) 그래, 알았소. 당신이 할 수 있는 데까진 말야. 그러나 그게 잘 되지 않으니까 탈이지.

노 라 (여전히 기분 좋은 얼굴로 콧노래를 부르며 미소짓고 있다) 이봐요, 당신은 모르시나요? 우리들의 종달새나 다람쥐에게 얼마나 돈이 많이 드는지, 당신은 모르세요?

헬메르 정말 이상한 사람이야, 당신은. 당신 아버지를 꼭 닮았어. 수단 방법을 가리지 않고 무슨 수를 써서라도 돈을 손에 넣는단 말야. 그러면서도 돈이 손에 들어오는 순간부터 이내 손가락 사이로 흘려 버리고 말지. 어디다, 어떻게 썼는지 자신도 모른단 말야. 여하튼 당신 같은 사람은 어쩔 도리가 없어. 혈통이야. 정말 그래, 이건 분명히 유전이야, 노라.

노 라 그래요? 아버지의 성품이라면 좀더 많이 물려받고 싶은걸요.

헬메르 하지만 난 지금 이대로의 당신이 훨씬 좋아, 귀여운 나의 종달새. 이건 지금 방금 생각난 건데, 당신 아무래도 오늘……. 그 뭐랄까. 뭔가 좀 수상한걸.

노 라 제가요?

헬메르 그렇다니까. 내 눈을 똑바로 쳐다봐요.

노 라 (남편의 얼굴을 본다) 그래서요?

헬메르 (손가락으로 위협하는 것처럼 해 보이며) 이 입으로 분명히 시내에 나가서 뭔가 주전부리를 하고 왔지?

노 라 아뇨. 그런 일 없어요, 토르발.

헬메르 사탕과자 같은 걸 먹지 않았어?

노 라 아니에요, 정말!

헬메르 마카롱을 먹지 않았소?

노 라 아이 참, 토르발, 정말 먹지 않았다니까요.

헬메르 됐어, 됐어. 그냥 해본 말이야.

노 라 (오른쪽 테이블로 간다) 전, 당신이 하지 말라고 한 것은 절대로 하지 않아요.

헬메르 그건 나도 알아. 그렇게 약속했으니까. (아내 쪽으로 간다) 자, 그 작은 크리스마스의 비밀을 잘 간직해 두구려. 어차피 오늘 밤 크리스마스 트리에 불이 켜지면 모두 알게 되겠지.

노 라 여보, 당신 랑크 선생님을 초대하는 걸 잊지는 않으셨겠죠?

헬메르 잊을 리가 있나. 하지만 일부러 그러지 않아도 그 사나이는 우리 집에서 식사하는 것이 자연스러운 일로 돼 있으니까. 어쨌든 이따가라도 만나면 초대하지. 고급 포도주도 주문해 놨겠다, 걱정할 거 없어. 노라, 내가 오늘 밤을 얼마나 들뜬 마음으로 기다렸는지 당신은 모를 거야.

노 라 저도 그래요. 게다가 아이들이 얼마나 기뻐하겠어요, 토르발!

헬메르 아아, 이제 지위도 어느 정도 오르게 되고, 수입도 두둑해진다니……. 생각만 해도 가슴이 뛰지 뭐요.

노 라 정말로 꿈만 같아요.

헬메르 당신, 작년 크리스마스의 일을 기억하오? 꼬박 3주일 동안이나 당신은 매일 밤늦게까지 방에 틀어박혀서 크리스마스 트리에 달 꽃이나 갖가지 장식을 손수 만들지 않았소? 우리를 깜짝 놀라게 해준다면서 말이오. 난 그때만큼 지루하고 따분했던 적은 없었어.

노 라 지루하고 따분한 게 다 뭐예요. 전 바빠서 혼이 났는데요.

헬메르 (미소지으면서) 그런데 결과는 그리 신통치 않았지, 노라?

노 라 어머, 또 그 일로 저를 놀리시는 거예요? 글쎄 고양이란 놈이 들어와서 엉망진창으로 만들어 버린걸요. 어떻게 할 수가 없었어요.

헬메르 정말 당신으로선 어쩔 수가 없었겠지. 그러나 당신은 우리 모두를 기쁘게 해주려고 많이 노력했지. 그런 착한 마음이 무엇보다 중요한 거야. 그렇지만 그런 고생이 이제 끝나게 됐으니 정말 다행이야.

노 라 그래요. 당신이 그렇게 생각해 주시니 정말 고마워요.

헬메르 이제 나도 여기 혼자 앉아서 따분하게 지낼 필요가 없어졌고, 당신도 그 사랑스런 눈과 조그맣고 아름다운 손을 혹사시키지 않아도 좋게 되었소.

노 라 (손뼉을 치며) 토르발, 이제 정말 그럴 필요가 없게 됐군요. 오, 얘기만 들어도 너무 기뻐요. (남편의 팔을 잡는다) 좀 들어 보세요. 전 앞으로 어떻게 해 나아갈 것인가 계획을 세웠어요. 크리스마스가 지나면 곧……. (현관에서 초인종이 울린다) 어머, 초인종이 울리네요. (방안을 재빨리 치우기 시작한다) 누가 왔나 봐요. 하필이면 지금…….

헬메르 모르는 손님이면 만나지 않겠소. 나는 지금 집에 없는 걸로 해 둬요.

하 녀 (입구에서) 마님, 어떤 여자 분이 찾아오셨는데요.

노 라 들어오시라고 해요.

하 녀 (헬메르에게) 저어, 의사 선생님도 오셨습니다.

헬메르 내 방으로 모셔 드렸지?

하 녀 네.

헬메르는 자기 방으로 들어간다. 하녀는 여행복 차림의 린데 부인을 방으로 안내해 주고, 문을 닫고 나간다.

린데 부인 (다소 머뭇거리며) 노라, 잘 있었어요?

노 라 (잘 모르겠다는 표정으로) 네에……. 그런데 누구시죠?

린데 부인 벌써 날 잊었어요?

노 라 글쎄요, 누구신지 잘…… (환성을 지른다) 아, 크리스티네! 그렇죠?

린데 부인 네, 그래요.

노 라 오오, 크리스티네! 도대체 내가 당신을 몰라보다니! (부드럽고 낮은 목소리로) 그런데 당신, 많이 변했군요.

린데 부인 그야 그렇죠. 벌써 10년이란 세월이 흘렀으니까…….

노 라 그렇게 오랫동안 못 만났던가요? 정말 그렇군요. 아아, 지난 8년 동안 전 얼마나 행복했는지 몰라요. 정말이에요. 그래, 지금 막 도착하는 길이에요? 이렇게 한창 추울 때 먼 여행을 하시다니 놀랍군요.

린데 부인 오늘 아침에 기선으로 도착했어요.

노 라 물론 크리스마스를 즐기려고 오신 거겠죠? 정말 잘 오셨어요. 기뻐요. 우리와 함께 즐겨요. 자, 어서 외투를 벗어요. 춥지는 않죠? (옷 벗는 것을 도와준다) 자, 난로 옆에 앉아요. 아니, 안락의자에 앉도록 해요. 난 흔들의자에 앉을 테니까. (부인의 두 손을 잡으며) 아아, 이제 보니 예전의 얼굴이군요. 처음엔 몰라보겠더니……. 그런데 크리스티네 안색이 안 좋군요. 야윈 것 같기도 하고.

린데 부인 노라, 내가 많이 늙었죠?

노 라 으응, 조금! 하지만 아직은 괜찮아요. (갑자기 말을 중단하고 정색을 한다) 어머 내 정신 좀 봐. 이렇게 앉아서 딴 얘기만 하고 있다니. 크리스티네 정말 미안해요.

린데 부인 왜 그래요, 노라.

노 라 (낮은 목소리로) 가엾게도 크리스티네! 당신 남편이 돌아가셨다구요?

린데 부인 그래요. 3년 전에 돌아가셨어요.

노 라 신문에서 봐서 알고 있었어요. 크리스티네, 거짓말이 아니라, 나 그때 몇 번이나 당신에게 편지하려고 했었어요. 그런데 막상 쓰려고 하면 꼭 무슨 일이 생겨 차일피일 미루다 보니…….

린데 부인 어머, 노라, 괜찮아요.

노 라 아니에요. 정말 미안해요, 크리스티네. 그 동안 고생 많이 했겠군요. 가엾게도…… 그래, 주인께선 아무 것도 남겨 놓지 않으셨나요?

린데 부인 네, 아무 것도요.

노 라 아이들은?

린데 부인 없어요.

노 라 그럼, 정말 아무 것도 없이?

린데 부인 아주 깨끗해요. 근심거리나 고생의 씨조차 남겨 놓지 않았어요.

노 라 (믿을 수 없다는 얼굴로 상대방을 쳐다본다) 어머나, 어떻게 그런 일이 있을 수 있어요?

린데 부인 (슬픈 미소를 지으며 머리를 쓸어 올린다) 그래요. 하지만 때론 그런 일도 있죠, 노라.

노 라 그럼, 완전히 혈혈단신 외톨이시군요. 얼마나 외로우시겠어요. 나에겐 귀여운 아이들이 셋이나 있어요. 지금은 유모하고 같이 나가 집에 없지만요. 자, 그럼 이제 당신 얘기를 들려줘요.

린데 부인 아니, 아니. 그보다 당신 얘기를 듣고 싶어요.

노 라 아네요, 당신 얘기부터 들어야죠. 오늘은 내 이야기는 제쳐 놓고 당신 이야기만 듣고 싶어요. 아참, 그러나 한 가지만은 얘기해야겠네요. 이미 들으셨는지도 모르겠지만 요즘 우리에게 경사가 생겼어요.

린데 부인 아니, 못 들었는데요. 호, 무슨 일인데요?

노 라 그게 말이죠, 우리 집 주인이 은행장이 됐어요.

린데 부인 주인 어른께서! 어머, 정말 기쁜 일이네요.

노 라 네, 근사하죠! 변호사란 수입을 기대할 수 없는 불안정한 직업이잖아요. 더구나 청렴하고 정직하게, 다른 일에 손을 대지 않을 경우엔 더욱 그렇죠. 물론 토르발은 절대로 그런 일은 하지 않았고 그 점은 나도 찬성이었죠. 아아, 그래서 그런지 이 행운이 더욱더 기뻐요. 새해부터는 남편이 은행에 나가게 되어 봉급이 많아져요. 거기다 배당도 듬뿍 들어오게 되구요. 이제부터는 지금까지와는 다른 생활을 할 수 있이요. 그야말로 마음먹은 대로 살 수 있어요. 아아, 크리스티네, 지금 내 마음이 얼마나 편안하고 행복한지 모르겠어요! 정말 넉넉하게 돈이 있고, 아무런 걱정 근심이 없으니 이보다 좋은 일이 또 어디 있겠어요?

린데 부인 그래요. 필요한 만큼의 돈이 있다는 것은, 어쨌든 좋은 일임에 틀림없어요.

노 라 아뇨. 필요한 정도가 아니라 대단한 돈인걸요.

린데 부인 (미소지으며) 어머, 노라, 당신은 여전하군요. 학창 시절에도 무척 낭비가 심했잖아요.

노 라 (조용히 웃으며) 네, 토르발은 지금도 그렇게 말하고 있어요. (손가락으로 위협하는 흉내를 내며) 그렇지만 말이죠, 노라는 이래봬도 당신이 생각하고 있는 정도로 그렇게 바보는 아녜요. 정말 우리는 이제껏 낭비할 만한 처지가 아니었거든요. 우리들은 둘 다 일하지 않으면 안 되었어요.

린데 부인 당신 같은 분이?

노 라 네, 대수로운 일은 아니었지만요. 뜨개질이라든가 자수라든가, 그저 그런 정도의 일이었어요. (아무렇지도 않은 듯이) 그리고 다른 일도 해야 했어요. 아시겠지만, 우리들이 결혼했을 때 토르발이 바로 관청을 그만뒀잖아요. 거기선 승진할 기회도 없고, 돈도 훨씬 많이 벌지 않으면 안 되었죠. 그래서 처음 1년 동안 그이는 쉬지 않고 일했죠. 그저 닥치는 대로 온갖 부업을 찾아, 아침 일찍부터 밤늦게까지 줄곧 일만 했었죠. 그러다 건강을 잃어버리고, 하마터면 죽을 뻔했어요. 의사 선생님께선 남쪽으로 전지 요양을 가지 않으면 안 된다고 했어요.

린데 부인 그렇군요. 1년 동안 두 분께서 이탈리아 쪽에 가 계셨다는 얘기는 나도 들었어요.

노 라 그래요. 정말 쉬운 일이 아니었어요. 마침 이봐르가 막 태어났을 무렵이었거든요. 그러나 무슨 일이 있더라도 가야만 했어요. 어쨌든 참으로 멋진 여행이었어요. 덕분에 토르발의 목숨도 건질 수 있었지요. 하지만 비용이 엄청나게 들었어요, 크리스티네.

린데 부인 그렇겠죠.

노 라 4800크로네니까 무척 많은 돈이었죠.

린데 부인 그런 많은 돈을 가지고 있었다니 정말 다행이에요.

노 라 솔직히 말하면, 그건 아버지께서 주신 거예요.

린데 부인 아, 그랬군요. 당신 아버님께서 돌아가신 것은, 마침 그 무렵이었죠.

노 라 네, 크리스티네. 바로 그때였어요. 나는 그 당시 아버님의 간호도 못해 드렸어요. 이봐르의 해산날이 오늘내일 할 때였죠. 게다가 토르발의 형편도 좋지 않아 그의 간호도 하지 않으면 안 되었고요. 참 다정하시고 좋은 아버지였는데, 결국 임종도 못 봤어요. 아, 결혼한 뒤로 그만큼 괴로웠던 적은 없었어요.

린데 부인 당신은 무척 효녀였죠. 그럼, 그 후 이탈리아로 떠나셨군요.

노 라 그렇답니다. 여하튼 유산으로 남겨 주신 돈으로 여비는 마련했고, 의사는 재촉하니 어떻게 해요. 그 후 한 달 있다가 떠났어요.

린데 부인 그래서 주인 어른께선 완전히 건강이 회복되어 돌아오신 거예요?

노 라 마치 갓 잡아 올린 생선처럼 펄펄 살아서요!

린데 부인 그런데 저 의사 선생님은 왜 또?

노 라 네?

린데 부인 조금 전에 나하고 같이 들어오신 분을 하녀가 분명히 의사 선생님이라고 말하는 것 같던데요.

노 라 아아, 랑크 선생님 말이군요. 그래요, 의사예요. 그러나 진찰하러 오신 게 아녜요. 우리들의 가장 친한 친구 분으로, 하루에 한번쯤은 꼭 오시죠. 토르발은 그 후로 한번도 병을 앓아 본 적이 없어요. 아이들도 건강하고, 나도 보시다시피 이렇게 건강한걸요. (벌떡 일어나 손뼉을 친다) 크리스티네, 살아서 행복하게 지낸다는 것은, 정말 근사한 일이에요. 어머나, 나 좀 봐! 내 얘기만 늘어놓고 있었잖아. (린데 부인 옆 의자에 앉아 두 손을 그녀의 무릎 위에 얹어 놓는다) 언짢게 생각하지 말아줘요. 그런데 주인을 사랑하지 않았다는 게 정말이에요? 그렇다면 왜 결혼하셨어요?

린데 부인 그 무렵엔 몸져누우신 어머니가 아직 살아 계셨어요. 나밖에는 의지할 곳이 없는 처지였지요. 게다가 두 동생도 돌봐 주지 않으면 안 되었고요. 그래서 그 사람의 청혼을 도저히 거절할 수가 없었죠.

노 라 아아, 그러셨겠군요. 그럼 주인께선 그때 부자였나 보군요.

린데 부인 그때만 해도 꽤 부자였죠. 그러나 일정한 직업이 없어 불안정한 생활이었어요. 그러다 돌아가시자 모든 게 와르르 무너지고, 남는 것은 아무 것도 없었어요.

노 라 그래서 어떻게 했어요?

린데 부인 그 후에 난 작은 가게를 차려 보기도 하고, 조그마한 학원도 경영해 보고, 할 수 있는 일은 무엇이든 해서 간신히 지금까지 견뎌 왔죠. 지난 3년이라는 시간은 내게 길고 긴 싸움의 시간이었어요. 그런데 그것도 끝났어요, 노라. 어머님도, 마침내 내가 필요없는 몸이 되셨죠. 돌아가셨어요. 그리고 동생들도 지금은 일자리를 얻어 제각기 살아갈 수 있게 되었어요.

노 라 어머, 그래요? 이제 한시름 놓으셨겠어요.

린데 부인 그런데 그게 아니에요. 뭐라고 표현할 수 없는 허전한 마음이 들어요. 이제 무엇을 위해 살아간다는 그런 보람 같은 게 없어져 버려서 그런가 봐요. (불안한 듯이 일어선다) 그러니 이젠 그런 시골 생활을 할 수 없게 됐어요. 여기서라면 무슨 일이든 적당한 일을 찾아내어 마음 붙일 곳을 찾을 수 있을 것 같은데. 사무직 같은 고정된 일자리가 생겼으면 좋겠어요.

노 라 크리스티네, 그건 무척 힘든 일이에요. 게다가 당신은 이미 무척 지쳐 있는 것 같아요. 어디라도 가셔서 좀 쉬시는 게 좋을 것 같군

요.

린데 부인 (창가로 간다) 노라, 하지만 내겐 돈을 대줄 아버지도 안 계신걸요.

노 라 (일어선다) 어머, 언짢게 생각하지 말아요.

린데 부인 (노라 쪽으로 다가선다) 노라, 당신이야말로 제발 언짢게 생각하지 말아요. 나 같은 처지가 되면, 자칫 성격이 비뚤어지기가 쉬워요. 무엇을 위해서 일한다는 목적도 없고, 그래서인지 늘 초조한 마음으로 지내고 있죠. 그러나 어떻게 해서든 살아 나가야 하기 때문에 결국 이기주의자가 되고 말아요. 그러니까 조금 전 당신의 형편이 좋아졌다는 말을 들었을 때도 솔직히 말해서, 나는 당신을 위해서라기보다는 우선 나 자신을 위해서 기뻐했을 정도예요.

노 라 그게 무슨 말이죠? 그래요, 이제 알겠어요. 토르발이 당신을 위해서 뭔가 도움을 줄 수 있겠다고 생각한 모양이군요.

린데 부인 네, 맞았어요.

노 라 틀림없이 그렇게 되도록 하겠어요, 크리스티네. 걱정 말고 내게 맡겨 둬요. 반드시 잘 얘기하겠어요. 그분의 마음에 들 만한 뭔가 좋은 것을 생각해서 말이에요. 아아, 당신에게 도움이 된다면 얼마나 좋을까요.

린데 부인 노라, 그토록 당신이 나를 생각해 주다니, 정말 고마워요. 더욱이 세상 고생을 조금도 모르는 당신이 그런다니 말이에요.

노 라 내가? 여기 있는 내가 세상 고생을 모른다고요?

린데 부인 (미소를 보이며) 어머, 하지만 기껏해야 수예라든가 하는 대수롭지 않은 일이겠죠. 당신은 아직 어린애예요, 노라.

노 라 (몸을 뒤로 제치고 방안을 돌아다닌다) 사람을 그렇게 얕보는 거 아니에요.

린데 부인 내가 그런 거 같아 보여요?

노 라 당신도 다른 사람과 마찬가지군요. 모두들 내가 어려운 일에는 조금도 어울리지 않는다고 생각하는 모양이에요.

린데 부인 어머나, 꼭 그런 뜻으로 얘기한 건 아니에요.

노 라 모두들 내가 세상의 괴로움이나 고생을 경험한 일이 없다고 생각하고 있어요.

린데 부인 노라, 당신이 한 고생이라야 조금 전에 얘기한 것뿐이잖아요.

노 라 피, 그따위 하찮은 일. (조그만 목소리로) 아직 말하지 않은 엄청난 얘기가 있단 말예요.

린데 부인 엄청난 얘기라뇨? 도대체 어떤 일이죠?

노 라 크리스티네, 당신은 나를 얕보고 있군요. 하지만 그러지 않는 게 좋을 거예요. 당신은 어머님을 위해 오랫동안 고생했다는 것이 무척 자랑스러운 모양이군요.

린데 부인 내가 남을 얕보다니. 나는 절대 그렇지 않아요. 하지만 늙으신 어머님을 걱정시켜 드리지 않고 마음 편히 지낼 수 있도록 해드렸던 것을 생각하면, 내가 자랑스럽게 생각되는 건 사실이에요.

노 라 그리고 동생들을 돌보아 주었다는 것도, 자랑스럽게 생각하고 계시죠?

린데 부인 그래도 괜찮을 거라고 생각하는데요.

노 라 그건 나도 그렇게 생각해요, 크리스티네. 실은 여기서 당신이 들어주기 바라는 것도, 나 역시 자랑스럽게 생각하고 있는 것이 있다는 거예요.

린데 부인 그야 물론 그렇겠죠. 하지만 대체 어떤 일이죠?

노 라 조그맣게 얘기해요. 토르발이 들으면 큰일나요. 무슨 일이 있어도 그이에겐 알릴 수 없는 일이니까요. 정말, 크리스티네. 당신뿐이에요. 아무에게도 이야기하지 않았어요.

노 라 이쪽으로 와요. (그녀를 끌어당겨 소파 위에 나란히 앉는다) 그래요, 크리스티네. 사실 나도 자랑스럽고 기쁘게 생각하는 일이 있어요. 내가 토르발의 목숨을 구했으니까요.

린데 부인 목숨을 구했다고요, 어떻게 해서?

노 라 이탈리아 여행에 대해 얘기했죠? 그때 만일 가지 않았으면 토르발은 회복하지 못했을 거예요.

린데 부인 물론 그랬겠죠. 하지만 비용은 당신 아버님께서 대주신 거잖아요.

노 라 (웃는다) 네, 토르발을 포함해서 모두들 그렇게 믿고 있어요. 하지만…….

린데 부인 하지만?

노 라 아버지는 한푼도 주지 않았어요. 돈을 마련한 사람은 나예요.

린데 부인 당신이 그런 큰돈을 전부 말이에요?

노 라 4800크로네에요. 당신은 이걸 어떻게 생각해요?

린데 부인 어머나! 하지만 노라, 그런 많은 돈을 어떻게 마련했죠? 복권이라도 당첨됐나요?

노 라 (경멸하듯) 복권이라고요? 천만에. (자랑스러운 듯이) 그런 게 무슨 공이 될 수 있어요?

린데 부인 그럼, 대체 어디서 손에 넣으셨죠?

노 라 (콧노래를 부르며 거만스럽게 웃는다) 흠! 트랄랄랄라.

린데 부인 하지만 어디서 돈을 꿀 수는 없었을 텐데.

노 라 왜요? 어째서 없었을 거라고 생각하죠?

린데 부인 안 되죠. 아내는 남편의 승낙을 얻지 못하면 돈을 꿀 수가 없는걸요.

노 라 (머리를 뒤로 제치고) 그래요? 하지만 만약 그 아내에게 약간의 실권이 있고 영리하게 돈을 융통할 수 있는 수완이 있다면 어떻겠어요?

린데 부인 어머! 노라, 나는 당신이 무슨 말을 하는지 모르겠어요.

노 라 몰라도 괜찮아요. 나는 돈을 꾸었다고 말하지는 않았으니까요. 다른 방법으로 돈을 만들었는지도 모르죠. (소파 위에서 몸을 뒤로 제친다) 어쩌면 나를 숭배하고 있는 누군가에게서 돈을 얻어낸다든가 하는. 나처럼 이렇게 매력적인 여자라면 가능하지 않을까요?

린데 부인 그런 소리는 그만둬요.

노 라 어때요, 크리스티네. 점점 더 궁금해져서 듣고 싶어지죠?

린데 부인 잠깐, 노라. 설마 당신, 경솔한 짓을 하지는 않았겠죠?

노 라 (다시 몸을 일으키며) 남편의 목숨을 구하는 것이 경솔한 짓인가요?

린데 부인 주인 어른 모르게 그런 짓을 하는 것은 아무래도 경솔한 행동 같아요.

노 라 하지만 그이에겐 아무 것도 알리지 말아야 했단 말이에요. 그런 것을 이해 못하세요? 첫째, 병세가 나쁘다는 것조차 알려서는 안 되었어요. 의사는 내게 '저분은 생명이 위험하니, 남쪽으로 전지 요양을 떠나는 수밖에 길이 없다' 고 말했지요. 그래서 나는 어떻게든 이 고비를 넘겨 보려고, 처음엔 무척 애를 썼죠. 그러다가 다른 방법을 생각해 냈어요. 나는 다른 젊은 아내들처럼 외국에 가면 얼마나 즐겁겠느냐며 울면서 졸라댔어요. 내가 홀몸이 아니란 것을 생각해서, 그 정도쯤의 애정은 보여줘도 괜찮지 않느냐고 말했지요. 그리고는 그 때문에 빚을 좀 져도 되지 않겠냐고 했어요. 그런데 말이죠, 그이는 화를 내며, '당신은 한심한 인간이야. 당신은 변덕쟁이에다 바람둥이야. 그런 말을 들어주지 않는 건 남편으로서의 의무라는 걸 몰라?' 하고 말하잖아요. 그래서 나는 '그렇다면 좋아요. 무슨 수를 써서라도 당신을 구하겠어요.' 라고 생각하고는 방법을 찾아냈어요. 궁여지책을 취한 거죠.

린데 부인 그럼 주인께선, 당신 아버님에게서 돈이 나온 게 아니란 것을 직접 듣지는 못하셨어요?

노 라 아뇨, 전혀. 아버지가 돌아가신 게 바로 그 무렵이었어요. 나는 처음엔 아버지께 사실을 말하고, 남편 모르게 돈을 빌리려고 생각했었지요. 하지만 아버지가 워낙 중병으로 앓아 누워 계셨기 때문에 도저히 얘기를 꺼낼 수가 없었어요.

린데 부인 그래서 주인에겐 그 후로도 말씀을 안하셨나요?

노 라 그럼요, 말할 수 없었어요. 그이는 이런 일엔 아주 엄하거든요! 게다가 남자로서의 자존심이 강한 토르발이 조금이라도 아내의 덕을 봤다고 생각하게 되면 얼마나 괴롭고 부끄러워하겠어요. 그렇게 되면 그야말로 우리 사이는 끝장 나고, 모처럼 이루어진 행복한 가정도 막을 내리고 말겠죠.

린데 부인 그럼 앞으로도 절대 주인께 말하지 않을 작정이에요?

노 라 (살짝 웃으며 생각에 잠긴 듯이) 글쎄, 언젠가는 말하게 되겠죠. 세월이 몇 해 흐르고…… 웃지 말아요. 토르발이 지금처럼 나를 사랑하지 않게 되고 내가 저이를 위해서 춤추거나 애교를 떨어도 조금도 기뻐하지 않게 될 때, 아무튼 그럴 때 뭔가 유리한 일이 있으면 좋잖아요. (갑자기 말을 멈추고) 어머, 기가 막히군요! 그럴 때가 온다고 생각하다니. 그런데 내 굉장한 비밀을 듣고, 당신 어떻게 생각해요, 크리스티네? 이래도 내가 쓸모 없는 인간이에요? 하여튼 이 일로 나는 무척 신경 쓰고 있어요. 기한 내에 꼬박꼬박 채무를 이행한다는 것은 정말 쉬운 일이 아니었어요. 이런 거래에는 이자를 1년에 네 번씩 나눠 지불하는 방법이 있고, 다달이 내는 방법도 있어요. 그 이잣돈을 만드는 것이 언제나 힘이 들었어요. 그래서 모든 예산을 줄이고, 할 수 있는 데까지 절약하지 않으면 안 되었지요. 하지만 생활비에서는 조금의 여유돈도 쓸 수 없었죠. 토르발에게 궁색한 생활을 시키거나 아이들을 초라하게 입힐 순 없었으니까. 귀엽고 소중한 우리 아이들을 위해서 받은 돈은 아이들을 위해 써야 한다고 나는 생각했어요.

린데 부인 그럼 노라, 결국 당신 용돈에서 짜 내야 했군요. 가엾어라.

노 라 그래요. 별수 없었어요. 거의 전부 그쪽으로 들어가 버렸죠. 토르발이 새옷이라도 사라고 돈을 주면 언제나 나는 절반밖에 쓸 수가 없었어요. 항상 싸구려 옷감을 샀죠. 다행스럽게도 내겐 어떤 것이나 어울렸기 때문에 토르발은 전혀 눈치를 못 챘어요. 하지만 크리스티네, 나도 몇 번이나 괴로운 생각이 들었어요. 멋진 옷을 입는다는 건 누구나 바라는 일이잖아요. 안 그래요?

린데 부인 그렇죠. 그렇고 말고요.

노 라 그리고 그 외에도 돈을 벌 길은 있었어요. 작년 겨울엔 다행히 정서하는 일이 많았기 때문에, 나는 방안에 틀어박혀 매일 밤늦게까지 앉아서 열심히 썼어요. 하지만 힘들고 지쳐서, 견딜 수 없게 될 때도 있었지요. 그렇지만 그렇게 열심히 일해서 돈을 벌 수 있다는 것은 매우 즐거운 일이었어요. 마치 내가 한 집안을 책임 지는 가장이 된 것 같아서.

린데 부인 그렇게 해서 지금까지 얼마나 갚으셨어요?

노 라 글쎄, 분명하게 말할 수는 없어요. 이런 일이란 분명하게 파악하고 있기가 어렵잖아요. 그저 무엇이든 긁어 모을 수 있을 만큼 긁어 모아서 갚았다는 것밖에 몰라요. 더 이상 어떻게 해야 좋을지 막막할 때도 많았어요. (웃으면서) 그럴 땐 여기 앉아서 공상을 하곤 했지요. 누군가 돈 많은 할아버지가 나를 사랑해서…….

린데 부인　어머나! 어떤 분이?

노　라　호호호! 농담이에요. 그래서 그 노인이 죽고 유언장을 펴 보니 커다란 글씨로, '나의 유산 전부를 사랑하는 노라 헬메르 부인에게 즉시 물려줄 것' 이라고 씌어 있는 거예요.

린데 부인　하지만 노라, 그분이 대체 어떤 분이에요?

노　라　어머, 아직도 못 알아들었어요? 그런 노인 따윈 실제로 없어요. 그저 공상하는 거예요. 돈을 만들 방법이 없을 때 여기 앉아서 그런 공상을 해 봤을 뿐이에요. 하지만 그런 것은 아무래도 좋아요. 늙어빠진 징그러운 할아버지 따윈 아무래도 상관없어요. 그런 할아버지도, 그런 할아버지의 유언장도 필요없어요. 왜냐하면 이제 내겐 아무런 근심도 없으니까. (벌떡 일어난다) 아아, 생각만 해도 기쁨을 참을 수가 없어요. 크리스티네, 이젠 걱정이 없어요! 이미 걱정 근심은 깨끗이 사라졌어요. 아이들을 상대로 놀거나 장난할 수도 있고, 그야말로 토르발이 바라고 있는 것처럼 집안을 깨끗하고 품위 있게 장식할 수도 있어요. 뿐만 아니라 이제 곧 넓고 푸른 하늘을 볼 수 있는 봄이 올 거예요. 틀림없이 그 무렵에 우리들은 근사한 여행도 할 수 있을 거예요. 또 바다를 볼 수도 있어요. 아아, 행복하게 산다는 건 정말 멋있는 일이에요!

이때 현관에서 초인종이 울린다.

린데 부인　(일어서며) 누가 왔나 봐요. 나는 그만 일어서는 게 좋을 것 같군요.

노 라 아뇨, 괜찮아요. 나를 찾아올 사람은 아무도 없어요. 틀림없이 토르발의 손님일 거예요.

하 녀 (현관으로 통하는 문 앞에서) 저, 마님. 어떤 남자 분이 나리를 뵙고 싶다고 하시는데요.

노 라 은행장님이라고 하셨지?

하 녀 네, 그렇습니다. 하지만 어떻게 해야 좋을지……. 서재엔 의사 선생님이 계시니, 어떻게 할까요?

노 라 남자 분이라니, 누구시지?

크로그스타 (현관으로 통하는 문 앞에 나타나서) 접니다, 부인.

린데 부인은 흠칫 놀라며 창문 쪽을 바라본다.

노 라 (긴장한 모습으로 크로그스타에게 한발 다가가서, 조그만 목소리로) 당신이셨어요? 웬일이세요. 주인께 무슨 용무가 있으신가요?

크로그스타 예, 은행 일로 드릴 말씀이 있습니다. 저는 그 주식 은행에서 대단치 않은 자리에 있습니다만, 듣자 하니, 이번에 부인의 주인께서 은행장이 되신다고 하기에…….

노 라 그래서요?

크로그스타 그저 대수롭지 않은 용건입니다, 부인. 뭐 대단한 일은 아니죠.

노 라 그러세요? 그럼 서재로 들어가세요. (현관으로 통하는 문을 닫으면서 무뚝뚝하게 인사한다. 그리고 나서 옆으로 가 불을 살핀다)

린데 부인 노라! 저 사람은 누구예요?

노 라 변호사 크로그스타예요.

린데 부인 역시 그랬었군.

노 라 아는 사람이에요?

린데 부인 조금 알고 있어요. 저 사람, 한동안 우리 고향에서 법률 사무소의 서기로 있었지요.

노 라 아, 참 그랬어요.

린데 부인 많이 변했군요.

노 라 아주 불행한 결혼을 한 모양이에요.

린데 부인 지금은 혼자 사나요?

노 라 아이들이 많아요. 아, 이제야 간신히 불이 붙었네. (난로 문을 닫고 흔들의자를 조금 옆으로 당긴다)

린데 부인 듣자 하니 저분, 여러 가지 일에 손을 대고 있다더군요?

노 라 그래요? 그럴지도 모르죠. 나는 잘 모르겠어요. 아아, 이제 재미없는 사업 얘기는 하지 말아요.

랑크 박사가 헬메르의 방에서 나온다.

랑 크 (아직 문 있는 곳에서) 아니, 괜찮아. 방해는 하지 말아야지. 잠깐 부인한테 가 있겠네. (문을 닫고, 린데 부인이 있는 것을 보더니) 아, 실례했습니다. 이쪽에도 손님이 계셨군요.

노 라 아뇨, 괜찮아요. (소개한다) 랑크 선생님이에요. 이쪽은 린데 부인.

랑 크 가끔 이 댁에서 말씀은 들었습니다. 아까는 계단에서 제가 먼저 올라와 실례했었지요.

린데 부인 네, 제가 계단을 너무 천천히 올라왔기 때문에……. 아무래도 힘이 들어서요.

랑 크 몸이 좀 불편하신 것 같군요.

린데 부인 과로 때문이죠.

랑 크 그럼 다른 데는 별로 편찮으신 곳이 없으십니까? 그렇다면 이곳에서 여러 가지 재미있는 것들을 구경하시며 휴양하시려는 거군요.

린데 부인 실은 일자리를 찾으러 왔습니다.

랑 크 일이 과로에 대한 처방이라는 건가요?

린데 부인 살아야 하니까요, 선생님.

랑 크 그래요. 어떻게 하든 살아가지 않으면 안 된다는 것이 이 시대를 살고 있는 일반인들의 생각이죠.

노 라 어머나 선생님! 당신도 역시 살고 싶다고 생각하시나요?

랑 크 그렇고 말고요. 아무리 사는 것이 비참하다 해도, 할 수 있는 한 괴로움을 견디려고 애쓰죠. 내게로 오는 환자 역시 모두 그래요. 도덕상의 문제가 있는 정신적 환자까지 그러니까요. 당장 지금도 그 같은 도덕상의 병자가, 헬메르에게 와 있어요.

린데 부인 (낮은 목소리로) 어머!

노 라 누구 말씀하시는 거예요?

랑 크 허, 저 크로그스타라는 변호사 사내 말이오. 당신은 아무 것도 모르시겠지만, 어쨌든 부인, 저놈은 맘속까지 썩어빠진 놈이오. 그런데 그런 놈조차, 살아가는 걸 매우 중대한 일인 것처럼 떠들어댄단 말입니다.

노 라 어머, 그 사람이 대체 토르발에게 무슨 볼일이 있는 거죠?

랑 크 잘은 모르겠지만 아마도 주식 은행에 관계되는 일인 듯합니다.

노 라 저 크로그…… 아니, 저 크로그스타가 은행에 관계가 있는 줄은 몰랐어요.

랑 크 그야 그렇겠죠. 거기서 대수롭지 않은 자리에 앉아 있으니까요. (린데 부인에게) 어떻습니까, 당신의 고향에도 저런 류의 인간이 있습니까? 무엇이든 부지런히 남의 도덕적인 부패를 찾아 냄새 맡기 위해 돌아다니고, 그러다가 그런 인간을 찾아내면 형편 좋은 지위에 앉을 기회를 얻으려고 자기를 추천하는 그런 사람 말입니다. 건전한 인간은 그런 사람 때문에 얌전히 뒷전으로 물러나 있게 마련이지요.

린데 부인 그런 사람들이야말로 가둬 두고 치료해야 하지 않을까요?

랑 크 (어깨를 으쓱하며) 바로 그겁니다. 그런 사고 방식이 이 사회를 온통 병원으로 만들고 마는 거지요.

혼자 생각에 잠겨 있던 노라가 별안간 웃기 시작하더니 손뼉을 친다.

랑 크 왜 웃으시죠? 대체 부인은 이 사회가 어떤 것인지 알고 계시나요?

노 라 더러운 사회 같은 걸 제가 알 게 뭐예요. 전 전혀 다른 일로 웃었어요. 아주 우스운 일로 말이에요. 저 선생님, 그럼 주식 은행에서 일하고 있는 사람들은 이제부터 모두 토르발 마음대로 할 수 있나요?

랑 크 그게 그렇게 우스운 일입니까?

노 라 (미소를 지으며 콧노래를 부른다) 아, 됐어요, 이제 됐어요. (방안을 여기저기 거닐면서) 생각해 보면 우리들, 아니 토르발이 그렇게 많은 사람들 앞에서 마음대로 권력을 휘두를 수 있게 됐다니, 뭐라 말할 수 없이 기쁜 일이에요. (주머니에서 봉지를 꺼내며) 선생님, 마카롱을 좀 드릴까요?

랑 크 아니, 이거 마카롱 아닙니까? 이 집에선 이게 금지되어 있지 않던가요?

노 라 그래요. 하지만 이건 크리스티네가 준 거예요.

린데 부인 뭐라고요? 제가요?

노 라 그렇게 놀라지 마세요. 잘 모르겠지만 토르발이 이걸 금하고 있거든요. 실은 그이는 내 이가 상하지 않을까 걱정하고 있어요. 그렇지만 하나쯤은 괜찮아요. 그렇죠? 자, 어서 드세요. (마카롱을 하나 랑크의 입에 집어넣는다) 그리고 크리스티네, 당신도요. 그럼 나도 하나 먹겠어요. 아주 작은 걸로 하나, 아니면 두 개. (또 걷기 시작한다) 그래요. 그래요, 정말 나는 지금 굉장히 행복해요. 그런데 이 세상에서 꼭 한 가지만 더 해보고 싶은 일이 있어요.

랑 크 허, 그게 뭐죠?

노 라 나는 지금 말하고 싶어 죽겠어요. 토르발에게 들리도록 말예요.

랑 크 그럼 말하면 되잖아요.

노 라 하지만 전 말할 수 없어요. 그건 아주 나쁜 말인걸요.

린데 부인 나쁜 말이라고요?

랑 크 그렇다면 말하지 않는 편이 좋을 것 같소. 하지만 우리들에게라면 말해도 상관없잖아요. 도대체 토르발에게 꼭 들려주고 싶다는 말이 뭡니까?

노 라 저, 말하고 싶어서 견딜 수가 없어요. '뭐야, 빌어먹을' 하고.

랑 크 당신, 정신이 좀 이상해진 거 아니오?

린데 부인 어머나, 노라! 큰일날 소리.

랑 크 봐요! 토르발이 나타났어요. 자아, 말씀하시지요.

노 라 (마카롱 봉지를 감춘다) 쉬, 쉬, 쉬!

외투를 팔에 걸고, 모자를 손에 든 헬메르가 서재에서 나온다.

노 라 (마중 나가며) 어머! 여보, 그 사람은 돌아갔어요?

헬메르 응, 지금 막 돌아갔어.

노 라 소개할게요. 이분은 크리스티네, 조금 전에 도착했어요.

헬메르 크리스티네 씨? 실례합니다만, 누구시더라.

노 라 어머 토르발, 린데 씨의 부인이에요. 크리스디네 린데 부인이에요.

헬메르 아, 그렇군요. 아마도 집사람의 옛 친구였죠?

린데 부인 네, 오래 전부터 가까이 지내고 있습니다.

노 라 당신께 의논드릴 일이 있어서 먼 곳에서 일부러 오셨다는군요.

헬메르 무슨 얘기지요?

린데 부인 아니에요. 꼭 그래서가 아니라…….

노 라 크리스티네는 사무를 무척 잘 본대요. 그래서 유능한 분 밑에서 좀더 여러 가지 일을 익히고 싶다는군요.

헬메르 참 좋은 생각이십니다, 부인.

노 라 그래서 이번에 당신이 은행장이 되셨다는 소식을 듣고, 서둘러 이리로 오셨대요. 여보, 당신께 부탁드리겠어요. 크리스티네를 좀 도와주지 않으시겠어요?

헬메르 글쎄, 안 될 것도 없겠지. 부인의 주인 어른께서 세상을 떠나신 줄 알고 있습니다만…….

린데 부인 네.

헬메르 그런데 사무 경험은 있으신가요?

린데 부인 네, 조금.

헬메르 그렇다면 어떻게 일자리를 주선해 드릴 수도 있을 것 같군요.

노 라 (손뼉을 치면서) 그것 봐요. 됐잖아요.

헬메르 부인께선 마침 때맞춰 오셨습니다.

린데 부인 어머, 뭐라고 감사의 말씀을 드려야 할지…….

헬메르 아닙니다. 별말씀을. (외투를 입는다) 오늘은 이만 실례해야겠습니다.

랑 크 기다리게. 나도 같이 나가세. (현관에서 털외투를 갖고 와 난로에 쬔다)

노 라 일찍 들어오세요, 토르발.

헬메르 겨우 한 시간 정도야. 그 이상은 걸리지 않아요.

노 라 당신도 돌아가실 건가요, 크리스티네?

린데 부인 (망토를 입는다) 네, 그래요. 나가서 방을 구해야겠어요.

헬메르 그럼 다같이 큰길까지 나가시죠.

노 라 (린데 부인을 거들어 주면서) 집이 비좁아 정말 섭섭해요. 우리 집에서 어떻게 해 드리면 좋을 텐데…….

린데 부인 원 별말씀을. 그럼, 노라, 잘 있어요. 정말 여러 가지로 고마웠어요.

노 라 그럼, 또 만나요. 오늘밤엔 물론 당신도 와 주시겠죠. 그리고 선생님, 당신도요. 네? 기분이 좋으면 오시겠다고요? 물론 틀림없이 좋으실 거예요. 따뜻하게 있다가 꼭 오세요.

얘기를 나누며 모두 현관으로 사라진다. 계단 쪽에서 아이들 떠드는 소리가 들려온다.

노 라 아, 이제들 돌아오는구나.

뛰어가서 문을 연다. 유모인 안네 마리가 아이들을 데리고 들어온다.

노 라 자, 어서들 들어와. (몸을 굽히고 아이들에게 키스한다) 귀여운 아기, 착한 아이들! 자, 보세요, 크리스티네. 귀엽지요?

랑 크 이렇게 바람 부는 데서 얘기는 그만둬요!

헬메르 린데 부인, 어서 갑시다. 아이들 어머니가 아닌 이상 이런 데 서 있을 필요가 없을 것 같은데요.

랑크, 헬메르, 린데 부인은 계단을 내려가고 유모는 아이들을 데리고 방안으로 들어간다. 노라도 같이 들어와 현관문을 닫는다.

노 라 정말 너희들은 아주 기운이 넘치는 모양이구나. 이것 봐, 이렇게 볼이 벌겋게 돼 가지고. 마치 사과나 장미꽃 같구나. (다음 말을 하는 사이에 아이들은 뭐라고 계속 재잘거린다) 정말 너희들, 그렇게 재미있었니? 좋았구나. 네가 에미와 보브를 썰매에 태워 끌어 줬다고? 어머나, 둘 다 태우고? 정말 많이 컸구나, 이바르. 안네 마리, 아기를 이리 줘 봐요. 귀여운 나의 인형! (유모의 손에서 막내딸을 받아 안으면서 춤을 춘다) 그래, 그래. 엄마가 보브하고도 춤출게. 뭐? 너희들 눈싸움을 했다고? 어머, 엄마도 같이 했으면 좋았을걸. 괜찮아요, 안네 마리. 애들 옷은 내가 벗기겠어요. 정말 괜찮아요. 내가 할게. 내가 해주고 싶어서 그래요. 어서 방으로 들어가요. 무척 추워 보여요. 난로 위에 뜨거운 커피가 있으니까 가서 그걸 좀 마셔요.

유모는 왼쪽 방으로 들어간다. 노라가 아이들의 외투와 모자를 벗겨준다. 그 동안 아이들은 서로 멋대로 떠든다.

노 라 저런, 커다란 개가 너희들을 쫓아왔다고? 그래 물지는 않았겠지? 그럼 개는 이렇게 인형처럼 귀엽고 조그만 아이에게는 덤비지 않아요. 이봐르, 포장된 것을 들여다보면 안 돼! 글쎄, 뭐가 들었을까? 금방 알게 될 거야. 그 속에 무섭고 징그러운 것이 들어 있단다. 뭐, 놀고 싶다고? 뭘 하고 놀까. 숨바꼭질? 그래, 숨바꼭질을 하자. 보브가 제일 먼저 숨어라. 엄마부터라고? 그럼 엄마가 먼저 숨는다.

노라와 아이들은 소리 지르고 떠들며 오른쪽 방안에서 뛰어 논다. 노라가 테이블 밑으로 숨는다. 아이들이 뛰어들어와 찾지만 못 찾아낸다. 노라가 킥킥 웃는 소리를 듣고 아이들이 테이블을 향해 돌진하여 테이블보를 들어올린다. 터져 나갈 듯한 환성. 노라는 아이들을 위협하는 듯이 엉금엉금 기어 나온다. 또 한 번 함성이 터진다. 그 사이에 입구 문을 두드리는 소리가 나지만 아무도 못 듣는다. 이윽고 문이 반쯤 열리고 크로그스타가 서 있는 모습이 보인다. 그는 잠시 기다리고 있었으나, 숨바꼭질은 계속되고 있다.

크로그스타 실례합니다, 헬메르 부인.

노 라 (돌아보다가 깜짝 놀라 작은 소리로 비명을 지른다) 어머! 무슨 일이죠?

크로그스타 죄송합니다. 현관문이 열려 있어서. 누가 닫는 것을 잊은 모양입니다.

노 라 (일어서며) 크로그스타 씨, 주인께선 외출하셨는데요.

크로그스타 알고 있습니다.

노 라 그러세요? 그런데 무슨 용건이시죠?

크로그스타 부인께 잠깐 의논드릴 일이 있어서.

노 라 저한테요? (아이들에게 조그만 소리로 말한다) 유모한테 가 있어요. 뭐라고? 아니야, 저 아저씨가 엄마한테 할 얘기가 있으시대. 아저씨가 돌아가시면 또 놀기로 하자.

아이들을 왼쪽 방으로 들여보내고 문을 닫는다.

노 라 (불안하고 긴장된 얼굴로) 저한테 무슨 하실 말씀이 있으시다구요?

크로그스타 그렇습니다.

노 라 하지만 오늘은 초하루가 아니잖아요.

크로그스타 네, 오늘은 크리스마스 이브지요. 어떤 크리스마스를 보내시게 될지, 그건 당신 마음먹기에 달려 있습니다.

노 라 어떻게 하자는 건가요? 오늘은 도저히 안 되겠는데요.

크로그스타 그 일 때문에 찾아온 것은 아닙니다. 다른 일입니다. 잠깐 실례해도 괜찮겠습니까?

노 라 네, 그야 상관없습니다. 다만…….

크로그스타 괜찮습니다. 내가 올센의 레스토랑에 앉아 있으면서, 주인께서 외출하시는 걸 봤습니다.

노 라 그러세요?

크로그스타 어떤 부인 한 분하고요.

노 라 그래서요?

크로그스타 실례가 될지 모르겠습니다만, 혹시 그분은 린데 부인이 아닙니까?

노 라 네, 맞아요.

크로그스타 언제부터 이곳에 와 계신 거죠?

노 라 오늘 오셨어요.

크로그스타 당신 친구인 모양이군요.

노 라 네, 그래요. 그런데 왜 그러시죠?

크로그스타 저도 예전부터 좀 알고 지냈습니다.

노 라 알고 있어요.

크로그스타 호오, 그런 것까지 얘기했군요. 그럴 거라고 생각했습니다. 그럼 단도직입적으로 묻겠습니다만, 린데 부인은 은행에서 근무하게 됩니까?

노 라 크로그스타 씨, 그렇게 일일이 캐묻는 건 실례가 아닐까요? 당신은 우리 집 양반의 부하직원이 아닌가요? 하지만 물으셨으니 대답해 드리죠. 그래요. 런데 부인은 은행에서 근무하게 될 거예요. 그분을 추천한 것은 나예요. 크로그스타 씨, 아셨어요?

크로그스타 그럴 거라고 생각했습니다.

노 라 (방안을 왔다갔다하면서) 그것 봐요. 이걸로 조금은 내게도 힘이 있다는 걸 아셨지요? 여자라고 해서 너무 얕보면 안 되는 법이죠. 그러니 남 밑에서 부하직원으로 계시는 분이 그런 실례되는 행동은 하지 않도록 조금쯤 조심하셔야 되지 않겠어요, 크로그스타 씨? 만일 그렇지 않다면…….

크로그스타 신상에 좋지 않다는 건가요?

노 라 네, 바로 맞았어요.

크로그스타 (어조를 바꾸어서) 그래서 말입니다만, 부인. 당신의 그 힘을 나를 위해서 좀 써 주실 수는 없으십니까?

노 라 네? 무엇을 해 달라는 거죠?

크로그스타 부탁입니다. 그 은행에서 제가 앉아 있는 말단의 자리마저 잃지 않도록, 배려해 주실 수 없겠습니까?

노 라 무슨 얘기죠? 누가 당신의 지위를 빼앗으려 한다는 말인가요?

크로그스타 아무 것도 모르는 체하실 건 없습니다. 부인의 친구가, 저하고 얼굴 맞대고 일하는 것을 반갑게 생각하지 않는다는 것쯤은 잘 알고 있습니다. 누구 때문에 내가 쫓겨나지 않으면 안 되는지, 그 정도는 알고 있으니까요.

노 라 그러나 제가 장담합니다만…….

크로그스타　네, 좋습니다. 이제 잠깐이면 됩니다. 아직도 시간은 충분하고 부인께서 그런 일이 없도록 해주시길 부탁드리고 싶습니다.

노　라　글쎄, 크로그스타 씨. 내겐 그럴 만한 힘이 없는 걸요.

크로그스타　힘이 없다고요? 방금전 당신 자신의 입으로…….

노　라　그 말을 그런 식으로 알아들으시면 곤란해요. 제가 주인에게 그런 힘을 발휘할 수 있겠습니까? 천만에요. 생각할 수조차 없습니다.

크로그스타　저는 부인의 주인 어른을 학창 시절부터 알고 있습니다만, 아무리 봐도 은행장님께서 다른 분들보다 완고하다고 생각되지는 않습니다.

노　라　주인에 대해 실례되는 말을 하시려면 돌아가 주세요.

크로그스타　정말 굉장하시군요, 부인.

노　라　이제 당신 따윈 조금도 두렵지 않아요. 새해만 지나면 곧 모든 것을 처리하겠어요.

크로그스타　(다시금 침착한 목소리로) 그렇다면 부인, 은행에서 보잘것없는 지위지만 여차하면 제 목숨을 걸고라도 싸우겠습니다.

노　라　네, 네. 그렇게 해 보세요.

크로그스타　수입을 위해서 이러는 것만은 아닙니다. 그런 일은 아무래도 괜찮아요. 그러나 다른 이유로…… 전부 다 말씀드리겠습니다. 사실은 이런 까닭입니다. 부인께서도 아시고 세상도 다 알다시피, 제가 몇 년 전에 분별없는 짓을 저지른 적이 있었습니다.

노　라　그런 말을 들은 것 같군요.

크로그스타 사건이 재판에까진 이르지 않았습니다만, 그때부터 저의 앞길은 막히고 말았습니다. 그래서 부인도 아시는 그런 일을 시작하게 된 겁니다. 무슨 일이든 하지 않을 수 없었죠. 하지만 나는 그런 일을 하는 사람들 중에서도 질이 나쁜 편은 아니었다고 생각합니다. 그러나 이제 모두 깨끗이 정리하려고 합니다. 자식들도 점점 커 가고, 그 애들을 위해서라도 될 수 있는 대로 예전처럼 세상의 신용을 얻어야겠다고 생각했습니다. 그래서 그 은행의 지위가, 말하자면 내게 있어서 신용 회복을 위한 첫 계단인 셈이죠. 그런데 지금 주인께선 나를 그 계단에서 밀어내려고 하십니다. 그러면 나는 또 진창 속으로 빠져들 수밖에 없지요.

노 라 하지만 크로그스타 씨, 나에게는 당신을 구해 드릴 만한 힘이 없어요. 정말이에요.

크로그스타 그건 당신에게 그럴 의사가 없기 때문이죠. 그러나 내겐, 부인께서 그렇게 하시도록 만들 수 있는 방법이 있으니까요.

노 라 설마 내가 당신에게 돈을 빌리고 있다는 것을 주인에게 말하려는 건 아니겠죠?

크로그스타 만일 그렇다면 어떻게 하시겠습니까?

노 라 정말로 비열하군요. (울먹이며) 나는 기쁨과 자랑으로 이 비밀을 간직하고 있는데 그런 점잖지 못한 방법으로 그분에게 알려지다니. 그것도 하필이면 당신 같은 사람의 입을 통해 알려지다니. 당신은 나를 아주 불쾌하게 만드시는군요.

크로그스타 그저 불쾌한 생각뿐인가요?

노 라 (격해져서) 할 수 있으면 해 보세요. 제일 곤란해지는 건 당신 자신이에요. 그렇게 되면 주인은, 당신이란 사람이 얼마나 비열한 인간인지 뼈저리게 아시게 될 거예요. 그럼, 당신은 그 직책을 잃지 않을 수 없을 거구요.

크로그스타 내가 묻는 것은, 당신이 두려워해야 할 일이 비단 가정의 불화에서 그치느냐 하는 것입니다.

노 라 주인이 이 사실을 알게 되면 즉시 잔금을 갚을 거예요. 그러면 당신과는 이제 아무런 관계도 남지 않을 거예요.

크로그스타 (한 걸음 가까이 다가서며) 이보세요, 부인. 당신은 기억력이 나쁘거나 아니면 장사라는 것을 통 모르시는 모양입니다. 그렇다면 좀더 그때의 일을 명백하게 설명해 드려야겠군요.

노 라 뭐라고요?

크로그스타 주인께서 병환으로 계실 때, 당신은 제게 4800크로네를 빌려 달라고 오셨었지요.

노 라 어디 돈을 빌릴 때가 마땅히 없었기 때문이죠.

크로그스타 저는 돈을 만들어 드리기로 약속했습니다.

노 라 그리고 실제로 만들어 주셨지요.

크로그스타 그때 저는 조건부로 돈을 마련해 드릴 것을 약속했습니다. 부인께선 그때 주인 어른의 병환에만 신경을 쓰고 계셨기 때문에 다른 부수적인 사항은 미처 생각을 하지 않았던 모양입니다. 그러니 여기서 다시 한 번 상기해 보는 것도 나쁘지는 않을 겁니다. 저는 제가 만든 차용증서와 맞바꾸는 조건으로 그 돈을 마련해 드리기로 약속했었죠.

노 라 그리고 나는 거기에 서명을 했어요.

크로그스타 그렇죠. 그렇지만 말이죠. 그 밑에 한두 줄 덧붙여 써넣은 게 있었습니다. 바로 부인의 아버님이 보증인이 되어 주실 것을 요구한 항목이죠. 그리고 거기에 아버님의 서명 날인을 부탁드릴 예정이었습니다.

노 라 예정이었다고요? 아버지께선 틀림없이 서명하셨어요.

크로그스타 그렇습니다. 그러나 나는 날짜를 기입하는 자리를 비워 두었지요. 그것은 서명하시는 날 아버님께서 손수 기입하시도록 하기 위해서였습니다. 그건 기억하고 계시겠죠, 부인?

노 라 네.

크로그스타 그래서 나는 부인에게 증서를 드리고, 부인께서 직접 우편으로 아버님께 보내도록 했었습니다. 그렇지 않았나요?

노 라 그래요.

크로그스타 물론 부인께선 서둘러 그것들을 처리하셨죠. 불과 며칠이 지나지 않아 부인은 아버님께서 서명하신 증서를 내게 갖고 오셨으니까요. 그래서 약속한 돈을 드렸던 겁니다.

노 라 네, 그래요. 그러니까 갚아 드릴 돈은 꼬박꼬박 어김없이 지불하고 있잖아요?

크로그스타 그야 물론입니다. 아까 하던 얘기를 계속 드리죠. 그 무렵은 부인도 무척 곤란했던 때였죠.

노 라 네, 그랬어요.

크로그스타 분명히 그때 아버님은 병환이 대단하셨습니다.

노 라 이미 위독한 상태셨죠.

크로그스타 그런 뒤 얼마 지나지 않아 돌아가신 걸로 압니다만.

노 라 네.

크로그스타 그래서 말씀입니다만, 부인. 부인께선 아버님이 돌아가신 날을 기억하고 계시겠죠? 몇 월 며칠이었는지…….

노 라 아버지께서는 9월 29일에 돌아가셨어요.

크로그스타 말씀하신 그대롭니다. 그건 저도 조사해서 알고 있습니다. 그런데 한 가지 묘한 일이 있어서……. (한 장의 서류를 꺼낸다) 저로선 도저히 이해가 안 됩니다만.

노 라 묘한 일이라니 뭐죠? 무슨 말인지 잘 모르겠군요.

크로그스타 묘한 일이란 아버님께서 돌아가신 지 사흘이 지난 뒤에 이 서류에 서명하신 걸로 돼 있다는 겁니다.

노 라 뭐요? 그게 무슨 말이죠?

크로그스타 아버님께선 9월 29일에 돌아가셨죠? 그런데 이걸 보십쇼. 서명한 날짜는 10월 2일로 돼 있습니다. 부인, 이상하지 않습니까?

노 라 (아무 말이 없다)

크로그스타 그것에 대해 설명해 주실 수 있습니까?

노 라 (여전히 침묵을 지키고 있다)

크로그스타 그리고 자세히 보니, 10월 2일이라는 연호(年號)의 글자도 아버님께서 직접 쓰신 게 아니라 어쩐지 어디서 본 적이 있는 필체 같았거든요. 물론 그것은 충분히 설명될 수 있습니다. 아버님이 서

명에 날짜를 써넣는 걸 잊으셨기 때문에, 누군가 다른 사람이 아직 돌아가신 사실을 모르고 의도적으로 써 넣었는지도 모르죠. 부인, 그러나 문제는 이게 아닙니다. 여기다 서명을 하신 것은 분명히 당신 아버님이시겠죠?

노 라 (잠깐 사이를 두었다가 머리를 뒤로 젖히고, 도전하듯이 상대를 노려보며 말한다) 아뇨, 그렇지 않아요. 아버지의 이름은 내가 써넣었어요.

크로그스타 아니, 부인! 지금 그 말씀은 매우 위험한 고백이라는 걸 아시겠죠?

노 라 어째서 그렇죠? 돈은 꼭 갚아 드리겠어요.

크로그스타 그럼 뭐 하나 여쭙겠습니다. 왜 당신은 아버님께 서류를 보내지 않으셨죠?

노 라 그렇게 할 수 없었어요. 아버지는 병환으로 누워 계셨죠. 증서를 보내고 부탁하려면, 어떤 이유로 돈이 필요한지 얘기하지 않으면 안 되죠. 하지만 그렇게 죽어가고 있는 아버지께 남편의 생명이 위험하다는 말을 들려 드릴 수는 없잖아요. 그건 도저히 할 수 없는 일이였어요.

크로그스타 그렇다면 해외 여행을 그만두시는 편이 훨씬 좋지 않았을까요?

노 라 아뇨, 그렇게 할 수는 없었어요. 남편의 생명을 구하기 위해선 도저히 여행을 포기할 수 없었습니다.

크로그스타 하지만 그런 일이 나를 속이는 것이 된다고 생각하진 않으셨나요?

노 라 그런 건 생각지도 않았어요. 당신에 관한 일 같은 건 전혀 문제가 되지 않았으니까요. 나는 당신이 아주 미웠어요. 남편의 생명이 얼마나 위독한지 잘 알면서도 인정 사정없이 귀찮은 말만 내세워 일을 복잡하게 만들었으니까요.

크로그스타 부인, 당신은 보아하니, 자신이 저지른 죄가 얼마나 큰 일인지 조금도 모르시는 것 같군요. 그러나 그건 내가 옛날에 저질러서 나의 사회적 지위를 완전히 잃고 만 것과 똑같은 일이란 걸 아셔야 해요.

노 라 당신이? 당신 부인의 목숨을 구하기 위해 무슨 훌륭한 일이라도 하셨다는 건가요?

크로그스타 법은 동기에 대해선 묻지 않아요.

노 라 그런 법률은 나쁜 법률임이 분명해요.

크로그스타 나쁘거나 나쁘지 않거나, 이 종이조각을 법정에 내놓기만 하면 당신은 법에 의해 심판을 받게 된다는 것을 아셔야 합니다.

노 라 그런 일은 있을 수 없어요. 딸이 돼 가지고, 아버지가 병으로 죽어 가고 있는데 아버지의 근심이나 괴로움을 덜어 드릴 권리가 없다니! 아내가 되어 가지고 남편의 목숨을 구할 권리가 없다니! 나는 법률을 잘 모르지만, 그렇지만 틀림없이 어딘가에 그런 일이 허용되고 있을 거라고 믿어요. 그런 조항이 있다는 걸 당신은 모르시는군요, 변호사이면서. 크로그스타 씨, 당신은 엉터리 변호사가 분명해요.

크로그스타 그럴지도 모르죠. 그러나 이 같은 사건에 대해서는 너무나 잘 알고 있습니다. 좋습니다, 그럼 부인 마음 내키는 대로 하십시오. 그러나 이것만은 말씀드리겠습니다. 제가 이번에 떠밀려서 추락하게 된다면 부인도 함께 끌고 들어갈 것입니다. (인사를 하고 현관을 지나 밖으로 나간다)

노 라 (잠시 생각에 잠겨 있다가 이내 머리를 뒤로 젖히고) 뭐야, 저 놈이 나를 협박하려 하고 있어. 난 그렇게 바보가 아니야. (아이들 장난감을 챙기려 했으나 곧 손을 멈춘다) 하지만 만에 하나…… 아냐, 그럴 리가 없어. 나는 사랑을 위해서 한 일인걸.

아이들 (왼쪽 문 앞에서) 엄마, 그 아저씨 방금 돌아가셨어.

노 라 그래, 알고 있어요. 하지만 아저씨에 대한 것은 아무에게도 말하면 안 돼. 알았지? 아빠에게도 말야.

아이들 네, 엄마. 그럼 또 놀아 줄 거야?

노 라 안 돼. 지금은 안 돼요.

아이들 하지만 엄마, 아까 약속했었잖아.

노 라 그래, 하지만 지금은 안 돼요. 저쪽으로 가 있어요. 엄마는 일할 게 잔뜩 있어요. 자, 저쪽으로……. 착하지.

노라는 아이들을 상냥하게 옆방으로 보내고 문을 닫는다. 그리고 나서 소파에 앉아 자수를 놓으려 하지만, 한두 바늘 움직이다 이내 손을 멈춘다. 그녀는 자수를 내던지고, 벌떡 일어서더서 현관으로 통하는 출입구로 가서 소리친다.

노 라 크리스마스 트리를 가지고 와요. (왼쪽 테이블에 다가가 서랍을 열지만, 또 이내 멈춘다) 아냐, 그런 일이 있어서는 안 돼.

하 녀 (전나무를 가지고 온다) 마님, 어디에 놓을까요?

노 라 그래, 거기 한가운데에 놔요.

하 녀 뭐, 다른 것 가지고 올 게 또 있나요?

노 라 아니, 고마워. 필요한 건 여기 다 있어요.

하녀가 나무를 세워 놓고 나가자 노라가 나무에 장식을 달기 시작한다.

노 라 여기에 촛불을 세우고, 꽃은 이쪽에 달고……. 정말 꼴보기 싫은 놈이야. 정말 어이가 없지 뭐야! 까짓것 걱정할 게 뭐 있어. 크리스마스 트리나 예쁘게 꾸며야지. 난 당신이 기뻐하시는 일이라면 어떤 일이든지 하겠어요, 토르발. 노래를 부르고, 춤이라도 추겠어요.

헬메르가 서류를 한 뭉치 안고 밖에서 들어온다.

노 라 어머! 벌써 돌아오셨어요?

헬메르 응, 집에 누가 오지 않았어?

노 라 우리 집에요? 아뇨.

헬메르 이상하군. 분명히 크로그스타가 우리 집에서 나가는 걸 봤는데.

노 라 아참! 정말 크로그스타 씨가 잠깐 들렀어요.

헬메르 노라, 당신 얼굴을 보면 알 수 있어. 그놈이 당신에게 주선을 부탁하려고 왔었지?

노 라 네.

헬메르 당신은 당신 자신이 자진해서 말하는 것처럼 하려고 했었소? 그래서 그가 여기에 왔던 것도 잠자코 있을 작정이었나? 그렇게 해달라고 그가 부탁했지?

노 라 그래요, 토르발. 하지만 말예요.

헬메르 노라, 당신은 어째서 그런 일에 관여하는 거지? 저런 사내와 얘기를 하고 약속까지 하다니. 나한테는 거짓말까지 하고 말이야.

노 라 거짓말이라뇨?

헬메르 아무도 오지 않았다고 말하지 않았어. (손가락으로 위협하는 흉내를 낸다) 내 귀여운 작은 새는 결코 그런 일을 해선 안 돼요. 작은 새는 깨끗한 주둥이로 노래나 불러야지, 꾸며낸 소리 따윈 내서는 안 되는 거예요. (허리를 안는다) 그렇잖아? 나는 잘 알고 있어. (손을 뗀다) 자, 그런 얘기는 이제 집어치우지. (난로 앞에 앉는다) 아아, 내 집은 참으로 따뜻하고 기분이 좋아. (서류를 넘긴다)

노 라 (부지런히 크리스마스 트리를 장식하다가) 여보!

헬메르 응?

노 라 전 모레 저녁에 열릴 스텐볼크 씨 댁 가장 무도회가 여간 기다려지지 않아요.

헬메르 나도 그래. 당신이 어떤 식으로 나를 놀라게 해줄지 무척 궁금한걸.

노 라 그런데 그게 온통 시원찮은 아이디어뿐이에요.

헬메르 웬일이지?

노 라 좋은 생각이 하나도 떠오르지 않아요. 모두 흔하고 재미없는 것들뿐이에요.

헬메르 오호, 나의 노라가 그런 걸 깨달았단 말이지?

노 라 (남편 의자 뒤에 서서 한 손을 의자 등에 얹고) 여보, 당신 많이 바쁘세요?

헬메르 응…….

노 라 그건 무슨 서류죠?

헬메르 은행 서류야.

노 라 어머, 벌써부터?

헬메르 이번에 퇴직하는 중역들에게서 인사 문제며, 업무상 바꿀 필요가 있는 건 변경을 해도 좋다는 전권을 위임받았어. 크리스마스 휴일 동안 그 일을 마무리 지을 생각이야. 새해까지는 완전히 정리해야 하니까.

노 라 그래서 크로그스타 씨도 그 인사 문제에…….

헬메르 응.

노 라 (여전히 의자 등에 기댄 채, 남편 목덜미의 머리카락을 조용히 만지작거린다) 당신이 그렇게 바쁘지 않다면 제가 꼭 한 가지만 부탁드릴 게 있는데요.

헬메르 말해 봐요. 뭐지?

노 라 당신만큼 훌륭한 취향을 가지고 있는 분은 없어요. 저는 가장 무도회에서 제일 돋보이고 싶어요. 여보, 잘 생각해 보시고 제가 무엇으로 가장하고, 어떤 의상을 입고 가면 좋을지 정해 주시지 않겠어요?

헬메르 하하하! 귀여운 고집쟁이가 생각다 못해 드디어 도움을 청하시는 거로군?

노 라 그래요, 토르발. 당신이 도와주시지 않으면 어떻게 해야 좋을지 모르겠는걸요.

헬메르 그래, 그래. 아무튼 생각해 보지. 뭔가 생각이 떠오르겠지.

노 라 당신은 정말 자상한 분이에요. (다시 크리스마스 트리 쪽으로 간다. 사이를 두고) 어머나! 이 빨간 꽃, 참 예쁘죠? 여보, 크로그스타가 저지른 짓이라는 게 정말 그렇게 나쁜 일인가요?

헬메르 그 사람은 서명을 위조했어. 그게 어떤 건지 당신은 모를 거요.

노 라 어쩔 수 없는 사정이 있어서 그런 건 아닐까요?

헬메르 그렇겠지. 그렇지 않다면 흔히 있는 일이지만, 부주의로 그렇게 했는지도 모르고. 한번쯤 그런 일을 했다고 해서 한 사람의 인간을 단죄할 만큼 난 냉혹하지 않소.

노 라 네, 그래요, 여보.

헬메르 자기가 범한 죄를 솔직히 인정하고 벌을 받은 뒤, 마음을 바로잡은 사람도 많이 있으니까.

노 라 벌이라고요?

헬메르 그러나 크로그스타는 그 길을 선택하지 않았어. 그놈은 갖은 잔재주를 부리며 세상을 속이고 살아왔단 말이오. 그래서 그놈은 지금 도덕적으로 파멸하고 말았지.

노 라 어머나, 정말이에요?

헬메르 당신도 생각해 봐요. 그런 죄를 저지른 인간은 어느 쪽을 향해서도 거짓말을 하거나, 본성을 감추거나 해서 남 앞에 자신을 꾸며대고 있어야 해. 가까운 사람들, 예를 들어 자기 아내나 자식들 앞에서조차 가면을 쓰고 있어야 한단 말이오. 아이들에게 이처럼 끔찍한 일이 또 어디 있겠어?

노 라 어째서요?

헬메르 그런 거짓의 분위기가 가정 안에 전염적인 병균을 퍼뜨리기 때문이지. 그런 집에서는 아이들이 숨을 쉴 때마다 자신도 모르게 그 병균을 들이마시지 않겠소?

노 라 (남편 뒤에 한층 더 다가서며) 그게 사실인가요?

헬메르 여보, 그건 변호사로 있으면서 셀 수도 없이 많이 보고 경험한 일이야. 어렸을 적부터 타락한 인간 뒤에는 거의 대부분 거짓말쟁이 어머니가 있지.

노 라 어째서 어머니만?

헬메르 어머니의 경우가 가장 많아. 물론 아버지도 마찬가지의 영향을 주지만. 그런 것은 변호사라면 누구나 잘 알고 있지. 그런데 그 크로그스타라는 놈은, 벌써 몇 년 동안이나 자신의 아이들에게 거짓과 위선으로 해를 주고 있어요. 그러기 때문에 나는 그놈이 도덕적으로 부패해 있다고 말하는 것이지. (아내에게 두 손을 내민다) 그러니까 나의 사랑스런 노라는 절대로 그 따위 사내를 위한 말을 한마디도 해서는 안 돼요. 약속해. 자, 그 손을 내밀어 봐요. 여보, 왜 그러지? 자, 어서 손을 내놓으라니까. 그래, 이제 됐어. 약속한 거요. 분명히 말해 두지만 나는 도저히 그 사람과 함께 일할 수 없소. 그놈 옆에 있으면 나도 모르게 기분이 나빠지니 말야.

노 라 (남편에게서 손을 빼고 크리스마스 트리 반대쪽으로 간다) 아휴, 왜 이렇게 덥죠. 게다가 난 아직도 할 일이 너무나 많아요.

헬메르 (일어서서 서류를 정리한다) 응, 나도 저녁 식사 전에 서류를 좀더 훑어봐야겠어. 그리고 당신이 입을 의상에 대해서도 생각해야 하니까. 금종이에 싸서 크리스마스 트리에 매달 것도 준비해야 하는데. (노라의 머리에 손을 얹는다) 아아, 내 귀엽고 조그만 종달새. (자기 방으로 들어가 문을 닫는다)

노 라 (잠시 사이를 두고 조그만 목소리로) 아아, 어쩌면 좋아! 그럴 리 없어. 어떻게 그럴 수가 있어? 그런 일이 있어선 결코 안 돼. 단연코 안 된다구!

유 모 (왼쪽 문 앞에서) 아이들이 엄마에게 가고 싶다고 보채는데요.

노 라 안 돼요. 이리로 보내면 안 돼요. 유모가 같이 놀아 줘요, 안네 마리.

유 모 네. (문을 닫는다)

노 라 (두려움으로 새파랗게 질려서) 우리 아이들을 타락시키고,

내 가정을 해친다고? (짧은 사이를 두고 고개를 든다) 그건 모두 거짓말이야. 그런 일은 절대로 있을 수 없어!

제 2 막

같은 방. 한쪽 구석의 피아노 옆에 크리스마스 트리가 서 있다. 장식과 잎은 뜯어지고 떨어졌으며 타다 남은 초만이 남아 있다. 노라의 모자와 외투가 소파 위에 있다. 노라는 초조한 듯 홀로 방안을 서성거리다가 소파 앞에서 걸음을 멈추고 외투를 집어든다.

노 라 (다시 외투를 내려놓는다) 누가 왔나 봐! (문 옆으로 가서 귀를 기울인다) 아냐. 아무도 없어. 당연하지. 오늘 같은 크리스마스에 누가 오겠어. 아무도 오지 않아…… 나만 하더라도…… 하지만 우연히……. (문을 열고 내다본다) 아냐, 우편함에도 아무 것도 들어 있지 않아. 텅텅 비었어. (전면으로 걸어온다) 참, 어리석지 뭐야! 그 사람도 물론 진심으로 말한 건 아닐 거야. 그런 일이 일어날 리 없어. 있을 수 없는 일이야. 난 세 아이의 어머니인걸.

유모가 커다란 종이 상자를 들고 왼쪽 방에서 나온다.

유 모 가장 무도회 의상이 들어 있는 상자를 겨우 찾아냈어요.

노 라 고마워요. 테이블 위에 놓아 줘요.

유 모 (시킨 대로 한다) 하지만 많이 구겨졌어요.

노 라 그런 것쯤 갈기갈기 찢어 버리고 싶은 심정이야.

유 모 어머, 무슨 말씀을. 곧 깨끗하게 손질해 놓을 테니까 잠깐만 기다리세요.

노 라 아아, 가서 린데 부인에게 도와 달라고 부탁을 해야겠어.

유 모 이런 좋지 않은 날씨에 외출하시려고요? 마님, 몸을 차게 하면 감기에 걸려요.

노 라 그 정도로만 끝나면 괜찮아요. 아이들은 어떻게 하고 있지?

유 모 모두들 크리스마스 선물만 가지고 놀아요. 하지만…….

노 라 나를 자꾸 찾던가요?

유 모 네, 언제나 엄마 곁에서 놀던 버릇이 있어서…….

노 라 아아, 그렇지만 말예요. 안네 마리, 이제부턴 지금까지처럼 그렇게 같이 있을 수 없어요.

유 모 어린아이들은 무슨 일에나 금방 익숙해진답니다.

노 라 그럴까? 만약 내가 어딘가 멀리 가 버린다면 아이들은 나를 잊고 말까?

유 모 무슨 말씀을! 멀리 가시다뇨?

노 라 저 말야, 안네 마리! 내가 곧잘 생각하는 게 있는데…… 당신은 자신의 아이를 다른 사람에게 주는 결단을 어떻게 내릴 수 있었지?

유 모 하지만 나이 어리신 아씨를 모시려면 그럴 수밖에 없었지요.

노 라 하지만 스스로 그런 마음이 생길 수 있다니.

유 모 이런 훌륭한 일자리는 여기말고 다른 곳에서는 얻을 수 없었는걸요. 불행한 처지에 있던 가난뱅이의 딸로서는, 이것도 고맙게 생각하지 않으면 안 되었어요. 그 형편없는 남편이란 사람은 저를 위해서 아무 것도 해주지 않았거든요.

노 라 그럼 딸은 유모를 잊었을까?

유 모 아뇨, 그렇지 않아요. 첫 영세를 받을 때도, 시집을 갈 때도 편지를 보내 온걸요.

노 라 (유모의 목을 껴안는다) 이봐요, 유모. 내가 어렸을 적에 유모는 정말 좋은 어머니였어.

유 모 불쌍하시게도, 마님은 어머니가 안 계셨잖아요.

노 라 이번에 내 아이들이 엄마를 잃으면 유모가 또 저 아이들의 엄마가 돼서……. 어머, 바보 같은 소릴! (종이 상자를 연다) 이제 아이들에게 가 보세요. 난 이제부터……. 내일은 내가 얼마나 아름다운지 보여주겠어요.

유 모 그럼요. 무도회장 안에서 마님만큼 아름다운 분은 아마 없을 거예요. (왼쪽 방으로 나간다)

노 라 (상자 안에 있는 것을 모두 꺼내다가 모조리 집어던진다) 아아, 이대로 나가 버릴까. 집을 비운 사이에 아무도 오지 않고, 아무 일도 일어나지 않았으면 좋겠는데. 아이, 쓸데없는 소리! 도대체 누가 온다는 거지? 아무 생각도 하지 않을 거야! 목도리 먼지나 털어야지. 어머, 예쁜 장갑. 정말 예뻐! 잊어버리자, 잊어버리자! 하나, 둘, 셋, 넷, 다섯, 여섯! (큰소리로 수를 센다) 앗, 왔구나! (문 쪽으로 가려다 그냥 멈춰 선다)

린데 부인이 현관에서 외투를 벗고 들어온다.

노　라　어머, 당신이었군요, 크리스티네. 밖에 아무도 없었지요? 잘 와 주었어요.

린데 부인　나를 찾아왔었다는 소리를 듣고…….

노　라　네, 마침 지나가던 길이었거든요. 나 좀 도와주셔야겠어요. 어서 소파에 앉아요. 실은 내일 밤, 요 위에 살고 있는 스텐볼크 영사(領事)님 댁에서 가장 무도회가 있어요. 그런데 남편은 글쎄 나보고 나폴리 어부의 딸로 가장하고 카프리에서 배운 타란텔라를 추라는 거예요.

린데 부인　어머나, 정식으로 공연을 하면 좋은 구경거리가 되겠는데요.

노　라　네, 그이가 자꾸 하라지 않겠어요. 이것 봐요, 이게 그 의상이에요. 이탈리아에 있었을 때 토르발이 사준 거예요. 그런데 지금은 이렇게 아주 낡아 버려서 손도 댈 수 없게 됐어요.

린데 부인 어머, 그래요? 이런 거야 금방 고칠 수 있어요. 가장자리 몇 군데 실밥이 뜯어진 것뿐이니까. 잠깐 손질만 하면 돼요. 바늘하고 실 있어요? 네, 이것만 있으면 충분해요.

노 라 정말 고마워요.

린데 부인 (바느질을 하면서) 그럼 내일은 이 옷을 입겠군요. 어머, 얼마나 멋질까요. 노라, 당신이 아름답게 차려 입은 모습을 보기 위해 잠깐만이라도 들러야겠어요. 참, 인사가 늦었는데, 어젯밤엔 고마웠어요. 정말 즐겁게 놀았어요.

노 라 (일어서서 방안을 서성거린다) 그래도 어제는 여느 때처럼 즐겁지가 않았어요. 당신이 좀더 빨리 이곳에 오셨더라면 좋았을걸. 토르발은 정말 집안을 즐겁고 품위 있게 만드는 데 솜씨가 있거든요.

린데 부인 그건 당신도 마찬가지에요. 그분에게 조금도 뒤지지 않을 텐데요. 아버님도 그러셨으니까. 그건 그렇고, 그 랑크 선생은 언제나 어제처럼 침울하신가요?

노 라 아뇨. 어제는 특별히 더했어요. 랑크 선생님은 아주 심한 병을 앓고 계세요. 불쌍하게도 척수결핵이래요. 듣기엔 그분의 아버님이 그야말로 난봉꾼으로 여러 명의 부인을 두고 바람을 피웠대요. 그 때문에 아드님은 어렸을 때부터 죽 병을 앓고 있었대요.

린데 부인 (바느질하던 옷을 밑에 내려놓고) 노라는 어떻게 그런 것까지 알고 있지요?

노 라 (방안을 서성거리며) 그야, 애가 셋이나 되다 보니 찾아오는 사람이 많아요. 풋내기 여의사 같은 사람도 와서는 이것저것 얘기를 해준답니다.

린데 부인 (다시 바느질을 계속한다. 잠시 후) 랑크 선생님은 매일 오시나요?

노 라 하루도 빠뜨리지 않고 매일 오세요. 어쨌든 남편하고 어렸을 때부터 친구이면서, 나하고도 친구인걸요. 그분은 이제 한 식구나 다름없어요.

린데 부인 그런데 그분, 정말 성실한 분인가요? 누구에게나 듣기 좋은 소리만 하는 그런 사람 아녜요?

노 라 오히려 그와 정반대예요. 그런데 어째서 그렇게 생각하죠?

린데 부인 글쎄, 어제 당신이 나를 소개하자 내 이름을 이 집에서 자주 들었다고 말씀하셨죠. 그런데 나중에 당신 주인이 나를 모르시는 걸 보니, 어떻게 랑크 선생님이…….

노 라 아아, 그거라면 크리스티네, 그분 말이 맞아요. 남편은 나를 너무 사랑하고 나를 독점하고 싶어해요. 결혼 초엔 친구 이름만 불러도 질투를 하곤 했죠. 그래서 나도 그런 말은 하지 않기로 했지요. 하지만 랑크 선생님하고는 가끔 그런 얘기를 나눴거든요. 그분은 기꺼이 들어주시니까.

린데 부인 어머, 노라. 당신은 아직도 어린애나 다름없군요. 나는 당신보다 나이도 조금 더 많고 경험도 많지 않아요? 그래서 충고하는데 당신, 랑크 씨와의 일은 빨리 결말을 지어 버려야 해요.

노 라 그게 무슨 말이죠?

린데 부인 글쎄, 여러 가지로……. 어제 당신이 돈 많은 부자가 당신을 위해 돈을 만들어 줬다고 말했잖아요?

노 라 했죠. 하지만 이 세상엔 없을 것 같은 사람 이야기였어요. 실망했겠지만 사실이에요. 그런데 그게 어떻다는 거죠?

린데 부인 랑크 선생님은 부자예요?

노 라 네, 그래요.

린데 부인 게다가 그분을 보살펴 드리는 집안 식구도 없죠?

노 라 그래요. 한 사람도 없어요. 그래서요?

린데 부인 그런 분이 매일 여기 오시는 거죠?

노 라 아까 말한 대로죠.

린데 부인 어떻게 그런 훌륭한 분이, 그토록 몰염치한 짓을?

노 라 무슨 말을 하는 건지 전혀 알 수가 없군요.

린데 부인 시치미를 떼도 소용없어요, 노라. 4800크로네라는 돈이 어디서 났는지 내가 모를 줄 알아요?

노 라 어머! 어떻게 되신 거 아네요, 당신? 그렇게 생각하시다니. 그분은 매일 우리 집에 오시는 우리의 친구예요. 만약 그분에게 돈을 꾸었다면 우리 사이가 얼마나 불편하겠어요.

린데 부인 그럼 정말 그분이 아닌가요?

노 라 그럼요. 정말 그렇지 않아요. 그건 생각조차 할 수 없는 일이에요. 게다가 그 무렵엔, 그분도 남에게 꿔 줄 만한 돈을 가지고 있지 않았어요. 그 훨씬 뒤에야 유산을 물려받았는걸요.

린데 부인 그렇다면 당신에게 천만 다행스런 일이군요, 노라.

노 라 랑크 선생님에게 그런 일을 부탁드리는 것은 생각조차 못했어요. 하지만 만약 부탁했더라면 아마도 틀림없이…….

린데 부인 물론 그런 짓은 하지 않으시겠죠?

노 라 그럼요. 이제 그와 같은 일이 생길 거라고는 생각하지 않아요. 그렇지만 랑크 씨에게 부탁했다면 그야 틀림없이…….

린데 부인 주인한텐 비밀로 하고?

노 라 따로 해결해야 할 일이 있어요. 그것도 남편 모르게 말예요. 이건 어떤 일이 있더라도 해결하지 않으면 안 돼요.

린데 부인 그렇죠. 그건 나도 어제 말했잖아요. 하지만…….

노 라 (왔다갔다하면서) 이런 일은 여자보다 남자가 훨씬 잘 처리하겠죠?

린데 부인 그래요. 당신 남편이라면…….

노 라 바보 같은 소리 하지 말아요. (멈춰 서서) 빌린 것만 갚고 나면 차용증서는 돌려받을 수 있겠죠?

린데 부인 그야 물론이죠.

노 라 그렇다면 기분 나쁘고 더러운 그런 종이조각 따위는 갈기갈기 찢어서 태워 버리고 말 거예요.

린데 부인 (그녀를 유심히 지켜보며 바느질감을 내려놓고 천천히 일어선다) 노라, 당신은 아직 내게 뭔가 숨기고 있군요.

노 라 그걸 어떻게 알았죠?

린데 부인 어제 아침부터 무슨 일이 있었지요? 노라, 대체 무슨 일이에요?

노 라 (린데 부인을 마주보며) 크리스티네! (귀를 기울인다) 쉿! 토르발이 돌아왔어요. 저, 잠깐만 애들 방으로 가 있어 줘요. 그이는 바느질은 딱 질색이거든요. 유모에게도 거들어 달라고 해요.

린데 부인 (흩어진 바느질감을 끌어 모은다) 네, 알았어요. 그러나 나는 얘기를 다 듣기 전에는 돌아가지 않을 거예요.

린데 부인은 왼쪽으로 퇴장하고 동시에 헬메르가 현관에서 들어온다.

노 라 (그를 맞으면서) 많이 늦으셨군요, 토르발.

헬메르 지금 있던 사람은 의상실에서 온 사람이오?

노 라 아뇨, 크리스티네 씨예요. 옷을 손질해 주러 오셨어요. 이제 두고봐요. 모두들 틀림없이 깜짝 놀랄 테니까요.

헬메르 어때, 내 생각이 훌륭하지?

노 라 멋있어요. 하지만 당신 말을 그대로 따르는 나도 착하잖아요?

헬메르 (노라의 턱 밑에 손을 대고) 착하다고? 아내가 남편의 말을 듣는 게 말이지? 아, 이 귀여운 장난꾸러기야! 하지만 당신이 나쁜 의미로 말한 게 아니라는 건 잘 알고 있지. 그건 그렇고, 당신을 방해하지 말아야겠군. 아무래도 이제부터 연습을 하려는 것 같으니까.

노 라 당신은 또 일이에요?

헬메르 (다발로 묶은 서류를 보인다) 보시다시피야. 지금 은행에 갔다 오는 길이야. (서재 쪽으로 가려고 한다)

노 라 여보.

헬메르 (걸음을 멈추며) 왜 그래?

노 라 만일 당신의 조그만 다람쥐가 무언가 특별히 부탁할 게 있다면?

헬메르 그게 뭐지?

노 라 그땐 들어주시겠죠?

헬메르 그야 들어본 뒤가 아니면…….

노 라 당신이 제 부탁을 들어주시기만 한다면, 당신의 다람쥐는 깡충깡충 뛰고 공중 회전이라도 해 보이겠어요.

헬메르 어서 말이나 해봐요.

노 라 그러면 종달새는 온 집안을 날아다니며 높고 낮은 소리로 노래를 부를 거예요.

헬메르 뭐야, 그런 거라면 종달새는 늘 하고 있잖아.

노 라 저는 당신 앞에서 요정(妖精)이 되어 달빛을 받으며 춤을 춰 보이겠어요.

헬메르 노라. 설마 오늘 아침 슬쩍 비쳤던 그 얘기는 아니겠지?

노 라 (가까이 다가서며) 네, 그거예요. 토르발! 제발 부탁이에요!

헬메르 당신 정말 그 말을 되풀이할 생각이오?

노 라 네, 그래요. 제 부탁대로 해주세요. 크로그스타를 은행에 그대로 있게 해주세요.

헬메르 노라, 하지만 린데 부인이 그놈의 자리에 들어가는 거야.

노 라 네, 그건 무엇보다 고마워요. 그럼 크로그스타 대신에 다른 사람을 그만두게 해주세요.

헬메르 무슨 그런 엉터리 같은 떼를 쓰는 거요? 당신이 경솔하게 그따위 인간을 위해서 약속했다고 해서 왜 나까지…….

노 라 그래서가 아니에요, 토르발. 당신 자신을 위해서예요. 그 남자는 주의해야 할 여러 신문에도 관계하고 있다고 당신 입으로 말씀하셨지요? 당신에게 어떤 중상 모략을 가할지도 몰라요. 그렇게 생각하니 저는 그 남자가 무서워 죽겠어요.

헬메르 아, 이제야 알았어. 당신은 옛날 일이 생각나서 겁을 먹고 있군.

노 라 옛날 일이라뇨?

헬메르 물론 당신 아버님의 일이지.

노 라 네, 그래요. 여보, 그 악당들이 아버지를 놓고 신문에서 얼마나 떠들어댔는지, 얼마나 심한 중상모략을 했는지 기억하실 거예요. 만약 정부가 그때 당신을 보내 진상을 조사시키지 않았다면, 또 당신이 그만큼 호의를 가지고 아버지를 위해 애써 주시지 않았다면, 아버지는 틀림없이 면직되고 말았을 거예요.

헬메르 그렇지만 노라, 당신 아버님과 나는 많이 달라. 아버님은 관리로서 떳떳했다고 할 수는 없었어. 하지만 나는 결백해. 그리고 이 자리에 있는 한은 언제까지나 그렇게 지내겠다고 마음먹고 있어.

노 라 하지만 악질적인 사람들이 어떤 일을 벌일지 알 수 없잖아요. 이제부터 우리들은 아무 근심 걱정 없는 평화스런 가정에서, 아주 즐겁고 평안하며 행복하게 살려는 참 아니에요? 당신과 저와 아이들을 위해서 이렇게 부탁드리는 거예요.

헬메르 당신이 그토록 부탁을 한다면 더욱더 그 자를 그대로 놔둘 수 없소. 내가 크로그스타를 그만두게 한다는 것은 이미 은행에서 모르는 사람이 없을 정도란 말이야. 그런데 그 자를 그대로 둔다면 새 은행장이 마음먹은 것조차 부인에게 설득당해 취소했다고 수군거릴 거요.

노 라 그래서요?

헬메르 뻔한 일 아니겠소. 나는 여러 사람의 웃음거리가 되는 데다가 다른 사람의 의지에 좌우되는 줏대 없는 사람으로 인정받게 되지. 그렇게 되면 결과는 즉각 눈앞에 나타나게 돼! 그리고 또 한 가지… 내가 크로그스타를 그냥 놔둘 수 없는 이유가 있단 말이오.

노 라 무슨 이유죠?

헬메르 그놈의 도덕적인 결함쯤은 부득이한 경우엔 그냥 봐줄 수도 있소.

노 라 네, 그렇겠죠.

헬메르 그리고 그 자가 제법 능력이 있다는 소문도 나 있고 말야. 그런데 그놈은 내 젊은 시절부터 알고 지낸 친구란 말이야. 흔히 있는 일이지만, 젊은 시절에 스스럼없이 교제를 했기 때문에 나중에 가서 곤란해지는 그런 거지. 사실 터놓고 말하지만, 그놈하고 나는 허물없이 지낸 사이였어. 그런데 예의를 모르는 놈이라 남 앞에서도 도무지 조심을 하지 않아. 그뿐 아니라 나에 대해선 함부로 말해도 되는 권리라도 있는 것처럼 생각하고 있단 말이야. 그래서 걸핏하면 '여보게, 헬메르' 라고 반말을 해댄단 말야. 나로서는 아주 괴로운 일이지. 그놈이 있는 한 도저히 은행장으로서의 위엄을 지키기가 어려울 것 같단 말이오.

노 라 여보, 겨우 그까짓 걸 가지고 그렇게 심각하게 말씀하시는 거예요?

헬메르 그까짓 것이라니. 그게 상관이 없단 말인가?

노 라 글쎄…… 그런 것은 쓸데없는 걱정이 아닐까요?

헬메르 무슨 말을 하는 거야. 쓸데없는 걱정? 그럼 내가 졸장부라고 생각하는 건가?

노 라 어머! 무슨 말씀이세요, 토르발. 그건 말이죠…….

헬메르 좋소. 당신은 나의 이유를 쓸데없는 거라고 했소. 그렇다면 정말로 내가 시시한 인간인지도 모르지. 그렇지, 시시하지! 좋아. 자, 이쯤에서 이 일도 결말을 내려야겠소. (현관으로 가는 문가에서 커다란 목소리로 부른다) 헬레네!

노 라 어쩌시려는 거죠?

헬메르 (서류를 뒤적이며) 결말을 지어 버리는 거야. (하녀가 들어온다) 이것 봐, 이 편지를 얼른 배달부에게 갖다 주고 와. 주소는 거기 적혀 있으니까. 자, 돈.

하 녀 네. (편지를 가지고 나간다)

헬메르 (서류를 챙기면서) 자아, 우리 고집쟁이가 보았겠지?

노 라 (숨을 죽이고 있다가) 여보! 저건 무슨 편지예요?

헬메르 크로그스타의 해임 통지서야.

노 라 여보, 다시 불러들이세요! 토르발, 아직 늦지 않았어요. 어서 다시 불러들이세요! 제발 나를 위해서, 당신 자신을 위해서, 아이들을 위해서! 들리지 않아요? 토르발, 어서 불러들여 줘요. 이런 일을 하면 우리들에게 어떤 재난이 닥칠지 당신은 알지 못하고 계세요.

헬메르 이미 늦었어.

노 라 그래요……. 이미 늦었어요.

헬메르 여보, 노라. 그런 걱정을 하는 것은 나를 모욕하는 것이지만, 그건 아무튼 용서해 주지. 그래, 모욕이고말고! 내가 타락한 엉터리 변호사의 복수를 두려워해야 한다는 것이 모욕이 아닐 수 있어? 하지만 그것도 나를 진심으로 사랑해 주고 있는 귀여운 증거라 생각하고 용서해 주지. (노라를 두 팔로 안는다) 이렇게 할 수밖에 없어. 그리고 노라, 그 후의 일은 내버려둬. 무슨 일이 닥치면 나에게도 힘과 용기가 생기니까 말야. 아무 말 하지 말고 그냥 보고 있어요. 나도 사내야. 모든 것은 내가 책임지겠어.

노 라 (공포에 떨며) 무슨 말이죠?

헬메르 모든 것을 책임지겠단 말야.

노 라 (침착하게) 아뇨. 절대로 혼자서 떠맡게 하지는 않겠어요.

헬메르 좋소. 그럼 둘이서 책임을 분담하기로 하지. 남편과 아내로서 말야. 그게 당연한 일이지. (노라를 안는다) 자, 이젠 만족했소? 여보, 여보, 그런 겁먹은 비둘기 같은 눈은 하지 마. 모두 어리석은 상상에 지나지 않아. 자, 당신은 타란텔라를 연습하든지 탬버린 연습을 하든지 해요. 나는 서재에 들어가 문을 잠그겠어. 그렇게 하면 아무 소리도 들리지 않을 테니까 얼마든지 마음껏 소리를 내도 괜찮아. (문께에서 되돌아 본다) 그리고 랑크 씨가 오거든 내가 있는 곳을 가르쳐 줘요. (아내에게 고개를 끄덕여 보이면서, 서류를 갖고 자기 방에 들어가 문을 닫는다)

노 라 (불안한 모습으로 못박힌 듯이 서서 중얼거린다) 그 남자라면 능히 그런 짓을 하고도 남을 사내야. 그래, 꼭 할 거야. 전에도 그랬던 것처럼. 하지만 그런 짓은 절대로 하지 못하게 할 거야. 무슨 일이 있어도 그 일만은 절대로 안 돼! 무슨 방법이 없을까? (현관에서 초인종이 울린다) 랑크 선생이시군. 다른 일이라면 몰라도 그것만은 무슨 일이 있어도, 절대로!

얼굴을 매만지고 기분을 바꿔 현관으로 통하는 문 앞으로 가서 연다. 밖에는 의사 랑크가 서 있으며, 털가죽 외투를 벗어 못에 걸고 있다. 이 무렵부터 차차 어두워지기 시작한다.

노 라 어서 오세요, 선생님. 초인종 소리로 곧 선생님이라는 걸 알 수 있었어요. 그런데 지금은 토르발에게 가시면 안 돼요. 무척 바쁜 모양이에요.

랑 크 그렇다면 당신은?

노 라 (랑크가 들어온 뒤에 문을 닫으면서) 어머, 잘 아시면서. 당신을 위해서라면 저는 언제든지 시간이 있어요.

랑 크 그건 고마운 일인데요. 그럼 그렇게 할 수 있는 동안은 부인의 친절을 달게 받겠습니다.

노 라 뭐라고요? 할 수 있는 동안이라니, 무슨 말이에요?

랑 크 호, 놀라셨습니까?

노 라 정말 이상한 말씀을 하시는군요. 무슨 일이 있었나요?

랑 크 오래 전부터 각오하고 있던 일이 드디어 닥쳐왔습니다. 설마 이렇게 빨리 찾아오리라곤 생각지도 못했지만 말예요.

노 라 (그의 팔을 잡고) 도대체 무슨 일이 왔다는 거지요? 랑크 씨, 저에게 말씀해 주세요.

랑 크 (난로 앞에 앉는다) 나는 내리막길을 내려가고 있습니다. 이제 어떻게도 할 수 없어요.

노 라 (안도의 한숨을 내쉰다) 어머, 선생님에 관한 일이시군요.

랑 크 그렇잖으면 누구의 얘기겠습니까. 자신을 속여 봤자 무엇하겠습니까. 제 환자 중에 가장 비참한 건 저 자신이에요. 부인, 나는 최근 2,3일 동안 제 몸에 대해 종합 검사를 해봤어요. 이제 끝장이에요. 앞으로 한달 뒤면 나는 무덤 속에서 잠들어 있을 겁니다.

노 라 어머, 무슨 그런 끔찍한 말씀을 하세요.

랑 크 어쨌든 그 자체가 몹시 끔찍한 일이니까요. 하지만 제일 싫은 것은, 거기에 도달하기까지 아직도 싫은 일을 거치지 않으면 안 되는 것이에요. 마지막 검사가 하나 남아 있습니다만, 그게 끝나면 언제 파멸이 시작될지 대강 알 수 있게 될 겁니다. 그래서 부인께 말해 두고 싶은 게 있습니다. 헬메르는 저토록 신경이 예민해서 무엇이든지 좋지 않은 것은 몹시 싫어합니다. 그러니까 내 병실에는 들어오지 않도록 해주십시오.

노 라 하지만 선생님…….

랑 크 정말 오면 안 됩니다. 무슨 일이 있어도 안 됩니다. 헬메르 군에 대해선 면회 사절입니다. 만일 최악의 상태라는 것이 확인되면, 곧 명함 위에 검은 십자가를 그려서 댁으로 전해 드리겠습니다. 그렇게 되면 드디어 마지막 때가 온 것으로 생각해 주십시오.

노 라 싫어요. 선생님은 오늘 왜 그렇게 무서운 말씀을 하세요? 정말 선생님의 기분이 좋아졌으면 좋겠어요.

랑 크 죽음의 신을 가슴에 안고도 말입니까? 더욱이 남의 죄를 짊어지고 말예요. 이래도 정의가 있는 것일까요. 물론 어느 가정에나 용서할 수 없는 인과응보라는 것이 있는 법입니다만.

노 라 (두 귀를 막고) 아이, 그런 말 싫어요! 이제 기분이 좋아질 수 있도록 유쾌한 이야기를 해 주세요.

랑 크 사실 이런 일은 웃어넘길 수밖에 다른 도리가 없어요. 불쌍하게도 죄 없는 내 척추가 젊은 중위 시절에 저질렀던 아버지의 죄값을 치르고 있는 것이니까요.

노 라 (왼쪽 테이블에 다가가) 아버님은 틀림없이 아스파라거스니 거위 간으로 만든 만두 같은 것을 아주 좋아하셨나봐요. 그렇죠?

랑 크 네, 그리고 버섯도요.

노 라 버섯도요? 그러셨겠죠. 그리고 굴도 좋아하셨겠지요, 틀림없이.

랑 크 그래요. 싱싱한 굴도 좋아하셨죠.

노 라 그리고 술은 포도주와 샴페인……. 이런 훌륭한 음식이 모두 몸에 해가 된다니 정말 서글픈 일이에요.

랑 크 더군다나 그런 음식들이, 조금도 그것을 좋아하지 않는 불행한 사내의 몸에 해를 끼치다니 말이오.

노 라 그래요. 그게 무엇보다도 슬픈 일이에요.

랑 크 (살피듯이 노라를 보고) 음!

노 라 (조금 사이를 두고) 왜 웃으시죠?

랑 크 부인이 먼저 웃으셨지 않습니까?

노 라 아니에요, 선생님. 웃으신 건 당신이에요.

랑 크 (일어선다) 부인께선 내가 생각하고 있었던 것보다 훨씬 장난꾸러기예요.

노 라 저, 오늘은 장난이 하고 싶어 못 견디겠어요.

랑 크 그런 것 같군요.

노 라 (두 손을 랑크의 어깨에 얹으며) 소중한 랑크 선생님, 토르발과 저를 두고 돌아가시면 안 돼요!

랑 크 뭘요. 그런 슬픔은 곧 사라지고 말 겁니다. 죽은 사람은 곧 잊혀지게 마련이니까요.

노 라 (걱정스럽게 상대방을 보고) 정말로 그렇게 생각하세요?

랑 크 새로운 친구가 생기고, 그걸로…….

노 라 누가 그런 친구를 만들죠?

랑 크 내가 없어지고 나면 당신이나 헬메르는 금방 만들 거예요. 부인께선 지금부터 미리 준비하고 있잖아요. 그 런데 부인이란 사람은 어젯밤에 무엇 하러 여기에 오셨습니까?

노 라 어머! 설마 그 불쌍한 크리스티네를 질투하고 계시는 것은 아니겠죠?

랑 크 질투하고 있고말고요. 그 사람이 나 대신 올 사람이죠? 내가 안녕을 하면, 틀림없이 그 여자가…….

노 라 쉿! 그렇게 큰소리 내지 마세요. 저쪽에 와 있어요.

랑 크 오늘도요? 그것 봐요.

노 라 제 옷을 손질해 주려고 오신 것뿐이에요. (소파에 앉는다) 자, 이제 마음을 차분히 가라앉혀 보세요, 선생님, 내일 제가 얼마나 멋있게 춤추는지 봐 주세요. 기막힌 춤을 보여 드릴 테니까요. 당신을 위해서만 추춤추고 있는 거라고 생각하셔도 좋아요. 그야 물론 토르발을 위한 것이기도 하지만 말이죠. (종이 상자에서 갖가지 물건을 꺼낸다) 선생님, 여기 와서 앉으세요. 보여 드리고 싶은 게 있어요.

랑 크 (앉는다) 뭡니까?

노 라 보세요, 자!

랑 크 스타킹이군요.

노 라 살색이에요. 예쁘죠? 지금 이 방은 이렇게 어둡지만, 내일은 아니에요. 어머, 싫어요. 왜 그렇게 발만 보시는 거예요. 아이, 좋아요. 당신이니까 위까지 보여 드리겠어요.

랑 크 음…….

노 라 어째서 그렇게 유심히 보고 계시죠? 틀림없이 어울리지 않는다고 생각하시는 거죠?

랑 크 그런 일에 대해선 확실한 생각을 말할 수 없군요.

노 라 (랑크를 흘끗 본다) 어머, 실례예요. (양말로 가볍게 랑크의 귀를 때린다) 이게 벌이에요. (양말을 다시 집어넣는다)

랑 크 이번에는 어떤 기막힌 걸 보여 주시렵니까?

노 라 이제 아무 것도 보여 드리지 않겠어요. 무척 점잖지 못하시니까. (조그맣게 콧노래를 부르면서 물건이 든 상자를 휘젓는다)

랑 크 (잠시 침묵 후) 이 댁에 와서 부인에게 매우 친절한 대접을 받고 있어서 말이지만, 만일 이 집에 발을 들여놓지 않았다면, 대체 나는 어떻게 됐을지 생각할 수 없군요. 아니, 상상조차 할 수 없어요.

노 라 (미소짓는다) 이 집에 오실 때는 진정으로 즐거워서 오시는 거죠?

랑 크 (멍하니 앞을 바라보며 조용히) 그런데 그런 모든 것과 이제 이별이군요.

노 라 바보 같은 말씀 그만 하세요. 그런 일이 있을 리 없어요!

랑 크 (계속해서) 더욱이 부인을 포함해 제가 좋아했던 모든 사람들에게 감사의 표시 하나 남겨 놓고 가지 못하잖아요. 당장은 제가 없어서 쓸쓸하시더라도 금방 적당한 사람이 오면 메워지고 말 거예요.

노 라 그럼, 제가 지금 부탁드릴 일이 있다고 한다면…… 아니에요.

랑 크 무슨 일입니까?

노 라 우리 사이 우정의 증거가 될 만한 일.

랑 크 네?

노 라 저, 말하자면…… 아주 큰 부탁인데요.

랑 크 그렇다면 드디어 당신이 그것으로 저를 행복하게 해 주시려는 거군요.

노 라 어머, 선생님은 어떤 일인지 아직 알지도 못하시면서…….

랑 크 좋습니다. 자, 말씀해 보세요.

노 라 아니에요. 그건 말씀드릴 수가 없어요, 선생님. 아주 굉장한 일이에요. 하지만 의논도 드리고 싶고, 저에게 힘이 되어 주셨으면 하는 일이긴 해요.

랑 크 그렇다면 더욱 좋습니다. 하지만 도무지 무슨 일인지 짐작도 할 수 없군요. 제발 말씀해 보세요. 나를 신뢰하지 않는 것은 아니겠죠?

노 라 아뇨. 누구보다도 신뢰하고 있어요. 제게 있어서 당신 이상으로 가까운 친구가 없다는 것은 당신 스스로도 잘 아시죠? 그러니까 말씀드리고말고요. 실은 선생님, 당신의 힘으로 해결해 주셔야 할 일이 있어서요. 토르발이 말할 수 없을 정도로 저를 깊이 사랑하고 있는 것은 아시죠? 저를 위해서 목숨을 내던질 일이 있다면 언제라도 망설이지 않을 거예요.

랑 크 (노라 쪽으로 몸을 굽히고) 노라 부인! 그렇게 할 사람이 저 말고 또 있습니까?

노 라 (약간 놀라며) 무슨?

랑 크 부인을 위해서 기꺼이 목숨을 내던지려는 사람 말입니다.

노 라 (무겁게) 어머!

랑 크 저는 죽기 전에 꼭 이것을 부인께 말씀드리려고 마음속으로 맹세하고 있었습니다. 지금까지 이런 좋은 기회는 없었어요. 노라 부인, 이걸로 내 마음은 아셨을 겁니다. 자아, 이제 나를 다른 누구보다 신뢰해도 좋다는 것을 아셨겠지요?

노 라 (태연하게, 그리고 침착하게 일어선다) 잠깐 실례하겠어요.

랑 크 (노라를 지나가게 해준다. 그렇지만 역시 앉은 채) 노라 부인!

노 라 (현관으로 통하는 문에서) 헬레네, 불 좀 켜줘요. 선생님, 지금 그 말씀은 가당찮은 말씀이세요.

랑 크 (일어선다) 제가 다른 누구처럼 진심으로 부인을 사랑하고 있다는 것이 가당찮은 일입니까?

노 라 아뇨. 하지만 그런 말을 입에 담으시다니. 그런 것은 구태여 말씀하실 필요가 없는 얘기예요.

랑 크 그러시다면? 그럼 제 마음을 알고 계셨다는 말인가요?

하녀가 램프를 들고 들어와서 테이블 위에 놓고 다시 나간다.

랑 크 노라, 아니 헬메르 부인. 정말 부인은 제 마음을 알고 계셨습니까?

노 라 알고 있었는지 어떤지, 그런 것은 잘 모르겠어요. 어떻게 그런 말을 할 수 있겠어요? 일부러 그렇게 노골적으로 말씀하시지 않아도 지금까진 무슨 일이나 잘되가고 있었는데.

랑 크 적어도 내가 몸과 마음을 당신에게 바치고 있다는 사실은 아셨겠지요. 자아, 그 얘기란 것을 들어 봅시다.

노 라 (랑크를 물끄러미 바라보고) 이렇게 되고 나서도요?

랑 크 어서요. 부디 그 부탁이란 것을 들려주십시오.

노 라 이젠 아무 말씀도 드릴 수 없어요.

랑 크 그게 무슨 말씀이십니까? 이런 식으로 저를 괴롭히지 말고 제발 말씀해 주십시오. 부인을 위해서라면 힘이 닿는 데까지 뭐든지 하겠습니다.

노 라 이미 선생님께 무엇을 해 달라고 말씀드릴 수가 없어요. 게다가 그런 힘을 빌릴 필요도 없고요. 모든 게 다 공상이었던 거예요. 정말 그래요. 물론이에요! (흔들의자에 앉아 랑크 쪽을 보고 미소짓는다) 선생님, 당신은 정말 좋은 분이군요. 하지만 이렇게 불이 켜지고 보니 좀 창피하지 않아요?

랑 크 아뇨, 그렇지 않아요! 그러나 나는 이쯤에서 물러나는 게 좋을 것 같군요, 영원히.

노 라 아니에요. 그건 안 돼요. 물론 지금까지와 마찬가지로 와 주셔야 해요. 아시다시피 토르발은 당신 없인 하루도 살지 못하는걸요.

랑 크 그럼 당신은?

노 라 어머, 저 역시 선생님이 오시면 언제나 집안이 즐거워지곤 하는 걸요.

랑 크 그거예요. 그 때문에 제가 커다란 착각을 한 것 같습니다. 당신이란 사람은 내겐 수수께낍니다. 때때로 나는 이런 마음을 가졌었어요. 부인께서 저와 함께 있는 것을, 헬메르와 같이 있는 것만큼이나 좋아하는 게 아닌가 하고 말이죠.

노 라 그거야 누구든지 좋은 사람과 함께 있었으면 하는 생각은 가지고 있는 법이잖아요.

랑 크 네, 그럴 수도 있겠군요.

노 라 예전에 제가 결혼하기 전에는 누구보다도 아버지를 좋아했어요. 하지만 하녀들 방에 몰래 들어가는 것도 역시 즐거워했지요. 왜냐하면 하녀들은 조금도 잔소리를 하지 않았고, 우리끼리는 늘 재미있는 수다를 늘어놓을 수 있었거든요.

랑 크 허허허, 그럼 나는 그 하녀들 대신인 셈이군요.

노 라 (펄쩍 뛰며 랑크 쪽으로 간다) 어머나, 선생님. 그런 뜻으로 말한 게 아니에요. 하지만 토르발이 아버지 같다는 것쯤은 아시겠죠?

하녀가 현관에서 들어온다.

하 녀 마님. (뭔가 노라에게 소곤거리고 나서 명함 한 장을 건넨다)

노 라 (명함을 힐끔 보고) 아! (명함을 주머니에 넣는다)

랑 크 무슨 언짢은 일이라도?

노 라 아뇨. 아무 것도 아니에요. 제 새로운 무도회 의상이…….

랑 크 네? 그건 거기 있잖습니까?

노 라 네. 그런데 이건 딴 거예요. 주문해 둔 거죠. 토르발에겐 비밀이에요.

랑 크 아하, 그게 큰 비밀이란 말이군요.

노 라 그래요. 선생님, 토르발이 있는 방에 가시지 않겠어요? 가운

네 방에 있어요. 그리고 될 수 있는 대로 오래 붙들고 계셔 주세요.

랑 크 마음 놓으십시오. 붙들고 놔주지 않을 테니까. (헬메르의 방으로 들어간다)

노 라 (하녀에게) 부엌에서 기다리고 있니?

하 녀 네, 뒤 층계로 올라오셨어요.

노 라 손님이 계시다고 말씀드리지 않았니?

하 녀 말씀드렸지만 소용이 없었어요.

노 라 돌아가려고 하지 않아?

하 녀 네, 마님을 뵙기 전에는 돌아가지 않겠답니다.

노 라 그럼, 들어오시게 해. 하지만 아무도 모르게 해야 해. 그리고 헬레네, 이 일은 아무에게도 말하면 안 돼요. 나리가 아시면 큰일이니까.

하 녀 네, 네, 알겠습니다. (나간다)

노 라 일이 점점 커지는구나. 결국 이렇게 되고 말았어. 아냐, 아냐, 그건 안 돼. 그렇게 되도록 내버려둘 수는 없어. (헬메르의 방문 앞에 가서 문을 잠가 버린다)

하녀는 현관문을 열고 크로그스타를 안내한 뒤 문을 닫는다. 크로그스타는 여행용 모피 코트에 가죽 장화를 신고, 털가죽 모자를 쓰고 있다.

노 라 (그에게 다가가) 조그맣게 말씀해 주세요. 부탁해요. 주인이 집에 계세요.

크로그스타 아, 그렇습니까?

노 라 무슨 일이시죠?

크로그스타 잠시 여쭤 보고 싶은 게 있어서요.

노 라 그럼 빨리 말씀해 주세요. 무슨 얘긴데요?

크로그스타 아시겠지만, 나는 해고 통지서를 받았습니다.

노 라 제 힘으론 도저히 막을 수가 없었어요. 크로그스타 씨, 당신을 위해서 마지막까지 애써 봤지만 역시 소용이 없었어요.

크로그스타 주인께선 당신을 사랑하고 계시지 않나요? 내가 당신을 어떤 처지에 몰아넣을지 뻔히 알고 있으면서, 나를 이런 꼴로…….

노 라 주인께 그런 말을 어떻게 하겠어요.

크로그스타 물론 저 역시 그럴 거라고는 생각했습니다. 저 선량한 토르발 헬메르가 그 정도의 사내다운 용기를 가진 사람이라고는 생각되지 않으니까요.

노 라 크로그스타 씨, 주인에 대해서 실례되는 말씀은 하지 말아 주세요.

크로그스타 아아, 물론입니다. 그에게 실례되는 짓을 할 리가 있습니까? 그러나 당신이 그렇게 필사적으로 이 문제를 주인에게 비밀로 하고 있는 것을 보면, 당신도 어제보다는 자신이 한 일이 어떤 일이었는가를 조금은 아신 것 같군요.

노 라 당신의 설명을 들을 필요가 없을 정도로 잘 알고 있습니다.

크로그스타 그러시겠죠. 저 같은 엉터리 변호사 따위가 뭘…….

노 라 도대체 오늘 제게 무슨 볼일이 있으신 거지요?

크로그스타 별것 아니죠. 당신이 어떻게 하고 계신가 인사차 들렀습니다. 어제는 하루 종일 당신에 대해 생각하고 있었지요. 비록 고리대금업자에다 엉터리 변호사라는 말을 듣고 있기는 하지만, 제게도 인정이란 게 조금은 있으니까요.

노 라 네, 그러시겠죠. 저도 그러실 거라 생각하고 있었어요.

크로그스타 이번 일은 조용히 해결될 수 있는 일입니다. 세상에 알릴 필요까진 없어요. 우리 세 사람이면 충분히 해결할 수 있습니다.

노 라 주인에게는 어떠한 일이 있어도 알릴 수 없어요.

크로그스타 어떻게 알리지 않을 수가 있지요? 부인 혼자서 나머지 돈을 갚을 수 있단 말입니까?

노 라 아뇨. 지금 당장엔 안 돼요.

크로그스타 그럼 며칠 내로 돈을 마련할 수 있습니까?

노 라 뾰족한 방법이 있는 것은 아니에요.

크로그스타 아니, 만약 있다 하더라도 지금에 와선 이미 소용이 없어요. 설사 지금 그만한 돈을 내 눈앞에 쌓아 놓고 보여주셔도 증서는 돌려 드리지 않을 테니까요.

노 라 그럼, 그것으로 대체 당신은 무얼 하실 작정이죠?

크로그스타 그냥 갖고 싶을 뿐이에요. 제 가까이에 놔두고요. 제3자에겐 절대로 보이지 않겠습니다. 혹시 부인께서 뭔가 터무니없는 결단이라도 내리시면…….

노 라 그렇게 하겠어요!

크로그스타 예를 들어 집을 버리고 나가는 것 같은 엄청난 일을 저

지르신다면…….

노 라 그럴지도 몰라요!

크로그스타 혹은 더 큰일을 생각하게 되면…….

노 라 어떻게 아셨지요?

크로그스타 그런 생각은 하지 않으시는 편이 좋습니다. 그런 생각은 모두 버리세요.

노 라 어떻게 내가 그런 생각을 하고 있다고 생각하시죠?

크로그스타 사람은 이런 경우 대개 그렇게 생각하기 마련이니까요. 저도 역시 그랬었죠. 그러나 내겐 그만한 용기가 없었습니다.

노 라 (힘없는 소리로) 나 역시 없어요!

크로그스타 (마음을 놓았다는 듯이) 그러시겠죠. 부인 역시 그럴 만한 용기는 없어요.

노 라 없고말고요. 없어요.

크로그스타 잠시 폭풍이 불고 지나가면 그런 건 매우 어리석은 짓이 되고 말 테니까요. 실은 내 주머니에 주인 어른 앞으로 보낼 편지가 들어 있어요.

노 라 거기에 전부 썼군요.

크로그스타 될 수 있는 대로 조심해서 쓰긴 했습니다만.

노 라 (빠른 말로) 그 편지를 저분에게 전하지 말아 주세요. 찢어 버리세요. 돈은 내가 어떻게든 마련할 테니까요.

크로그스타 안됐습니다만, 부인 아까 말씀드린 대로…….

노 라 아뇨 제가 말하는 것은 빌린 돈에 대해서가 아니에요. 도대체 주인에게서 얼마를 받아 내시려는 거죠? 그 돈은 내가 만들어 드리겠어요.

크로그스타 저는 주인에게서 돈 따위는 바라고 있지 않습니다.

노 라 그럼 무엇을 원하시는 거죠?

크로그스타 그럼 말씀드리죠, 부인. 저는 다시 한 번 딛고 일어설 발판이 필요한 것입니다. 명예를 되찾고 싶습니다. 그래서 주인의 힘을 빌리고 싶은 것입니다. 지난 1년 6개월 동안, 나는 양심에 꺼리는 어떠한 일도 하지 않았습니다. 그 동안 나는 괴로운 환경과 싸우면서도 한 걸음 한 걸음 길을 개척해 나가는 데 만족했습니다. 그런데 다시 쫓겨나게 되었으니, 이젠 나를 동정해서 다시 채용해 준다고 하는 것만으로는 만족할 수가 없습니다. 저는 다시 세상에 떳떳하게 얼굴을 내밀고 싶습니다. 아시겠소? 다시 은행에 되돌아가 전보다도 한 계단 높은 자리에 앉고 싶은 겁니다. 주인께서라면 저를 위해 그런 자리를 만들 수가 있습니다.

노 라 주인은 절대로 그렇게 하지 않아요.

크로그스타 꼭 그렇게 하게 될 겁니다. 저는 주인을 잘 알고 있습니다. 그걸 반대할 용기가 있는 남자는 아닙니다. 주인과 제가 함께 은행에서 일하게 되면 그때 가서 알게 될 겁니다. 1년도 되기 전에 저는 은행장의 믿음직한 오른팔이 되어 있을 것입니다. 그렇게 되면 결국 은행을 끌고 나가는 사람은 토르발 헬메르가 아닌 닐스 크로그스타가 될 겁니다.

노 라 그렇게는 절대 안 돼요!

크로그스타 그럼 당신은 결국…….

노 라 이미 저는 각오가 되어 있습니다.

크로그스타 엄포를 놓으셔도 소용없어요. 부인처럼 응석이나 부리면서 고상하게 자라 온 부인이 어떻게?

노 라 두고 보세요. 두고 보라니까요!

크로그스타 얼음 밑으로 뛰어들 생각입니까? 그 차갑고 어두운 물속으로 말예요. 봄이 되어 떠오를 때는 머리카락도 빠져 버리고, 누군지 분간도 할 수 없는 흉한 모습이 되어…….

노 라 위협하지 말아요. 그래도 소용없어요.

크로그스타 저 역시 협박은 소용없습니다. 그런 짓은 하지 않는 게 좋을 겁니다, 부인. 그리고 해본다 하더라도 주인의 운명은 내 손에 달려 있으니까요.

노 라 언제까지나 그럴까요? 제가 이 세상에서 사라져 버린다 해도요?

크로그스타 부인께서 그렇게 되신다 해도 부인의 명예는 제가 하기에 달렸다는 것을 잊지 마십시오.

노 라 (아무 말 없이 우뚝 선 채 크로그스타를 바라본다)

크로그스타 자, 이제 부인께서 어떤 입장에 계시는가 아셨을 줄 압니다. 그러니 어리석은 짓은 절대로 하지 마십시오. 헬메르가 이 편지를 읽어보면 조만간 답장을 보내겠죠. 그러나 잘 기억해 두십시오. 제가 이런 방법을 쓰게 만든 것은 이 집 주인이었다는 사실을. 그럼 안녕히 계십시오, 부인. (현관을 지나서 나간다)

노 라 (현관으로 가 살며시 문을 열고 귀를 기울인다) 가 버렸어. 편지도 주지 않고. 아냐, 아냐, 그런 짓은 할 수 없을 거야. (조금씩 문을 더 연다) 아니, 저 자가 아직도 계단을 내려가지 않고 서 있잖아. 생각이 달라졌나? 그렇지 않으면……. (툭 하고 편지가 우편함에 떨어진다. 이어 계단을 내려가는 크로그스타의 발소리가 점점 작아진다. 노라가 낮은 소리로 외치며 소파 옆의 테이블로 달려온다. 짧은 사이를 두고) 우편함에! (무서운 듯이 현관문 쪽으로 걸어간다) 저기 있군. 아아, 토르발, 우리들은 이제 끝장이에요!

린데 부인 (옷을 들고 왼쪽 방에서 나온다) 자, 이제 다 됐어요. 한번 입어 봐요.

노 라 (목쉰 소리로 나지막하게) 크리스티네, 잠깐 이리 와 줘요.

린데 부인 (옷을 소파 위에 던져 놓고) 왜 그래요? 안색이 아주 나빠요.

노 라 잠깐 이리로…… 저 편지가 보여요? 봐요, 저기 우편함 유리 속에…….

린데 부인 네, 보여요.

노 라 바로 크로그스타의 편지예요.

린데 부인 노라! 돈을 빌린 사람이 크로그스타였어요?

노 라 네. 이제 곧 모든 것이 주인에게 알려지고 말 거예요.

린데 부인 하지만 노라, 두 분을 위해서는 차라리 잘된 일이라고 생각하는데요.

노 라 당신이 아무 것도 몰라서 그래요. 난 가짜 서명을 했어요!

린데 부인 어떻게 그런 엄청난…….

노 라 크리스티네, 부탁해 두는데, 내 증인이 돼 줘요.

린데 부인 무슨 증인? 어떤 일을 하면 되나요?

노 라 만일 내가 정신이라도 돌아버린다면……. 진짜 그런 일이 일어날지도 몰라요.

린데 부인 어머, 노라!

노 라 그렇지 않으면 내 몸에 무슨 일이 생겨서…… 여기에 있을 수 없는 처지가 되거든…….

린데 부인 노라, 노라, 정말 왜 그러는 거예요.

노 라 만약에 또 누가 나타나 모든 죄를 자기가 떠맡으려고 할 경우엔……. 알겠지요?

린데 부인 네, 네. 하지만 어째서 그런 생각을 하죠?

노 라 그럴 경우엔 당신이 증인이 되어 그건 거짓말이라고 말해 줘요, 크리스티네. 나, 조금도 이상하지 않아요. 맑은 정신으로 말하고 있는 거예요. 분명히 말해 두지만, 이 사건은 아무도 알지 못해요. 모두 나 혼자서 한 일이에요. 그걸 잊지 말아 줘요.

린데 부인 네, 기억해 두겠어요. 하지만 난 도무지 무슨 일인지 모르겠군요.

노 라 그래요. 알 리가 없죠. 이제 곧 놀라운 일이 일어날 거예요.

린데 부인 놀라운 일이라구요?

노 라 그래요, 놀라운 일이요. 하지만 그건 실로 무서운 일이에요. 절대로 일어나지 말아야 하는데…….

린데 부인 내가 당장 크로그스타 씨를 만나서 얘기해 보겠어요.

노 라 가지 않는 편이 좋아요. 그 남자는 틀림없이 당신에게도 심한 짓을 할 거예요.

린데 부인 그 사람, 한때 나를 위해서라면 무슨 일이라도 해 주던 때가 있었어요.

노 라 남자가?

린데 부인 어디 살고 있죠?

노 라 글쎄요. 참, 그렇지 (주머니 속을 뒤진다) 명함이 있어요. 그것보다 저기에 있는 편지를…….

헬메르 (자기 방안에서 문을 두드린다) 노라!

노 라 (불안한 소리로) 왜 그러세요? 무슨 일이에요.

헬메르 여보, 그렇게 놀랄 건 없소. 방에서 나갈 수가 없잖아. 당신이 잠궈 버렸군 그래. 옷을 입어 보고 있나?

노 라 그래요. 옷을 입어 보고 있어요. 예쁘게 보이고 싶어서요, 토르발!

린데 부인 (명함을 보고) 아, 그 사람 바로 저기 모퉁이에 살고 있군요.

노 라 네, 하지만 이제 아무 소용이 없어요. 우린 이제 끝장이에요. 편지가 저렇게 함 속에 들어가 있는걸요.

린데 부인 열쇠는 주인이 가지고 계시는군요?

노 라 네, 항상 그래요.

린데 부인 크로그스타 씨에게 그렇게 말하고 당신 주인이 편지를 읽기 전에 되찾게 하겠어요. 어떻게든 구실을 만들어서요.

노 라 하지만 이제 토르발이 우편함을 보러 갈 시간이에요.

린데 부인 어떻게든 잠깐 붙들어 두세요. 되도록 오래 주인 어른한테 가 있어요. 나는 될 수 있는 대로 빨리 돌아올 테니까요. (급히 현관을 빠져 나간다)

노 라 (헬메르의 방문 앞에 가서 문을 열고 안을 들여다본다) 여보!

헬메르 (방안에서) 아이고, 겨우 나올 수 있게 됐네. 자, 랑크, 어디 구경 좀 해요. (문 앞에서) 아니, 어떻게 된 거야?

노 라 뭐요, 여보?

헬메르 랑크의 말로는 멋있는 가장 무도회 구경을 할 수 있다고 했는데…….

랑 크 (문 앞에서) 나도 그렇게 생각하고 있었는데, 잘못 들었나?

노 라 아니에요. 내일이 되지 않으면, 누구에게도 멋진 모습을 보여 드릴 수 없어요.

헬메르 그런데 당신, 몹시 피곤해 보이는데. 연습을 너무 많이 한 것 아니오?

노 라 아뇨. 아직 연습은 조금도 하지 않았어요.

헬메르 그렇지만 연습은 해 두어야지.

노 라 네, 그래요. 어떻게든 해야지요. 하지만 토르발, 당신이 도와주지 않으면 어떻게 할 수가 없어요. 전 모두 잊어버린걸요.

헬메르 그야 둘이서 하면 금방 생각이 나지.

노 라 그러니 저를 도와주세요. 여보, 약속해요! 전 무척 걱정이 돼요. 큰 파티가 열리는 거죠? 오늘 밤엔 저와 꼭 같이 계셔야 해요. 일 같은 건 하시지 말고요. 펜 같은 것도 들지 마세요. 괜찮지요, 토르발?

헬메르 약속하고말고. 오늘 밤은 당신이 하라는 대로 따르겠소. 우리 귀여운 아기……. 응, 그렇지. 그 전에 잠깐. (현관으로 통하는 문 쪽으로 가려고 한다)

노 라 밖엔 왜 나가세요?

헬메르 편지가 와 있는지 보고 와야겠어.

노 라 아니, 안 돼요 그건.

헬메르 어째서지?

노 라 여보, 부탁이니 가지 마세요. 아무 것도 와 있지 않아요.

헬메르 글쎄, 잠깐만 보고 올게. (가려고 한다)

노 라 (피아노 앞에 앉아서 타란텔라 곡의 첫머리를 치기 시작한다)

헬메르 (문 앞에 멈춰 선다) 음, 그렇지!

노 라 당신이 도와주지 않으면 내일 춤출 수도 없어요.

헬메르 (노라 쪽으로 간다) 그렇게도 걱정이 되나, 노라?

노 라 네, 걱정이 돼서 견딜 수가 없어요. 곧 연습하겠어요. 저녁 식사 때까진 아직 시간이 있는걸요. 어서 반주를 해주세요, 토르발. 틀리거든 고쳐 줘요 전처럼 자상하게.

헬메르 알았어. 기꺼이 도와주지. 당신의 소원인걸. (피아노로 향한다)

노 라 (종이 상자 속에서 탬버린과 화려하고 긴 숄을 꺼내 허둥지둥 몸에 걸치고, 무대 앞으로 껑충 뛰어나와 외친다) 자, 반주를 시작하세요. 춤을 추겠어요.

헬메르가 피아노를 치고 노라는 춤춘다. 랑크 의사는 피아노에 기대어 조용히 구경한다.

헬메르 (반주를 하면서) 너무 빨라요! 좀더 천천히.

노 라 이렇게밖에 출 수가 없어요.

헬메르 그렇게 난폭하게 추면 안 돼요, 노라.

노 라 이게 알맞지 않아요?

헬메르 (피아노를 멈춘다) 안 돼, 안 돼. 전혀 맞지 않아.

노 라 (웃으며 탬버린을 휘두른다) 그러니까 제가 말했잖아요.

랑 크 그러면 내가 반주할까?

헬메르 (일어선다) 응, 그렇게 해줘. 그러면 내가 가르치기가 쉬워지지.

랑크가 피아노 앞에 앉아 치기 시작한다. 노라는 점점 더 거칠게 춤을 춘다. 헬메르는 난로 옆에 서서 춤추는 동안 계속해서 주의를 준다. 그러나 노라의 귀에는 들리지 않는 것 같다. 머리가 헝클어져 어깨 위를 덮었지만 노라는 전혀 개의치 않고 계속해서 춤을 춘다. 그때 린데 부인이 들어온다.

린데 부인 (어의가 없어 문 앞에 우뚝 서서 노라를 본다) 어머!

노 라 (춤추면서) 크리스티네, 굉장하죠?

헬메르 여보, 노라! 당신은 마치 목숨을 걸고 춤추는 것 같구려.

노 라 네, 그래요.

헬메르 랑크! 그만 해줘. 이거야 정신 나간 짓 같잖아. 이봐, 그만 치라니까.

랑크가 피아노 치는 것을 그치자 노라가 갑자기 멈춰 선다.

헬메르 (아내 곁으로 다가가) 설마 이 정도라곤 생각하지 못했는걸. 내가 가르쳐 준 것을 당신은 완전히 잊어버렸군.

노 라 (템버린을 내동댕이치며) 그것 보세요.

헬메르 아니, 정말 이래서야. 처음부터 다시 시작하지 않으면 안 되겠는데.

노 라 그렇게 하지 않으면 안 된다는 것을 아셨죠? 그러니까 무도회가 시작되기 전까지 지도해 주셔야 해요. 약속해 주시겠죠, 토르발?

헬메르 알았어, 알았어. 그럽시다.

노 라 오늘하고 내일은 저 말고는 아무 것도 생각지 말아 주세요. 편지 한 통이라도 읽어선 안 돼요. 우편함도 열면 절대 안 돼요. 아셨죠?

헬메르 흐흥! 아직도 그 사내를 무서워하고 있군?

노 라 그래요. 그것도 있어요.

헬메르 여보, 노라. 당신 얼굴에 분명히 써 있어. 그놈의 편지가 우편함에 와 있는 게로군.

노 라 몰라요. 와 있을지도 모르죠. 하지만 지금은 그런 것 읽으면 안 돼요. 모든 것이 끝날 때까지 저와 당신 사이에 귀찮은 일이 끼어드는 건 싫어요.

랑 크 (헬메르에게 작은 소리로) 여보게, 부인의 뜻에 거역하지 말고 들어 드리게.

헬메르 (노라의 몸에 팔을 얹고) 그럼, 우리 아기 말을 듣지. 그러나 내일 밤 무도회가 끝나면…….

노 라 그땐 맘대로 하세요.

하 녀 (오른쪽 문 앞에서) 마님, 식사 준비가 됐어요.

노 라 그래. 헬레네, 샴페인을 부탁해.

하 녀 알겠습니다. (나간다)

헬메르 저런, 저런! 오늘 저녁이 진짜 파티가 되겠군.

노 라 오늘 밤은 밤새도록 샴페인을 마시는 거예요. (밖을 향해 큰 목소리로) 그리고 헬레네, 마카롱도 듬뿍 가지고 와요. 오늘뿐이니까…….

헬메르 이렇다니까. 그렇게 떨며 흥분하지 마. 여느 때처럼 귀여운 종달새가 돼야지.

노 라 네, 그렇게 하겠어요. 하지만 잠깐 저쪽에 가 계시지 않겠어요? 랑크 선생님도요. 그리고 크리스티네는 내 머리 좀 다시 만져 주시겠어요?

랑 크 (헬메르와 같이 나가면서 조용히) 아무래도 무슨 일이 있는 것 같지 않은가?

헬메르 아니, 아무 일도 없네. 아까도 얘기한 대로 괜히 아이들처럼 걱정하고 소란을 피우고 있을 뿐이야.

두 사람은 오른쪽으로 나간다.

노 라 어떻게 됐어요?

린데 부인 여행을 떠났대요, 시골로.

노 라 당신 얼굴을 보고 알았어요.

린데 부인 내일 밤 돌아온대요. 내가 메모를 두고 왔어요.

노 라 그렇게까지 하지 않아도 되는데. 어떤 방법으로도 막을 길이 없는 걸요. 하지만 기적이 일어나는 것을 기다린다는 것은 어쨌든 즐거운 일이군요.

린데 부인 도대체 뭘 기다리고 있는 거예요?

노 라 당신은 알 수 없는 일이에요. 그럼, 저리로 가 계세요. 나도 곧 갈 테니까.

린데 부인이 식당으로 나간다. 노라는 마음을 가다듬으려는 듯이 잠시 서 있다가 시계를 본다.

노 라 다섯 시네. 열두 시까지 일곱 시간 남았네. 내일 밤 열두 시까지는 스물네 시간 남았구. 그러면 타란텔라 춤이 끝나겠지. 스물네 시간에 일곱 시간. 그래, 앞으로 서른한 시간은 살아 있을 수 있겠구나.

헬메르 (오른쪽 문 앞에서) 이봐, 종달새는 어디 있지?

노 라 (두 팔을 벌리고 헬메르에게 달려간다) 당신의 종달새 여기 있어요!

제 3 막

같은 방. 소파 옆의 테이블과 그것을 둘러싼 몇 개의 의자가 방 가운데에 옮겨져 있다. 테이블 위의 램프에 불이 켜져 있고, 현관으로 통하는 문은 활짝 열려 있다. 2층에서 무도회 음악이 들려온다. 린데 부인이 테이블 앞에 앉아 건성으로 책을 넘기고 있다. 읽으려고 애를 쓰지만 정신이 집중되지 않는 모양이다. 가끔 계단 문 쪽에 신경을 쓰며 귀를 기울이고, 바깥쪽을 엿본다.

린데 부인 (시계를 꺼내 본다) 아직도 오지 않는구나. 지금이 마침 알맞은 때인데. 만일 오지 않는다면……. (또 귀를 기울인다) 아, 왔다. (현관을 나가 밖의 문을 연다. 가만히 계단을 올라오는 발소리. 린데 부인이 속삭인다) 들어오세요. 아무도 없어요.

크로그스타 (문 앞에서) 당신이 써놓은 편지를 보았습니다. 대체 그게 무슨 말이죠?

린데 부인 당신에게 꼭 말씀드리고 싶은 것이 있어서.

크로그스타 그래요? 그렇지만 하필 이 집에서……

린데 부인 제가 있는 곳은 형편이 좋지 않아요. 제 방의 출입문이 따로 없어서. 자아, 들어오세요 . 우리 두 사람뿐이에요. 하녀는 잠이 들었고, 헬메르 부부는 무도회에 가 있으니까요.

크로그스타 (방안으로 들어온다) 호오, 두 사람이 춤을 추고 있다고요? 정말입니까?

린데 부인 정말이에요. 왜 춤추면 안 되나요?

크로그스타 아니, 뭐 안 될 까닭이야 없죠.

린데 부인 저, 크로그스타 씨. 둘이서 얘기나 해요.

크로그스타 우리 둘 사이에 아직도 무슨 할 얘기가 남아 있나요?

린데 부인 물론 많지요.

크로그스타 그럴 리가 없다고 생각하는데요.

린데 부인 아니에요. 당신은 아직도 나라는 사람을 잘 알지 못하는 것 같군요.

크로그스타 이해니 뭐니 할 것도 없는 극히 흔해 빠진 얘기가 아닙니까? 인정 없는 여자가 좀더 좋은 상대가 나타나 옛 남자를 버린 것뿐이니까.

린데 부인 저를 그렇게 매정한 여자로 생각하고 계시는군요. 그리고 당신과 헤어질 때 제가 아무렇지도 않았을 거라고 생각하나요?

크로그스타 그렇지 않았던가요?

린데 부인 크로그스타 씨, 정말 그렇게 생각하세요?

크로그스타 그렇지 않다면 그때 왜 그런 편지를 썼지요?

린데 부인 다른 방법이 없었기 때문이에요. 어차피 헤어져야 한다면 차라리 당신 마음을 뿌리째 뽑아 버리는 것이 제 의무이기도 했고요.

크로그스타 (두 손을 꽉 쥐고) 그렇군요. 그것도 단지 돈 때문에…….

린데 부인 기억하고 계시겠지만 그때 내게는 의지할 곳 없는 어머니와 어린 두 동생이 있었어요. 그래서 우리들은 도저히 기다릴 수가 없었어요. 크로그스타 씨, 어쨌든 그 무렵의 당신은 아무래도 장래가 불안했었거든요.

크로그스타 그랬을지도 모르죠. 그러나 다른 남자 때문에 나를 버릴 권리가 당신에게 있었다고는 말하지 못할 겁니다.

린데 부인 그래요. 그 점은 저도 모르겠어요. 저도 그렇게 한 것이 옳았는가 하고 수없이 생각해 봤습니다만…….

크로그스타 (조용히) 당신을 잃었을 때는 발 아래 땅덩어리가 꺼져 버리는 것 같았어요. 나를 보십시오. 지금의 나는 판자 조각에 간신히 매달려 있는 조난자나 다름없어요.

린데 부인 그러나 구원의 손이 이미 가까이 와 있는지도 모르죠.

크로그스타 왔었어요. 그런데 그때 당신이 찾아와서 방해를 하고 말았습니다.

린데 부인 모르고 한 일이에요, 크로그스타 씨. 당신 대신 그 은행에 들어가게 된다는 것은 오늘 처음 들었어요.

크로그스타 당신이 그렇게 말하신다면 믿겠어요. 이제 그걸 아셨으니 양보하시겠다는 말인가요?

린데 부인 아뇨. 이제 새삼스럽게 그렇게 한다고 해도 당신을 위해선 아무런 도움이 되지 않을 거예요.

크로그스타 흥, 도움이라고요? 나라면 도움이 되지 않는다고 하더라도 그렇게 할 것입니다.

린데 부인 저는 분별력 있게 행동해야 한다는 것을 배웠어요. 냉혹한 인생과 가난이 그것을 제게 가르쳐 주었어요.

크로그스타 그러나 인생은 나에게, 남의 말에 쉽게 넘어가지 말라고 가르쳐 줬어요.

린데 부인 인생이 매우 현명한 것을 가르쳐 주었군요. 하지만 말대로 실행한다면 믿어 주시겠죠?

크로그스타 어떤 뜻이죠?

린데 부인 당신은 지금 판자 조각에 매달려 있는 조난자나 다름없다고 말씀하셨죠?

크로그스타 그렇게 말해도 될 만한 충분한 이유가 있죠.

린데 부인 그렇게 말씀하신다면 저 역시 난파선에 매달려 있는 조난자 신세예요. 누구 한 사람 저를 돌봐 줄 사람도, 또 제가 돌봐 줄 사람도 없어요.

크로그스타 그건 당신이 좋아서 택한 길이 아닙니까.

린데 부인 그땐 다른 길이 없었어요.

크로그스타 딴은 그렇기도 하군요. 그래서요?

린데 부인 그러니 크로그스타 씨, 조난당한 사람끼리 손을 잡으면 어떨까 생각해요.

크로그스타 뭐라고요?

린데 부인 각자 따로따로 난파선에 매달려 있는 것보다, 둘이서 함께 매달려 있는 편이 낫지 않을까요?

크로그스타 크리스티네!

린데 부인 제가 이곳으로 온 것이 무엇 때문이라고 생각하시나요?

크로그스타 설마 나를 생각하고 오신 건 아니겠죠.

린데 부인 살아가기 위해서 나는 일을 해야 했어요. 저는 지금까지 계속해서 일해 왔고, 또한 저한테는 일하는 것만이 무엇보다도 커다란 즐거움이었어요. 그런데 지금 외톨이가 돼 보니, 세상에서 버림받은 것 같아 쓸쓸해서 견딜 수가 없어요. 오로지 자기 자신만을 위해서 일한다는 것은 아무런 기쁨도 없어요. 그러니 크로그스타 씨, 저에게 누군가를 위해 일할 수 있는 보람을 갖게 해 주세요.

크로그스타 아무래도 믿을 수 없군. 그건 감정에 복받친 여자가 자신을 희생하려고 발휘하는 영웅주의에 지나지 않아요.

린데 부인 제가 흥분하고 있는 것처럼 보이나요?

크로그스타 그렇다면 정말로 그렇게 하실 수 있다는 겁니까? 당신은 나의 과거에 대해 전부 알고 계십니까?

린데 부인 네, 알아요.

크로그스타 또한 이 고장에서 어떤 취급을 받고 있는지도 알고 있습니까?

린데 부인 하지만 조금 전에, 그때 저와 헤어지지 않았다면 전혀 다른 사람이 됐을 거라고 말씀하셨잖아요.

크로그스타 분명히 그랬을 겁니다.

린데 부인 지금부터라면 이미 늦었나요?

크로그스타 크리스티네, 충분히 생각하고 말씀하시는 거겠죠. 아아, 그렇군요. 그건 얼굴을 봐도 알 수 있어요. 그럼, 당신은 정말 그만한 용기가?

린데 부인 저는 누군가의 어머니가 되고 싶어요. 그리고 당신의 아이들에겐 어머니가 필요해요. 무엇보다도 우리들은 서로 상대가 필요해요. 크로그스타 씨, 저는 당신의 본심이 훌륭하다는 것을 믿고 있습니다. 저는 당신과 함께라면 어떤 일이라도 견디겠어요.

크로그스타 (린데 부인의 두 손을 잡고) 고마워요, 고마워, 크리스티네. 다시 한번 명예를 회복할 수 있겠지요! 아, 잊은 게 있군요.

린데 부인 (귀를 기울이고) 쉬! 타란텔라 춤이 시작됐어요. 이제 돌아가세요. 어서요.

크로그스타 왜요? 왜 그럽니까?

린데 부인 위에서 춤추는 소리가 들리지 않아요? 저게 끝나면 모두들 돌아올 거예요.

크로그스타 그렇다면 돌아가겠어요. 하지만 이런 일은 모두 헛수고일거요. 당신은 모르겠지만, 나는 이 집에 대해서 어떤 수단을 취했거든요.

린데 부인 아뇨. 저도 다 알고 있어요.

크로그스타 그렇다면 그런 사실을 알고 있으면서도 아까 같은 말을…….

린데 부인 당신 같은 분이 절망하면 어떻게 되는지 저는 잘 알고 있는걸요.

크로그스타 아, 어떻게 저걸 취소할 수 없을까?

린데 부인 할 수 있고말고요. 당신의 편지는 아직 함에 들어 있는걸요.

크로그스타 정말입니까?

린데 부인 확실해요. 하지만…….

크로그스타 (그녀의 얼굴을 살피듯이 보고) 아아, 그랬었군요. 당신은 어떤 희생을 치러서라도 친구를 구하려는 거군요. 분명히 대답하시오, 그렇지요?

린데 부인 크로그스타 씨, 남 때문에 자신을 한 번 희생한 사람은 두 번 다시 그런 일을 하지 않아요.

크로그스타 그럼, 편지를 되돌려 달라고 하겠소.

린데 부인 아니에요, 괜찮아요.

크로그스타 아냐. 헬메르가 내려올 때까지 기다렸다가 편지를 돌려 달라고 말하겠소. 그건 단지 내 해고에 관해서 쓴 편지니, 지금에 와서 읽으실 필요가 없다고 말하겠소.

린데 부인 아니에요. 편지를 돌려 받아서는 안 돼요.

크로그스타 그러나 당신이 나를 찾아온 것은 그 때문이 아니었소?

린데 부인 네, 그래요. 처음엔 너무 놀라서 그렇게 할 생각이었지만, 그러나 그때부터 벌써 꼬박 하루가 지났잖아요. 그 동안에 저는 이 집에서 도저히 믿을 수 없는 일들을 발견했어요. 헬메르 씨가 모든 걸 아시는 게 좋아요. 이 불행한 비밀이 모두 밝혀지고 두 사람 사이에 완전한 화해가 이루어지지 않으면 안 돼요. 언제까지나 거짓말로 상황을 모면해 나아갈 수는 없으니까요.

크로그스타 그래, 그것도 좋겠군. 당신이 과감하게 그렇게까지 하겠다고 한다면 말이오. 하지만 어쨌든 나로서는 한 가지 해야 할 일이 있소. 그것도 당장에.

린데 부인 (귀를 세운다) 서둘러야겠어요. 어서 돌아가세요. 무도회가 끝났어요. 이렇게 머뭇거리고 있을 시간이 없어요.

크로그스타 그럼, 밑에서 기다리고 있겠소.

린데 부인 네, 그렇게 해 주세요. 나중에 집까지 저를 바래다 주셔야죠.

크로그스타 이런 행복을 느낀 적은 지금까지 한 번도 없었소. (거실과 현관 사이의 문을 열어 놓은 채 바깥으로 나간다)

린데 부인 (앉았던 자리를 좀 치우고 모자와 외투를 바로 놓는다) 어쩌면 내가 이렇게 변했을까! 아, 이렇게 변할 수도 있다니! 그를 위해 일할 수 있고, 살아가는 보람도 느끼게 됐다. 게다가 행복하고 즐거운 생활을 할 수 있는 가정도! 아무튼 이를 좋은 기회로 삼아야지. 아아, 그분들이 빨리 돌아와 주었으면 좋겠는데……. (귀를 기울인다) 옳지, 오시는구나. 준비를 해야지. (모자와 외투를 든다)

헬메르와 노라의 목소리가 밖에서 들린다. 열쇠를 꽂아 돌리는 소리가 나고, 헬메르가 노라를 거의 강제로 현관으로 끌어들인다. 이탈리아풍의 무도복을 입은 노라는 커다랗고 검은 숄을 걸치고 있다.

노 라 (아직도 문 앞에서 남편과 실랑이를 하면서) 싫어요, 싫어요. 집엔 들어가지 않겠어요! 다시 위층으로 올라가겠어요. 이렇게 빨리 돌아오고 싶지 않아요.

헬메르 그렇지만 노라…….

노 라 제발 부탁이니 가게 해 주세요, 토르발. 제발 부탁이니 한 시간만 더!

헬메르 단 일분이라도 안 돼요. 당신, 약속했잖아. 어서 방에 들어가요. 이런 데 서 있으면 감기 걸려요. (노라가 발버둥치는 것을 강제로 방으로 데리고 들어온다)

린데 부인 안녕하세요.

노 라 어머, 크리스티네!

헬메르 아니, 어떻게 부인께서 이렇게 늦은 시간에 오셨습니까?

린데 부인 용서하세요. 노라가 멋지게 차려입은 모습을 보고 싶어서.

노 라 그럼 여기에서 계속 기다리고 있었나요?

린데 부인 네. 그만 늦어 버렸지 뭐예요. 당신이 벌써 나간 뒤였어요. 하지만 꼭 보고 싶었어요.

헬메르 (노라의 숄을 걷어 주면서) 그럼 잘 봐 주십시오. 그 정도의 가치는 있다고 생각합니다. 어때요, 예쁘지 않습니까, 부인?

린데 부인 네, 정말이에요.

헬메르 아주 멋있지요? 오늘밤 파티에서도 모두 입을 모아 칭찬했답니다. 그런데 또 이 귀여운 고집쟁이가 그만 고집을 부려서……. 어떻게 손을 댈 수가 없었어요. 어쨌든 여기까지도 억지로 끌고 왔어요.

노 라 그저 30분이라도 있게 해 줬으면 됐을 텐데. 이제 당신은 후회하게 될 거예요.

헬메르 보세요. 이 모양이에요, 부인. 그렇지만 노라의 타란텔라는 많은 박수를 받았어요. 확실히 그만한 가치는 있었으니까. 하긴 연출이 약간 지나칠 정도로 박진력이 있기는 했어요. 엄밀히 말한다면, 예술이 요구하는 것 이상으로 좀 지나쳤죠. 어쨌든 그런 것은 아무래도 좋습니다. 대성공이었으니까요. 굉장한 갈채였습니다. 그렇다고 그녀를 그대로 거기에 놓아둘 수는 없지 않겠습니까? 그렇게 되면 모처럼의 효과가 약해져 버리거든요. 그래서 전 내 귀여운 카프리 아가씨를, 이런 표현을 써도 잘못이 아니겠죠, 억지로 끌고 온 것입니다. 팔에 안다시피 해서 홀을 한 바퀴 돌며 여기저기 인사하게 하고, 소설의 문구처럼 '아름다운 환상은 사라지다' 가 된 셈이죠. 언제나 물러설 때가 가장 중요하니까요. 부인, 그런데 노라에겐 어떻게 설명을 해줘도 이해를 못하는군요. 헌데 이 방은 왜 이렇게 덥지? (가장 무도회에서 쓰고 있던 복면을 의자 위에 벗어 던지고, 자기 방의 문을 연다) 이 방은 깜깜하군. 응, 그럴 수밖에. 잠깐 실례……. (안으로 들어가서 두서너 개의 초에 불을 켠다)

노 라 (빠른 말로 숨을 죽이고 속삭인다) 어떻게 됐어요?

린데 부인 (조그만 소리로) 얘기했어요.

노 라 그래서?

린데 부인 노라! 주인께 남김없이 얘기하지 않으면…….

노 라 (힘없이) 그럴 거라고 생각했어요.

린데 부인 크로그스타 쪽은 아무 것도 두려워할 게 없어요. 하지만 여하튼 말은 해야 할 것 같아요.

노 라 그럴 수 없어요.

린데 부인 그렇지만 저 편지를 읽으면 다 알게 될 일인데.

노 라 고마워요, 크리스티네. 내가 어떻게 하면 좋을지 이제 알았어요. 쉬!

헬메르 (돌아온다) 어떻습니까, 부인. 노라의 아름다움에 놀라셨죠?

린데 부인 네, 정말 놀랐어요. 그럼, 전 이만 가보겠습니다.

헬메르 아니, 벌써 가십니까? 이 뜨개질 도구는 당신 것이 아닌가요?

린데 부인 (받으면서) 네, 미안합니다. 깜박 잊을 뻔했군요.

헬메르 당신은 뜨개질을 하시는군요?

린데 부인 네.

헬메르 자수가 더 좋을 텐데요.

린데 부인 그럴까요? 그런데 왜 그렇죠?

헬메르 그쪽이 훨씬 고상해 보이니까요. 보세요. 이렇게 왼손으로 천을 들고 오른손으로 바늘을 움직이죠. 이런 식으로 가볍고 길게, 곡선을 그리면서 말입니다.

린데 부인 네, 그렇군요.

헬메르 거기에 비하면 뜨개질은 아무래도 안 좋아 보이죠. 팔을 오그리고 뜨개질 바늘을 위로 올렸다 밑으로 내렸다 하면서…… 마치 중국 사람 같지 않습니까? 그러나저러나 오늘 밤 나온 샴페인은 아주 훌륭했답니다.

린데 부인 그럼 안녕히 계세요, 노라. 이젠 고집 부리지 마세요.

헬메르 부인, 정말 말씀 잘해 주셨습니다!

린데 부인 그럼 편히 쉬세요, 은행장님.

헬메르 (문 있는 데까지 전송하고) 안녕히 가십시오. 모셔다 드렸으면 좋겠지만, 그다지 먼 곳이 아니니 조심해서 돌아가세요. 그럼 안녕히 가십시오.

린데 부인이 나간다. 헬메르가 문을 닫고 돌아온다.

헬메르 아아, 이제야 겨우 해방되었군. 지독히 할일 없는 사람이야.

노 라 여보, 피곤하시지 않아요?

헬메르 아니, 조금도.

노 라 졸리지 않으세요?

헬메르 아니, 전혀. 오히려 정신이 더 또렷해지는걸. 그런데 당신은 어쩐지 몹시 피곤해 보이는군. 졸린 것 같기도 하고.

노 라 네, 아주 피곤해요. 얼른 쉬어야겠어요.

헬메르 그것 봐! 빨리 돌아오길 잘했지?

노 라 네, 그래요. 당신이 하시는 일은 모두 옳아요.

헬메르 (노라의 이마에 키스한다) 이제야 겨우 우리 집 종달새도 사람답게 말하는군. 그건 그렇고, 랑크가 오늘 밤 꽤 신나게 놀던데, 당신 알아차리지 못했어?

노 라 어머, 그랬어요? 전 전혀 몰랐는데요. 얘기할 틈도 없었잖아요.

헬메르 나 역시 거의 아무 말도 못했지. 하지만 그 친구가 그렇게 기분 좋았던 것은 근래에 없던 일이야. (노라 쪽을 잠시 가만히 보고 있다가 이윽고 옆으로 다가선다) 음, 이렇게 내 집에 돌아와서, 당신과 단둘이만 있으니 뭐라 말할 수 없을 정도로 즐거운데. 과연 당신은 너무나 아름답고 매력적이야.

노 라 그렇게 힐끔힐끔 보시면 싫어요, 토르발.

헬메르 자기의 가장 소중한 보물을 봐서도 안 된다는 건가? 이 미인은 나 혼자의 것, 나에게만 허용된 것, 아무도 만지지 못하는 소중한 보물인데 말야.

노 라 (테이블 반대편으로 가서) 오늘 밤은 그런 말씀하지 마세요.

헬메르 (뒤쫓으며) 당신 내부에서는 아직도 타란텔라를 추고 있다는 것을 알 수 있어. 그게 한층 더 당신을 매혹적으로 만들고 있는 거야. 아, 손님들이 돌아가기 시작한 모양이군. (말소리를 죽이고) 노라, 곧 집안이 조용해질 거야.

노 라 그래요. 빨리 그렇게 됐으면 좋겠어요.

헬메르 그렇지? 그런데 말야, 노라. 당신도 눈치 챘을 거라고 생각하지만, 오늘 밤처럼 당신과 함께 파티에 나가도 당신과 별로 말하지 않고, 떨어진 곳에서 가끔 몰래 당신을 훔쳐보기만 했지. 왜 그랬는지 알아? 그건 공상에 잠겨 있기 때문이야. 당신은 아무도 모르는 나의 연인이고, 비밀리에 약혼한 사이로, 그런 두 사람의 비밀은 아무도 모른다, 이런 식으로 말이오.

노 라 네, 네. 당신이 언제나 저만을 생각하고 계시다는 것은 잘 알고 있어요.

헬메르 그리고 마침내 돌아오기 위해 당신의 부드럽고 탄력 있는 어깨에, 그 멋진 목덜미에 숄을 걸쳐 줄 때, 당신은 교회에서 막 결혼식을 끝낸 나의 꽃다운 신부고, 난 당신을 처음 집으로 데리고 돌아가는 새신랑이라고 상상을 했지. 바르르 떨고 있는 젊고 아름다운 당신과 단둘이서 말야! 이렇게 오늘 밤 나는 당신만을 생각하고 있었어. 그런데 당신이 사람을 유혹하듯 격렬하게 타란텔라를 추기 시작하자 온몸의 피가 끓어올라 도저히 참을 수가 없었어. 사실은 그래서 당신을 이렇게 빨리 집으로 데리고 온 거요.

노 라 여보, 이제 그만 저리로 가 주세요. 그런 말들은 듣고 싶지 않아요.

헬메르 뭐라고? 당신은 아직도 나를 놀리는 거요, 노라? 왜 내 말이 싫다는 거지? 나는 당신 남편이잖아.

밖에서 문 두드리는 소리가 난다.

노 라 (깜짝 놀란다) 여보, 들었어요?

헬메르 (현관 쪽으로 가) 누구요?

랑 크 (밖에서) 날세. 잠깐 들어가도 괜찮겠나?

헬메르 (작은 소리로 불쾌한 듯) 저 친구, 이 시간에 도대체 무슨 볼일이지? (큰소리로) 잠깐만 기다려 주게. (가서 문을 연다) 어서 들어오게. 그냥 가지 않고 잘 들러 주었네.

랑 크 자네 목소리가 들리는 것 같아 잠깐 들러볼 마음이 생겼네. (주위를 둘러본다) 이 방은 언제나 아늑하고 정답단 말야. 정말 이렇게 행복하고 즐겁게 살고 있는 당신들이 부러워.

헬메르 자네도 아까 위에선 참으로 즐거워 보이더군.

랑 크 그래 보이던가? 응, 그랬지. 나도 즐겁게 지내야 하지 않겠나? 이 세상에는 반드시 나쁜 일만 있는 건 아니니까. 여하튼 될 수 있는 대로 많이, 될 수 있는 대로 오래 즐겨야지. 오늘 밤 술은 정말 훌륭했어.

헬메르 특히 샴페인이 좋았지.

랑 크 자네도 그렇게 생각했나? 사실 나도 얼마나 많이 마셨는지 몰라.

노 라 토르발도 오늘 밤 샴페인을 많이 드셨어요.

랑 크 그래요?

노 라 네. 그리고 샴페인을 마신 뒤엔 언제나 이렇게 기분이 좋답니다.

랑 크 아무튼 하루 종일 열심히 활동했다면, 하루의 반쯤은 유쾌하게 보내도 괜찮지 않습니까?

헬메르 열심히 활동했다고? 유감스럽지만 나같은 사람은 그렇게는 말할 수 없는데.

랑 크 (헬메르의 어깨를 두드리고) 그러나 나는 말할 수 있어, 여보게!

노 라 그럼, 선생님, 오늘 드디어 과학적인 실험을 하셨군요?

랑 크 바로 그렇습니다.

헬메르 웬일이야? 귀여운 우리 노라가 과학적인 실험이니 어쩌니 하는 말을 하다니.

노 라 그래서 결과는 축하의 말씀을 올려도 괜찮게 나왔나요?

랑 크 그렇고 말고요.

노 라 그럼, 괜찮았군요?

랑 크 의사로서나 환자로서 이 이상은 바랄 수 없죠. 확실합니다.

노 라 (살피듯이 다그쳐 묻는다) 확실이라고 하시면?

랑 크 확실히 틀림없습니다. 이렇게 되면, 하룻밤쯤 유쾌하게 지내도 괜찮지 않습니까?

헬메르 나도 찬성일세. 다만 내일 일에 지장이 있으면 안 되지.

랑 크 아니 이 세상에는 보상이 없는 건 없네.

노 라 선생님은 가장 무도회를 퍽 좋아하시나 봐요.

랑 크 그렇습니다. 여러 가지로 재미있는 가장을 볼 수 있으니까

요.

노 라 여보, 우리들 다음 번엔 무엇으로 가장하면 좋을까요?

헬메르 성질도 급하군. 벌써 다음 번 일을 생각하고 있어?

랑 크 우리들 이라고요? 글쎄요. 부인께선 행복의 천사로 분장하시면 좋겠군요.

헬메르 그럼, 거기 어울리는 의상은 어떻게 하지?

랑 크 뭘, 부인께선 평상시 그대로 나오시면 되는 거지.

헬메르 정말 그렇군. 그런데 자네는 무엇으로 가장할 작정인가?

랑 크 그거야 벌써 정해져 있지.

헬메르 그래?

랑 크 다음번 가장 무도회엔 나는 보이지 않는 사람으로 나타날 거야.

헬메르 그건 또 별난 아이디어인데.

랑 크 커다랗고 검은 모자를 알지? 자네는 마법의 모자 얘기를 들은 적이 없나? 그걸 머리에 쓰면 누구의 눈에도 보이지 않게 되지.

헬메르 (웃음을 참으면서) 아, 과연 그럴듯하군.

랑 크 그런데 참, 내가 여기에 온 용건을 깜빡 잊고 있었군. 여보게, 담배 하나만 주게. 자네가 애용하는 검정 바나나 시거 말야.

헬메르 여기 있네. (담뱃갑을 내민다)

랑 크 (하나를 꺼내어 끝을 자른다) 고맙네.

노 라 (성냥을 긋는다) 불붙이세요.

랑 크 고맙습니다. (노라가 성냥불을 내민다. 랑크는 시거에 불을 붙인다) 그럼, 안녕히 계십시오.

노 라 편히 주무세요, 랑크 선생님.

랑 크 친절 고맙네, 잘 있게.

노 라 제게도 인사해 주세요.

랑 크 부인께도요? 네네, 원하신다면야. 그럼, 편히 쉬십시오. 그리고 담뱃불 고마워요. (두 사람에게 고개를 숙여 인사하고 나간다)

헬메르 (낮은 목소리로) 많이 취했군.

노 라 (멍하니) 그런 모양이에요.

헬메르가 주머니에서 열쇠 묶음을 꺼내 들고 현관으로 나간다.

노 라 당신, 뭐 하시는 거예요?

헬메르 우편함을 열어야겠소. 꽉 찼어요. 내일 아침 신문도 들어갈 수 없을 정도야.

노 라 여보, 오늘 밤에도 일하실 거예요?

헬메르 아니, 그럴 생각이 없다는 건 잘 알잖소. 아, 그런데 누가 자물쇠를 만졌군.

노 라 자물쇠를요?

헬메르 그렇소. 누가 그랬을까? 설마 하녀는 아니겠지. 이것 봐, 부러진 머리핀이 있는데. 노라, 이거 당신 것 아니오?

노 라 (빠른 말로) 그럼, 아마 아이들이 그랬나 보죠.

헬메르 이런 나쁜 버릇은 고쳐야 돼. (열쇠를 이리저리 돌려본다) 이

거 안 열리는데…… 어이쿠, 겨우 열렸군. (속의 우편물을 꺼낸 뒤 부엌을 향해 소리친다) 헬레네! 헬레네! 복도의 불을 끄도록 해!

방으로 돌아온 헬메르가 현관으로 통하는 문을 닫는다. 손에 편지를 가득 들고 있다.

헬메르 봐요, 이렇게 많이 쌓였어. (편지를 뒤적인다) 아니, 이건?

노 라 (창가에서) 그 편지구나! 아아, 안 돼요! 안 돼요, 토르발!

헬메르 명함이 두 장……. 랑크의 것인데.

노 라 선생님 것이라고요?

헬메르 (명함을 보고) 의사 랑크라. 맨 위에 있군. 방금 돌아가는 길에 넣은 게 분명해.

노 라 뭐라고 써 있어요?

헬메르 이름 위에 검은 십자가가 그려져 있는데. 자, 봐요. 언짢은 징조인데. 마치 자신의 사망 통지서 같잖아.

노 라 그런 생각이신가 봐요.

헬메르 뭐? 아니, 알고 있었소? 당신에게 무슨 말인가 했나 보군.

노 라 네, 그 명함으로 이별하고 가신 거예요. 그분은 이제 방에 틀어박혀서 죽음을 기다릴 생각이에요.

헬메르 불쌍한 친구! 물론 오래 가지는 않으리라 생각하고 있었지만, 설마 이렇게 빨리 올 줄은 몰랐는데. 그럼 상처 입은 짐승처럼 몸을 감추려는 거로군.

노 라 그렇게 되도록 정해진 거라면 아무 말도 하지 말고 그렇게 되도록 내버려 두는 것이 가장 좋은 일일 거예요. 그렇게 생각하지 않아요, 여보?

헬메르 그 친구하고 우리들은 늘 함께 있었소. 나는 그가 없는 나날은 생각할 수도 없을 정도야. 말하자면 그는 자신의 괴로움과 고독으로 우리들의 밝은 태양 같은 행복에 배경 역할을 하고 있었던 거지. 그러나 이게 그에게는 가장 최선의 길일지도 모르지……. 적어도 그 사람에게 있어선. (멈춰 선다) 그리고 우리들에게 있어서도 말야. 노라, 자, 이제 우리 둘밖에 남지 않았구려. (아내를 끌어안는다) 아, 사랑스런 당신, 아무리 꼭 끌어안아도 더욱 꼭 안고 싶구려. 나는 가끔 당신에게 뭔가 무서운 위험이 닥쳐왔으면 좋겠다는 생각을 해. 그러면 내 목숨과 재산과 내가 가진 모든 것을 바쳐 당신을 구할 테니까 말이오.

노 라 (남편의 손을 뿌리치고, 결심한 듯 단호하게 말한다) 어서 그 편지를 읽으세요.

헬메르 아냐, 아냐. 오늘 밤은 그만두겠어. 사랑스런 당신하고 같이 있고 싶으니까.

노 라 친구가 죽어 가는데?

헬메르 정말 그렇군. 이 일은 확실히 우리 두 사람을 우울하게 만들었어. 죽는다든가 허물어진다든가 하는 생각으로 말이오. 이런 생각은 빨리 떨쳐 버리지 않으면 안 돼. 그럼 그때까지 각자 방으로 물러가 있도록 합시다.

노 라 (그의 목을 껴안는다) 그럼, 여보 편히 쉬세요!

헬메르 (아내의 이마에 키스를 하고) 나의 종달새도 쉬어요. 편히 자요, 노라. 자, 그럼 내 방에 가서 편지나 읽어 볼까.

노 라 (미친 듯한 눈초리로 주위를 둘러보고 나서 남편의 도미노를 움켜잡아 어깨에 걸치고는 쉰 듯한 목소리로 떠듬떠듬 중얼댄다) 이젠 다시는 볼 수 없어. 다시는, 다시는. (숄을 머리에 뒤집어쓴다) 아이들도 이제는 만날 수 없어. 두 번 다시 만날 수 없어. 절대, 절대로! 아아, 저 얼음처럼 차가운 검은 물, 바닥을 알 수 없을 것만 같은 깊이, 이런 일이 모두 끝나기만 한다면……. 지금 틀림없이 편지를 손에 들고 있을 거야. 아니, 이미 읽고 있는지도 몰라. 아냐, 아냐. 아직 읽지 않았을 거야. 아아, 모르겠다! 안녕, 토르발! 당신도 아이들도 잘 있어요.

그녀는 현관을 빠져나가 뛰어가려고 한다. 그때 헬메르가 문을 난폭하게 열고, 개봉한 편지를 손에 든 채 나타난다.

헬메르 노라!

노 라 (소리 높여 외친다) 아아!

헬메르 이건 뭐야. 이 편지에 뭐라고 씌어 있는지 알고 있겠지?

노 라 네, 알고 있어요. 그러니 가게 해 주세요. 나가게 해 주세요!

헬메르 (그녀를 나가지 못하게 붙잡고) 어디로 간다는 거야?

노 라 (뿌리치면서) 저를 살리려고 하지 마세요, 토르발!

헬메르 (뒤로 비틀비틀 물러서며) 그럼 정말이란 말이오? 그 자가 쓴 게 사실이란 말이오? 무서운 일이군! 아냐, 아냐, 이런 일은 있을 수 없어.

노 라 아네요. 정말이에요. 저는 이 세상의 누구보다도 당신을 사랑하고 있었기 때문에…….

헬메르 쓸데없는 변명은 집어치워!

노 라 (한 발 다가선다) 여보!

헬메르 참, 한심하구려. 어쩌다 이런 일을 저질렀어!

노 라 가게 해 주세요. 당신이 저 때문에 난처한 처지가 되어선 안 돼요. 저의 죄를 뒤집어써서는 안 돼요.

헬메르 그 따위 어릿광대 짓은 집어치워. (현관문을 열쇠로 잠근다) 자아, 하나도 숨기지 말고 모조리 얘기해 봐. 당신이 어떤 일을 저질렀는지 알고 있어? 어서 대답해! 말해 보라구!

노 라 (천천히 남편을 쳐다보고 굳은 표정으로) 네, 지금에 와서야 비로소 알기 시작했어요.

헬메르 (방안을 왔다갔다한다) 아아, 이렇게 무서운 짓을 저지르다니. 8년이라는 세월 동안 내 기쁨이요, 자랑이기도 했던 여자가…… 위선자요, 거짓말쟁이였다니! 아니, 그보다 훨씬 더한 범죄자였다니! 오! 당신 속에는 말할 수 없이 더러운 것들이 숨겨져 있었어! 쯧, 쯧!

노 라 (입을 꽉 다문 채 조금도 움직이지 않고 남편의 얼굴을 쳐다보고 있다)

헬메르 (노라 앞에 멈춰 선다) 이런 일이 일어나리라는 걸 미리 알아차려야 했어. 당신 아버지의 경솔한 성격을 진작 알았어야만 했소. 아버지의 그런 성질을 당신은 그대로 이어받고 있었던 거야. 아아, 그러한 인물을 관대하게 봐 준 대가로 이제 와서 이런 벌을 받아야 하다니. 그것도 결국은 당신 때문에 한 일이었어. 그런데 당신이 날 이런 꼴로 만들었단 말이오?

노 라 네, 당신 말씀대로예요.

헬메르 당신은 이걸로 내 인생의 행복을 모두 파괴해 버렸어. 내 미래를 엉망진창으로 만들고 말았단 말이오. 아아, 생각만 해도 끔찍해. 양심 없는 그 자가 나를 멋대로 휘두를 거야. 그놈은 나를 제멋대로 조종할 수가 있어. 말하고 싶은 대로 말하고, 마음대로 나를 들볶거나 명령할 거야. 그래도 난 싫다고 말할 수 없단 말이오. 그리고 내가 이렇게 비참해지고 파멸하는 것도 모두 경솔한 한 여자 때문이란 말이오. 알아듣겠소?

노 라 제가 이 세상에서 없어지면 당신은 자유로워질 수 있어요.

헬메르 쓸데없는 소리 집어치워! 그런 말은 당신 아버지한테도 수없이 들었소. 설사 당신 말대로 당신이 이 세상에서 없어진다고 한들 그게 무슨 소용이란 말이오. 아무 소용도 없어. 그놈은 개의치 않고 사건을 백일하에 드러내 놓고 말 거야. 그렇게 되면 나까지 당신의 범죄 행위를 알고 있었다는 혐의를 받게 될 것이 뻔해. 그리고 세상 사람들은 내가 그 배후 인물이라고 생각할 거야. 내가 당신을 조종했다고 말야. 그게 모두, 결혼하고 나서 지금까지 그저 손안의 구슬처럼 소중하게 여겨 온 당신 덕분이란 말이오. 자, 이만큼 말하면 당신이 내게 대체 무슨 짓을 저질렀는지 이제 알았겠지?

노 라 (싸늘하게) 알겠어요.

헬메르 너무나도 믿어지지 않는 일이라서 지금도 뭐가 뭔지 잘 모르겠소. 그러나 우선은 어떻게든 빠져 나갈 궁리를 해야 해. 그 숄을 벗어요. 벗으라고 하지 않소! 어떻게 해서든지 그놈을 설득하고 달래 볼 생각이야! 무슨 짓을 해서라도 이 사건을 감춰 버려야 해. 그리고 당신과 나 사이는 지금처럼 아무 일 없다는 듯이 꾸며야 해. 물론 세상 사람들 앞에 그렇게 보이기 위해서야. 그러니 당신은 이대로 이 집에 있어야 해. 그러나 아이들 교육은 맡길 수 없어. 당신에게 맡길 수 없단 말이오. 아아, 그렇게도 사랑했던 당신에게 이런 말을 해야 하다니! 지금 이 시간부터 행복 같은 건 나와 아무런 상관이 없는 것이 되어 버리고 말았어. 단지 깨진 행복의 조각들을 긁어 모아 걸치레나 해야지.

대문의 초인종이 울린다. 헬메르는 몹시 놀란다.

헬메르 누구야? 이렇게 밤늦은 시간에? 드디어 끔찍한 일이 일어나는가? 그놈이 왔나? 노라, 당신은 숨어 있어! 병이라도 났다고 할 테니까.

하 녀 (옷을 반쯤만 걸친 채로 현관에서) 마님, 편지가 왔어요.

헬메르 이리 줘요. (편지를 빼앗다시피 받아 쥐고 문을 닫는다) 음, 역시 그 사내로부터군. 당신에겐 줄 수 없어. 내가 직접 읽겠어.

노 라 네, 좋으실 대로 하세요.

헬메르 (램프 곁에서) 읽을 용기가 안 나는군. 아마 이것으로 당신과 나는 모든 것이 끝날 거야. 그렇다고 읽지 않을 수도 없지. (봉투를 급하게 찢어 대여섯 줄 읽고는 함께 끼워져 있던 서류를 보며 기뻐서 소리친다) 노라!

노 라 (의아한 듯 헬메르를 쳐다본다)

헬메르 노라! 아냐! 다시 한 번 읽어 봐야지. 음, 역시 틀림없군. 나는 살았어! 노라, 난 살았어!

노 라 저는요?

헬메르 물론 당신도 살았소. 우린 둘 다 구출된 거요. 이것 봐. 그자가 차용증서를 돌려보냈어. 지금까지는 미안했으며 몹시 후회하고 있다고 써 있어. 마음을 고쳐먹고 이젠 행복한 생활을 시작하겠다고. 그러나 그가 어떤 말을 썼든지 그건 아무래도 좋아. 우리들은 살아난 거야, 노라! 아무도 이제는 당신을 어쩌지 못하오. 아아, 노라, 노라! 아무튼 이 지긋지긋한 걸 이 세상에서 없애 버립시다. 마지막으로 다시 한번 보고…… . (차용증서를 훑어본다) 아니, 보고 싶지 않아. 이런 끔찍한 일은 모두 꿈이었다고 생각합시다. (증서와 편지를 갈기갈기 찢어 버리고, 그것을 난로에 던진 후 활활 타오르는 불꽃을 보고 있다) 자, 이것으로 모든 것이 끝났소. 편지에 크리스마스 이브부터라고 써 있는데, 그렇다면 요 사흘이 당신에게는 정말로 끔찍한 시간이었겠구려, 노라!

노 라 그 사흘 동안 정말 말할 수 없이 괴로웠어요.

헬메르 얼마나 고통이 컸을까? 따로 도망 갈 길도 없었으니. 그래서 당신은……. 아니, 이제 이 따위 끔찍한 일은 모두 잊어버립시다. 그저 '이제 끝났다, 이제 끝났다, 이제 끝났다.' 라고 기쁨의 소리를 지르면 되는 거요. 하지만 당신은 이미 모든 일이 끝났다는 사실에 대해 어리

둥절해 하는 것 같구려. 대체 왜 그래? 그런 불만스런 얼굴을 하고. 아 아, 알았어. 불쌍하게도 당신은 아직 내가 용서해 준 것이 믿을 수 없는 모양이군. 그러나 벌써 용서했어, 노라. 맹세하지만 나는 모든 것을 용서했어. 나는 알고 있어. 당신이 한 일은 모두 나에 대한 애정에서 비롯되었다는 것을 말이오.

노 라 그건 사실이에요.

헬메르 당신은 아내로서 남편을 아주 많이 사랑해 줬어. 다만 판단력이 부족했기 때문에 방법을 잘못 택했을 뿐이지. 하지만 당신이 혼자서 처리할 힘이 없다고 해서, 나에게 당신이 사랑스러운 존재가 아니라고 생각하오? 결코 그렇지 않아. 당신은 나를 의지하고 있기만 하면 되는 거요. 그러면 당신의 의논 상대가 되고, 바른 길로 인도해 주겠어. 당신의 불안한 모습이 지금까지보다 훨씬 더 사랑스러워 보이지 않는다면 난 남자라고 말할 수 없지. 처음엔 너무 깜짝 놀라 뭔가 머리 위로 와르르 무너져 내리는 것 같아 나도 모르게 심한 말을 했지만, 제발 마음에 두지 말아 줘. 나는 당신을 용서했어, 노라! 맹세하지, 난 당신을 용서했어.

노 라 용서해 주셔서 고맙군요. (문을 나가 오른쪽으로 간다)

헬메르 (잠깐 문에서 내다본다) 당신, 그 구석에서 무엇을 하고 있어?

노 라 (안에서) 가장 무도복을 벗으려구요.

헬메르 (활짝 열린 문 앞에서) 그게 좋겠군. 마음을 가라앉히고 편한 마음을 되찾아야지. 귀여운 종달새여! 자, 안심하고 쉬도록 해요. 내

커다란 날개로 보호해 줄 테니. (문 가까이에서 왔다갔다하면서) 아아, 노라, 우리의 가정은 얼마나 즐겁고 평화로운가. 여기 있으면 당신은 아무 걱정 없소. 무서운 매의 발톱에서 구해 낸 조그만 비둘기 같은 당신을 내가 위로해 주고 지켜 줄 테니까. 놀라서 팔딱팔딱 뛰고 있는 당신의 불쌍한 심장도 가라앉혀 주겠소. 노라, 안심하고 있어요. 내일이 되면 당신 눈에도 모든 것이 달라져 보일 거야. 모든 게 예전처럼 될 거야. 그러면 이미 당신을 용서했다는 말을 되풀이할 필요도 없어질 거고, 당신은 당신대로 내게 용서받았다는 것을 틀림없이 느끼게 될 거야. 어째서 당신은 내가 당신을 쫓아낼 거라느니, 책망할 거라는 생각을 갖게 됐지? 아아, 노라. 당신은 아직 진정한 사나이의 마음을 잘 모른단 말이오. 아내의 과실을 용서했다, 마음속으로부터 깨끗이 용서해 줬다는 마음만큼 남자에게 있어서 기분 좋은 것은 없단 말야. 그때부터 아내는 그에 의해 재생되어 이중의 의미로 자기 것이 되니까. 결국 아내는 아내인 동시에 자식이 된다는 것이오. 이제부터 당신은 나에게 그러한 존재가 되는 거야. 세상에서 아무 데도 의지할 곳 없는 당신은 나만을 진심으로 의지하면 되오. 이젠 혼자서 걱정하지 말고 모든 것을 내게 털어놓고 말해요. 그러면 내가 당신의 의지도 되고 양심도 되어 줄 테니까. 아니, 왜 그래? 잠자리에 들지 않고 옷을 갈아입었군.

노 라 (평상복으로 바꿔 입고) 네, 갈아입었어요.

헬메르 왜 그러지, 이렇게 밤늦게?

노 라 오늘 밤에 저는 이 집에서 자지 않겠어요.

헬메르 하지만, 여보!

노 라 (자기 시계를 꺼내 보고) 아직 그다지 늦은 시간은 아니군요. 여보, 여기 앉아 주세요. 둘이서 하고 싶은 얘기가 많아요. (테이블 한쪽에 앉는다)

헬메르 노라, 왜 그래? 그런 심각한 얼굴을 하고.

노 라 자, 앉으세요. 이야기가 좀 기니까요. 여러 가지 말씀드리지 않으면 안 되는 일이 있어요.

헬메르 (노라와 마주보며 테이블 앞에 앉는다) 정말 이상하군, 노라. 도무지 알 수가 없구려.

노 라 네, 바로 그거예요. 당신은 저에 대해서 조금도 모르고 계세요. 그리고 저 역시 바로 조금 전까지도 당신이란 분을 통 이해할 수 없었어요. 제 얘기를 끊지 마시고 들어 주세요. 우리들 사이를 청산해야겠어요, 토르발.

헬메르 그게 무슨 말이지?

노 라 (잠자코 있다가) 서로 이렇게 마주 앉아 있는데, 당신은 뭔가 느껴지는 게 없으세요?

헬메르 느껴지는 거라니?

노 라 우리 결혼한 지가 벌써 8년이나 됐어요. 그래도 모르시겠나요? 남편과 아내 사이인 당신과 제가 이렇게 마주 앉아 진지하게 얘기를 나누는 것이 오늘이 처음이라는 걸 말이에요.

헬메르 진지한 얘기라니, 무슨 뜻이지?

노 라 8년 동안, 아니, 더 될 거예요. 우리들이 처음 만난 날부터 지금까지 우리들은 진지하게 어떤 문제에 대해 상의한 적이 한 번도 없었어요.

헬메르 그럼 당신에게 말해 봤자 감당할 수도 없는 귀찮은 일들에 당신을 끌어들여야 옳았단 말이오?

노 라 그런 귀찮은 일들에 대해 이러고 저러고 하는 게 아니에요. 제가 말하고 있는 것은, 다만 둘이서 마주 앉아 어떤 일에 대해 진지하게 얘기를 나눈 적이 없었다는 말이에요.

헬메르 하지만 노라, 그런 일은 당신 성격에 맞지 않잖아?

노 라 바로 그것이 문제예요. 당신은 저를 조금도 이해하지 못하시는 거예요. 저는 얼마나 잘못된 취급을 받아 왔는지 몰라요. 처음엔 아버지에게서, 그리고 그 다음엔 당신에게서.

헬메르 뭐? 우리 두 사람에게서? 당신을 이 세상에서 누구보다도 사랑해 온 우리 두 사람한테서 말이오?

노 라 (고개를 흔든다) 당신들은 결코 저를 사랑하시지 않았어요. 다만 저를 귀여워하는 것을 하나의 위안으로 생각하고 계셨던 거예요.

헬메르 여보, 노라! 무슨 말을 하는 거지?

노 라 하지만 그런걸요, 토르발. 제가 아버지 곁에 있었을 때, 아버지는 무슨 일이든지 자신의 생각을 나에게 전해 주셨기 때문에 저도 자연히 똑같은 생각을 갖게 되었어요. 어쩌다 다른 생각을 가질 때가 있어도 저는 그것을 숨겼죠. 왜냐하면 아버지가 기뻐하시지 않을 거라고 생각했기 때문이에요. 아버지는 저를 인형이라고 부르면서 마치 인형과 노는 것처럼 저와 놀아 주셨어요. 그러다가 당신과 결혼한 거예요.

헬메르 우리들의 결혼에 대해 그런 식으로 말하다니…….

노 라 (아랑곳하지 않고) 제가 말하는 것은 아버지 손에서 당신 손으로 인계되었다는 의미예요. 그러나 당신은 모든 것을 자신의 취미에 따라 해 왔기 때문에 저도 어느 사이엔가 당신과 같은 취미를 갖게 되었어요. 하지만 그런 체하고 있었는지도 몰라요. 그 점에 대해선 저도 잘 모르겠지만요. 아마 그 양쪽이었던 것 같아요. 때로는 이렇게, 때로는 저렇게 하는 식으로 말이에요. 지금 와서 생각해 보니 저는 이 집에서 가난뱅이처럼 살아온 것 같아요. 당신에게 재롱을 떨어서 그걸로 목숨을 이어온 거지요. 그게 당신의 바람이기도 했고요. 당신과 아버지는 저에게 큰 죄를 지은 거예요. 제가 이렇게 무능해진 것도 당신들 책임이에요.

헬메르 여보, 그게 무슨 말이야. 어쩌면 당신은 그다지도 어리석고 은혜를 모른다 말이오. 당신은 이 집에서 행복하지 않았다는 거야?

노 라 네, 조금도 행복하지 않았어요. 행복하다고 생각했었지만 사실은 그렇지가 않았어요.

헬메르 행복하지 않았다고?

노 라 네. 단지 재미있었을 뿐이에요. 당신은 언제나 제게 친절하셨죠. 하지만 이 집은 놀이터에 지나지 않았어요. 친정아버지가 저를 어린 인형으로 취급했다면, 당신은 다만 저를 큰 인형으로 취급했을 뿐이에요. 그리고 이번에는 아이들이 제 인형이 되었어요. 아이들과 놀아 주면 아이들이 기뻐하듯이 저는 당신이 놀아 주면 그것이 기뻤던 거예요. 그것이 바로 우리들의 결혼이었어요.

헬메르 당신 말에도 일리는 있소. 다소 과장되긴 하지만. 그러나 이제부터는 바뀌게 될 거요. 놀 때는 지났고 이젠 가르칠 때가 온 거요.

노 라 가르친다고요? 누구를요? 저를 말인가요, 아니면 아이들 말인가요?

헬메르 그야, 당신과 아이들이지.

노 라 아아, 토르발! 당신은 저를 올바른 아내로 교육할 수 없어요.

헬메르 무슨 말을 하는 거요?

노 라 그리고 저 역시…… 아이들을 교육시킬 만한 자격을 가지고 있지 않아요.

헬메르 여보, 노라!

노 라 아까 당신이 말씀하셨죠. 제게 교육을 맡길 수 없다고…….

헬메르 흥분하고 있었을 때였으니까 그랬지. 그 말을 지금까지 가슴에 담아 두고 따지는 건가?

노 라 하지만 당신이 하신 말씀이 옳아요. 그 일이 제겐 힘에 겨워요. 그보다도 먼저 해결해야만 할 문제가 제겐 따로 있어요. 저는 먼저 저 자신을 교육하는 데 힘써야겠어요. 당신의 힘을 빌리지 않고 혼자서 해야 할 일이에요. 그러니 이쯤 해서 당신과 이별해야겠어요.

헬메르 (벌떡 일어서며) 뭐라고?

노 라 저는 저 자신과 세상을 올바르게 알기 위해 독립하지 않으면 안 돼요. 그러니 더 이상 당신 곁에 있을 수가 없어요.

헬메르 노라, 노라!

노 라 당장 여기서 떠나겠어요. 오늘 하룻밤쯤은 크리스티네가 재워 주겠지요.

헬메르 당신 미쳤어? 그렇게는 못해. 내가 허락하지 않아!

노 라 허락하지 않는다고 말씀하셔도 소용없어요. 제 물건만 가지고 나가겠어요. 당신에게선 아무 것도 받지 않을 생각이에요. 지금도, 그리고 앞으로도.

헬메르 이게 무슨 미친 짓이야! 그런 일은 허락도 용서도 하지 않겠소.

노 라 내일은 집에 가겠어요. 제가 태어나고 자란 집으로요. 뭔가를 다시 시작하기 위해선 그곳이 제일 좋을 것 같아요.

헬메르 어쩌면 저렇게 사리를 분별하지 못할까.

노 라 그래서 이제 세상일을 알려고 해요, 토르발.

헬메르 당신은 가정도 남편도, 그리고 아이들까지도 뿌리치고 가겠단 말이오? 세상 사람들이 뭐라고 할지 생각해 보지도 않고?

노 라 그런 건 생각하고 있을 수 없어요. 저는 이 길만이 저에게 필요하다는 걸 알고 있을 뿐이에요.

헬메르 아, 참 어이없는 사람이군. 그럼 당신은 그 신성한 의무를 저버리겠다는 말이오?

노 라 신성한 의무라고요?

헬메르 그걸 꼭 말로 해줘야 안단 말이오? 당신의 남편과 아이들에 대한 의무 말이야.

노 라 제게는 그와 똑같은 또 하나의 의무가 있어요.

헬메르 그런 게 어디 있어? 대체 어떤 의무지?

노 라 저 자신에 대한 의무예요.

헬메르 당신은 우선 아내이고 어머니란 말이오.

노 라 이제 그런 것은 믿지 않겠어요. 무엇보다도 저 역시 당신과 똑같은 인간이에요. 당신과 마찬가지로……. 아뇨, 그렇게 되려고 한다는 표현이 더 어울릴지도 모르겠어요. 대부분의 사람들은 당신이 옳다고 할 것이고 책에도 그렇게 씌어 있어요. 그러나 세상 사람들이 뭐라고 말하든, 책에 어떻게 씌어 있든 이미 저는 만족할 수 없게 되었어요. 그것을 확실하게 이해하기 위해서 저는 스스로 깊이 생각해 봐야겠어요.

헬메르 당신은 가정에서 당신이 차지하고 있는 위치란 것을 잘 알지 못하고 있군. 이런 문제에 대해서 잘못이 없도록 잘 인도해 줄 길잡이가 있잖아. 당신에겐 종교가 있잖소.

노 라 글쎄요. 종교란 것이 어떤 것인지 저는 정확히 알지 못해요.

헬메르 무슨 말을 하는 거지?

노 라 옛날에 세례 받을 때, 한센 목사님이 말씀하신 것 외에는 몰라요. 그분은 종교란 이러이러한 것이라고 말씀하셨어요. 지금의 처지에서 벗어나 혼자가 되면 그 말에 대해 잘 생각해 보려고 마음먹고 있어요. 한센 목사님께서 말씀하신 게 옳은지 어떤지. 적어도 제게 있어서 옳은지 어떤지 알고 싶으니까요.

헬메르 아아, 젊은 여자가 어떻게 그런 말을 한단 말이오? 종교가 당신의 길잡이가 되지 못한다면 부득이 당신의 양심을 흔들어 깨울 수

밖에 없어. 당신이라 해도 도덕적인 관념은 가지고 있을 테니까. 어때, 그것마저도 갖고 있지 않단 말이오?

노 라 글쎄요. 토르발, 그 물음엔 쉽게 대답할 수가 없군요. 저로선 전혀 모르겠는걸요. 저는 솔직히 말해 도덕이란 것에 대해서 아무것도 몰라요. 다만 제가 아는 것은 이 점에 대해서 제가 당신과 전혀 다른 사고방식을 가지고 있다는 것뿐이에요. 법률이라는 것도 제가 생각했던 것과 다르다는 것을 요즈음에야 겨우 알았어요. 이제는 법이 옳다고 생각할 수가 없어요. 죽어 가고 있는 늙은 아버지를 위해 애쓰거나 남편의 목숨을 구할 권리가 여자에게는 없다는 말이군요. 저로선 납득이 가지 않는 일이에요.

헬메르 어린애 같은 소리만 하는군. 당신은 자신이 살고 있는 이 사회가 어떤 건지 잘 모르고 있소.

노 라 네, 전 잘 몰라요. 그렇기 때문에 이제부터 그 속에 들어가 똑똑히 알아볼 작정이에요. 그런 다음 사회가 옳은가, 제가 옳은가 확인해 봐야겠어요.

헬메르 노라, 당신은 정상이 아니야. 열이 있어. 그래서 정신이 이상해진 게 틀림없어.

노 라 저는 오늘 밤만큼 의식이 뚜렷하고 확실한 적이 없었어요.

헬메르 그럼 분명하고 맑은 의식으로 당신의 남편과 아이들을 버리고 떠나려는 거요?

노 라 네, 그래요.

헬메르 그러면 단 한 가지 해석밖에 남지 않았어.

노 라 그게 뭔데요?

헬메르 당신은 이미 나를 사랑하고 있지 않다는 거야.

노 라 그래요. 말씀대로예요.

헬메르 노라! 그렇게까지 말하다니!

노 라 여보, 그렇게 말하는 저 또한 괴로워요. 언제나 당신은 저에게 상냥하고 친절하게 대해 주셨어요. 하지만 이제는 어떻게 할 수 없어요. 선 이미 당신을 사랑하고 있지 않아요.

헬메르 (간신히 마음을 가라앉히고) 그것도 분명하고 확실한 결론이오?

노 라 네, 명료하고 뚜렷한 결론이에요. 그러니까 더 이상 여기에 있고 싶지 않은 거예요.

헬메르 그렇다면 어떤 이유로 내가 당신의 사랑을 잃게 됐는지 설명해 줄 수 있어?

노 라 네, 할 수 있어요. 오늘 밤 전 기막힌 일이 일어날 것이라고 생각했었는데 일어나지 않았어요. 그래서 당신이 지금까지 생각했던 그런 분이 아니라는 것을 알 수 있었던 거구요.

헬메르 좀더 자세히 설명해 줘. 무슨 소린지 모르겠어.

노 라 8년 동안 전 참을성 있게 기다리고 있었어요. 기적이란 것이, 그렇게 흔하게 나타나는 게 아니란 건 저도 잘 알고 있었으니까요. 그러자 이번 재난이 저를 덮쳐 왔어요. 그래서 저는 이번에야말로 기적이 나타나리라고 믿어 의심치 않았어요. 크로그스타의 편지가 아직 저 우편함에 들어 있을 때 설마 당신이 그 사내의 요구에 굴복하리라고는 전혀 생각지 못했어요. 당신은 틀림없이 그 사내를 향해 세상에 알리려면 알려라, 하고 단호하게 말씀하실 거라고 생각했어요. 그리고 만일 그렇게 되면…….

헬메르 그렇게 되면 어떻다는 거지? 내가 당신을 모독과 수치 속으로 드러내 놓으면?

노 라 그렇게 되면 그때는 당신이 세상 사람들 앞으로 나아가 모든 잘못을 자신이 떠맡아 줄 거라 믿고 있었어요.

헬메르 노라!

노 라 제가 당신께 그런 희생을 치르게 하지는 않는다고 생각하고 계시는 거죠?. 그건 물론 그래요. 하지만 제가 아무리 주장하더라도 당신의 마음이 움직이지 않으면 어쩔 수 없겠죠. 그렇게 되면 큰일이라고, 제가 겁을 잔뜩 먹으면서도 기다리고 있었던 기적이란 게 바로 그거예요. 그리고 그것을 막기 위해서 전 죽을 각오까지도 했었어요.

헬메르 노라, 당신을 위해서라면 나는 밤이나 낮이나 기쁘게 일할 수있고, 또한 어떤 고생이나 가난도 참을 수 있어. 하지만 사랑하는 여자를 위해서 자신의 명예를 희생할 수는 없어.

노 라 그걸 몇 백만이라는 수많은 여자들은 해 왔어요.

헬메르 아아, 당신은 마치 아무 것도 모르는 철부지 아이처럼 생각하고 말하는구려.

노 라 그럴지도 몰라요. 하지만 당신 역시 생각하는 거나 말하는 걸 보니 제가 일생을 맡길 수 있는 분 같진 않아요. 당신은 제게 닥쳐올 위험이 아니라 당신 자신에게 덮쳐 올 위험만을 걱정하셨어요. 그런데 두려워하던 일이 거짓말처럼 지나고 나니 당신은 마치 아무 일도 없었다는 듯이 태연한 얼굴로 행동하시는군요. 그리고 지는 다시 당신의 귀여운 종달새가 되어 당신의 인형으로 되돌아가게 되었지요. 그 인형이 깨질세라 당신은 지금보다 더욱더 소중하게 감싸 주시겠다고 하셨죠. (일어선다) 그렇죠, 토르발. 그때 나는 확실히 깨달은 거예요. 저는 지난 8년 동안 이 집에서 타인과 함께 생활해 왔으며 그를 위해서 아이를 셋이나 낳았어요. 아아, 그렇게 생각하니 견딜 수가 없어요! 내 몸을 갈기갈기 찢어 버리고 싶을 정도예요.

헬메르 (우울한 어조로) 알았소. 이제 우리들 사이에는 깊은 도랑이 생기고 말았소. 하지만 노라, 이 도랑을 메울 수는 없을까?

노 라 지금 이 상태로 있는 한 나는 당신의 아내가 될 수 없어요.

헬메르 나는 내 자신을 바꾸어 딴 사람이 될 수 있는 힘이 있소.

노 라 그럴지도 모르죠. 만약 인형이 당신에게서 사라지고 나면.

헬메르 아, 헤어지다니! 당신과 헤어지다니! 안 돼, 노라. 그런 건 생각조차 할 수 없어.

노 라 (오른쪽 방으로 간다) 그렇다면 더욱 단호하게 헤어져야 해요.

외출복 차림으로 조그만 여행용 가방을 가지고 나온다. 가방을 테이블 옆에 있는 의자 위에 놓는다.

헬메르 노라, 노라! 지금은 안 돼! 내일까지만 기다려요.

노 라 (외투를 입는다) 남의 집에서 잘 수는 없어요.

헬메르 하지만 오빠와 동생처럼 살아갈 수도 있지 않을까?

노 라 (모자를 단단히 메고) 그렇게 해서 오래 가지 못할 거라는 건 당신도 잘 아실 텐데요. (숄을 목에 감는다) 그럼 안녕히 계세요, 토르발. 아이들은 만나지 않겠어요. 저 애들은 저보다 좀더 나은 사람이 보살펴 줘야 할 테니까. 지금 상태로는 그 아이들에게 전 어떤 도움도 줄 수가 없어요.

헬메르 그러나 앞으로는, 앞으로는 말이야……

노 라 그런 일을 어떻게 알 수 있겠어요. 저 자신이 어떻게 될지 저도 알 수 없는데요.

헬메르 하지만 당신은 내 아내야. 지금도, 그리고 앞으로도.

노 라 아네요, 여보. 제가 아는 한 아내가 남편의 집에서 나가면 남편은 아내에 대한 모든 의무에서 벗어날 수 있다고 들었어요. 어찌 되었든 저는 당신을 모든 의무에서 풀어 드리겠어요. 당신은 이제 어떠한 구속도 느끼지 않게 될 거예요. 그 점에서는 저도 마찬가지예요. 서로 완전히 자유롭게 되어야만 해요. 당신의 반지를 돌려 드리겠어요. 제 것도 주세요.

헬메르 이것까지도 말야?

노 라 네.

헬메르 (머뭇거리다가) 여기 있소.

노 라 됐어요. 이걸로 끝났어요. 열쇠는 여기에 놓고 가겠어요. 집안일은 하녀들이 저보다 훨씬 잘 알고 있어요. 내일 제가 떠난 뒤에 크리스티네가 와서 제가 시집올 때 가지고 왔던 것을 챙겨서 꾸릴 거예요. 그녀한테 나중에 보내 달라고 하겠어요.

헬메르 이제 정말 끝장이란 말이오? 노라, 이제 나에 대해선 일체 생각하고 싶지도 않은 모양이지?

노 라 당신과 아이들, 그리고 이 집에 대해서도 틀림없이 생각날 거예요.

헬메르 편지를 보내도 좋겠소, 노라?

노 라 아뇨, 거절하겠어요.

헬메르 하지만 곤란할 때는 도와주고 싶소.

노 라 거절하겠어요. 남한테는 어떤 도움도 받지 않겠어요.

헬메르 노라, 나는 당신에게 이미 남 이상의 사람이 될 수 없는 거요?

노 라 (여행용 가방을 든다) 어떤 기적이 일어나지 않는 한 그런 일은 없을 거예요.

헬메르 그 기적이란 게 뭐지?

노 라 그것은 당신과 내가 완전히 변해서, 그야말로…… 아녜요, 토르발. 저는 이제 그런 기적 같은 일이 생길 거라고 믿지 않아요.

헬메르 그러나 난 그것을 믿소. 말해 줘! 우리들이 완전히 변한다면 어떻게 되는 거지?

노 라 우리들의 공동 생활이 진정한 결혼 생활이 된다면 말이죠. 그럼, 안녕히 계세요.

노라가 현관을 빠져나간다.

헬메르 (문 앞의 의자에 쓰러지듯이 앉아 두 손으로 얼굴을 감싸 안는다) 노라, 노라! (주위를 둘러보고 일어선다) 없구나. 가 버렸어! (한 가닥 희망의 빛이 떠오른다) 그래, 그 기적이 일어난다면!

밑에서 쾅 하고 문 닫히는 소리가 들린다.

유령

등장인물

헬레네 알빙 _ 군 대위 겸 시종무관이었던 알빙의 미망인

오스왈드 알빙 헬레네 _ 알빙의 아들

만델스 _ 목사

엥스트란드 _ 목수

레지네 엥스트란드 _ 헬레네 알빙의 하녀

배경은 서부 노르웨이 알빙 부인의 소유지.

제 1 막

정원이 내다보이는 넓은 방. 왼쪽 벽에 하나, 오른쪽 벽에 두 개의 문이 있다. 방 중앙에는 원탁이 하나 있고, 그 주위에 의자가 놓여 있다. 원탁 위에는 서적과 신문, 잡지 등이 놓여 있다. 전면 왼쪽에 창문이 하나 있고, 그 옆에 조그만 소파, 그 앞에 재봉틀 하나가 놓여 있다. 커다란 유리로 둘러져서 햇빛을 충분히 받고 있는 온실 하나가 뒷배경을 이루고 있다. 온실 유리벽을 통해, 부슬부슬 내리는 비로 뒤덮인 협만의 경치가 침울한 분위기를 자아내고 있다.
목수인 엥스트란드가 정원으로 통하는 문 곁에 서 있다. 그의 왼쪽 다리는 약간 구부러져 있으며 장화 밑바닥에서부터 나무토막을 대고 있다. 빈 물통을 손에 든 하녀 레지네가 그를 가까이 오지 못하도록 막고 서 있다.

레지네 (목소리를 죽여 가며) 대체 무슨 일로 오셨어요? 그 자리에서 꼼짝하지 말아요. 비에 홀딱 젖어 물이 뚝뚝 떨어지잖아요.

엥스트란드 아무리 그래도 우리 하느님이 주시는 고마운 비야.

레지네 천만에요. 악마의 비예요.

엥스트란드 에이, 무슨 말을 그렇게 하는 거야! (절뚝거리면서 서너 걸음 온실 안으로 들어온다) 내가 하고 싶은 말은 다름이 아니라…….

레지네 제발 그렇게 발로 쿵쿵거리지 말아요. 도련님이 위에서 주무시고 계신단 말예요.

엥스트란드 아직도 자고 있나? 벌써 대낮인데.

레지네 상관하실 거 없잖아요.

엥스트란드 실은 어제 저녁 술을 조금 마셨지.

레지네 그럴 줄 알았어요.

엥스트란드 그렇지만 얘, 인간이란 원래 약한 동물이라…….

레지네 그야 그렇죠.

엥스트란드 더군다나 너도 알다시피 이 세상에는 유혹이 많단 말이야. 안 그래? 그런데도 난 오늘 아침, 다섯 시 반부터 일어나서 일터에 나왔단 말이야. 대단하지 않니?

레지네 네, 네, 그래요. 그건 그렇고, 제발 그만 나가 주세요. 나 이런 데서 이러고 있을 수 없어요.

엥스트란드 왜 그렇다는 거냐?

레지네 아버지가 여기 이러고 있는 걸 남이 보면, 내가 곤란해져요. 그러니 제발 돌아가요.

엥스트란드 (두서너 걸음 앞으로 다가선다) 안 돼. 너하고 할 얘기가 끝나기 전에는 절대로 안 갈 거다. 오늘 저녁까지는 이곳 학교 일이 다 끝나. 그렇게 되면 나는 오늘 밤 안으로 배를 타고 집으로 돌아가야 해.

레지네 (중얼거리듯이) 조심해서 가세요.

엥스트란드 고맙다, 얘야. 내일은 이곳 고아원 개원식이 있다고? 그럼 술도 엄청나게 쏟아져 나오겠지? 그렇다면 앵스트란드가 술이라면 정신을 차리지 못한다는 소문도 앞으로는 들리지 않을걸.

레지네 두고 봐야죠.

엥스트란드 내일은 여기저기서 많은 유지들이 오실 테지? 만델스 목사님도 읍에서 나오신다는 얘기가 들리더군. 그러니 그럴 일은 절대로 없을 거야.

레지네 그분은 오늘 오세요.

엥스트란드 거봐라. 그러니 큰일날 일이지. 목사님한테 뒷말 들을 행동을 해서는 안 될 일이거든.

레지네 역시 그런 뜻이었군요.

엥스트란드 그런 뜻이라니?

레지네 (상대방 얼굴을 물끄러미 본다) 뭐예요, 또 목사님을 속이려고 하세요?

엥스트란드 이것 봐, 너 미쳤니? 내가 목사님을 속이다니. 쓸데없는 소리 하지 마라. 만델스 목사님이 나한테 얼마나 잘해 주시는데 그건 그렇고……. 내가 하고 싶은 얘기는 다른 게 아니라, 좀전에 말한 것처럼 나도 드디어 집으로 돌아간단 말이다.

레지네 제발 무사히 돌아가세요.

엥스트란드 암. 그런데 레지네야, 너를 데리고 갔으면 하는데.

레지네 (어이가 없다는 듯 입을 벌리고) 뭐라고요? 저를요?

엥스트란드 너를 집에 데리고 가고 싶단 말이야.

레지네 (비웃듯이) 흥, 아버진 저를 절대로 못 데리고 가세요.

엥스트란드 그럼, 두고 보자꾸나.

레지네 그래요, 두고 보세요. 나는 이곳 시종님의 마나님 밑에서 자란 사람이에요. 이제 이 집 아이나 다름없이 귀여움 받고 있는 나를 데리고 간다구요? 그런 집으로 가긴 누가 간대요?

엥스트란드 이런 계집 같으니라고. 무슨 말투가 그러냐. 이 애비 말을 안 들을 셈이냐?

레지네 (아버지 얼굴을 보지 않으면서 중얼거린다) 아버지하고 나하고는 아무 상관없다고 몇 번이나 말했잖아요.

엥스트란드 에이, 뭐 그런 말 가지고…….

레지네 저한테 얼마나 상처가 되는 말을 많이 하셨는지 아세요? 끝내는 저보고 뭐라고까지…… 정말 싫어요.

엥스트란드 아니야. 그런 더러운 말을 내가 했을 리 없어.

레지네 아버지가 무슨 말을 하셨는지 지금도 똑똑히 기억하고 있어요.

엥스트란드 그건 그저 값싼 술 한 잔 마시고 그랬을 뿐이야. 세상에는 도처에 유혹투성이니 말이다.

레지네 흥!

엥스트란드 그리고 또 그건, 네 어머니가 성질을 부릴 때 그랬던 거야. 그럴 때면 어떻게 해서든지 네 어머니의 화를 돋우어 줘야 시원했단 말야. 그러면 네 어머니는 이런 말을 하면서 건방지게 굴곤 했지. (흉내를 내면서) '그만해 둬. 나를 내버려 둬요. 나는 이래봬도 시종무관 알빙님의 저택에서 3년이나 산 사람이에요.' (웃는다) 네 어머니는 자기가 그 집에 있는 동안 주인이 대위에서 시종무관이 된 것을 얼마나 자랑스러워했는지 모른다.

레지네 아, 불쌍한 어머니! 어머니를 그렇게 괴롭히는 바람에 일찍 돌아가신 거라구요.

엥스트란드 (몸을 뒤로 젖힌다) 흥, 못하는 소리가 없구나. 모두 다 내 탓이라고?

레지네 (얼굴을 외면하고, 작은 목소리로) 오오, 지겨워. 게다가 저 다리는?

엥스트란드 뭐라고?

레지네 피에 드 무통(염소 다리).

엥스트란드 뭐야, 그건 불어냐?

레지네 네, 그래요.

엥스트란드 제법이구나. 여기 와서 배운 것이 많구나. 앞으로 그 덕을 톡톡히 볼 수 있겠구나, 레지네야.

레지네 (잠시 잠자코 있다가) 도대체 나를 시내로 데리고 가서 어떻게 하실 작정이에요.

엥스트란드 아버지가 되어 가지고 단 하나밖에 없는 딸을 어떻게 하다니 그걸 말이라고 하냐? 나야 혼자 사는 쓸쓸한 홀아비가 아니냐?

레지네 어머, 그런 소리는 제발 하지 말아요. 그보다도 대체 저를 어떻게 하실 작정이에요?

엥스트란드 응, 그럼 말하지. 실은 나는 새로운 일을 한 번 시작해 보려고 해.

레지네 (멸시하듯이 휘파람을 분다) 흥, 그야 지금까지도 여러 번 해 보고, 그때마다 실패하지 않았어요?

엥스트란드 응, 그랬지. 그렇지만 이번에는 너도 놀랄 거다. 빌어먹을!

레지네 (발을 구른다) 욕은 이제 그만해요.

엥스트란드 그래, 그래, 잘못했어. 사실 내가 하고 싶은 얘기는 이번 고아원 일을 해주고 제법 톡톡히 돈을 벌었다는 거야.

레지네 그래요? 그거 잘됐군요.

엥스트란드 그런데 이런 시골에서야 어디 돈 쓸 만한 일이 있겠니?

레지네 그래서요?

엥스트란드 응. 그 돈을 무슨 벌이라도 될 만한 데다 써 보려고. 그래서 나는 뱃사람들을 상대로 요릿집 같은 것을 해보는 게 어떨까 생각했단다.

레지네 오오, 싫어.

엥스트란드 아니야. 이건 정말 고급 요릿집이다. 하급 선원들이 드나드는 선술집 같은 게 아냐. 선장이나 기관사 같은 고급 손님만을 상대하는 거야.

레지네 그럼 저는 뭘 하는 거죠?

엥스트란드 너는 와서 도와주기만 하면 돼. 그것도 그저 보고만 있으면 된다구. 어렵게 생각할 건 아무 것도 없다. 너한테 힘든 일을 시키지는 않을 테니까. 너는, 너 하고 싶은 일만 하면 되는 거다.

레지네 그렇지요. 당연한 얘기를 뭐…….

엥스트란드 여자란 모름지기 제 집에 있어야 한다. 그리고 밤에는 노래 부르고 춤추고 재미나게 지내 보자. 세계를 제집같이 돌아다니는 선원들을 상대로 한다는 것을 잊어서는 안 돼. (가까이 다가온다) 어때? 대답을 해 보거라. 이런 좋은 기회를 놓치면 언젠가 후회하게 될 거다. 도대체 네가 이 집에 있어서 뭐한다는 거냐? 이런 곳에 있어 봤자 결과는 뻔해. 아무리 이 집 마나님이 너를 위해 준다지만 그게 무슨 소용이 있지? 듣자 하니 이번 고아원이 문을 열면 너는 보모 노릇을 한다더구나. 그게 너한테 무슨 이득이 된단 말이냐? 코흘리개들을 상대로 죽도록 일하는 게 네 소원은 아니잖아.

레지네 그야 내 생각대로만 된다면, 그러면……. 아아, 그렇게 될 거예요. 꼭 그렇게 될 거예요.

엥스트란드 뭐가 어떻게 된다는 거냐?

레지네 아실 것 없어요. 그런데 그 아버지가 벌어 놓으셨다는 돈은 얼마나 되나요?

엥스트란드 이럭저럭해서 한 7,800크로네는 될 거야.

레지네 그렇게 적은 돈은 아니군요.

엥스트란드 그만하면 뭐든 하나 시작할 만한 돈은 되지.

레지네 그런데 아버지, 그 돈을 나한테 나눠줄 생각은 없어요?

엥스트란드 응, 그럴 생각은 없구나.

레지네 그저 그런 옷 한 벌 사줄 생각도 없구요?

엥스트란드 나하고 같이 시내로 나가서 함께 있겠다면 옷 같은 건 네가 원하는 대로 해주지.

레지네 홍, 내가 생각만 있다면 혼자 힘으로도 얼마든지 옷쯤은 해 입을 수 있어요.

엥스트란드 그러는 게 아냐. 그래도 아버지 밑에서 돈벌이를 하는 것보다 나을 수 있겠니? 선창가에 집도 하나 봐 뒀단다. 그것도 많은 돈이 드는 일은 아니지. 그곳을 뱃사람들의 집처럼 만들려고 생각중이다.

레지네 그렇지만 전 아버지하고 같이 살고 싶지는 않아요. 나는 아버지와 어떤 일도 해볼 생각이 없어요. 아버지 혼자 하세요.

엥스트란드 망할 것. 어차피 내 곁에 오래 있을 거라고는 생각 안 해. 너도 네 장래를 생각해야 할 때가 됐으니 말이다. 정말 요 몇 년 사이에 얼굴이 활짝 폈구나.

레지네 그게 무슨 소리예요?

엥스트란드 그러니까 오래 참을 필요는 없단 말이야. 조만간 키잡이라든가, 때에 따라선 선장 따위를 만나게 되지.

레지네 하지만 그런 사람하고는 결혼하지 않을 거예요. 뱃사람들이란 인정머리가 없어요.

엥스트란드 뭐가 없다고?

레지네 저도 뱃사람을 알고 있어요. 그런 사람들은 결혼 상대가 못 돼요.

엥스트란드 뭐 꼭 결혼을 하라는 소리는 아니다. 다른 방법도 있지. (비밀 이야기를 하듯이) 그 자, 요트를 가지고 왔었잖니. 그 자는 빳빳한 돈 300타레르나 내놓았단다. 그런데 옆에 있던 여자가 너보다 예쁜 편도 아니었지.

레지네 (아버지에게 대든다) 어서 돌아가요!

엥스트란드 오냐, 오냐. 그렇지만 설마 그런 식으로 나를 때리려는 것은 아니겠지?

레지네 계속해서 그런 얘기를 한다면 때릴지도 몰라요. 자아, 돌아가시라니까요! (정원 출입문까지 밀어 붙인다) 소리나지 않게 문 닫으세요! 도련님이…….

엥스트란드 그래 자고 있다 이 말이지? 도련님을 위한 생각이 대단하구나. (작은 목소리로) 허허, 결국 도련님은 말하자면…….

레지네 돌아가요, 빨리. 그리로 나가면 안 돼요. 그쪽 길로 목사님이 오신단 말이에요. 저쪽 부엌 층계로 내려가세요.

엥스트란드 (오른쪽으로 가면서) 응, 간다. 지금 간다고. 그렇지만 저기 오시는 분하고도 잘 얘기해 보아라. 자식에게 어버이라는 것이 얼마나 소중한 것인지. 그리고 어떻게 해야 하는 것인지도. 아마 잘 가르쳐 주실 게다. 누가 뭐래도 나는 네 아비야. 그건 교회의 장부책을 봐도 알 수 있어.

레지네가 두 번째 문을 열어 아버지를 내보내고 곧 문을 닫는다. 레지네는 바쁘게 거울을 들여다보며 손수건으로 얼굴을 닦고, 옷매무새를 고치고, 꽃을 만진다. 외투 차림의 만델스 목사가 우산을 들고 나타난다. 조그만 여행 가방을 어깨에 둘러메고 있다. 정원 문을 통해 온실로 들어선다.

만델스 잘 있었나, 엥스트란드 아가씨?

레지네 (깜짝 놀라면서 반가운 듯 뒤돌아보며) 어머, 목사님 오셨어요? 안녕하세요? 배가 벌써 도착했나요?

만델스 방금 전에 도착했지. (방안으로 들어선다) 이렇게 매일 비가 오니 정말 못 배기겠는걸.

레지네 (뒤따라가며) 그래도 농사에는 좋을 거예요, 목사님.

만델스 응, 맞는 말이야. 하지만 시내에 사는 우리들은 그걸 잘 몰라서. (외투를 벗으려고 한다)

레지네 도와드릴게요. 그런데 어쩌나…… 다 젖었네요. 바로 현관에 걸어 두죠. 그리고 우산도 마르게 펴놓을게요.

레지네가 두 번째 문으로 우산과 외투를 들고 나간다. 만델스는 여행 가방을 내려 그것을 모자와 함께 의자 위에 놓는다. 그러는 사이에 레지네가 다시 방안으로 들어온다.

만델스 아아, 이렇게 집안에 들어오니 마음이 편해지는군. 그래, 이 댁에는 별일 없었나?

레지네 네, 덕분에.

만델스 하지만 내일 일 때문에 여러 가지로 바쁘겠군.

레지네 네, 정말 일이 많아요.

만델스 부인은 댁에 계시겠지?

레지네 네, 지금 막 도련님 드리려고 이층 방에 초콜릿을 가지고 가셨어요.

만델스 참, 부두에서 들으니까 오스왈드가 돌아와 있다고?

레지네 네, 벌써 그저께 돌아오셨어요. 오늘쯤이나 오실까 했었는데요.

만델스 그래, 물론 건강은 좋으시겠지?

레지네 네, 기분이 좋아 보이셨어요. 그런데 먼 길을 오셔서 그런지 많이 지치신 것 같아요. 파리에서 여기까지 계속 같은 차를 타고 오셨다니까요. 지금 주무시고 계신 것 같아 큰소리로 얘기도 못하겠어요.

만델스 아, 그래? 그럼 조용히 하자고.

레지네 (안락의자 하나를 테이블 앞에 바로 놓는다) 목사님, 여기 앉으셔서 편히 쉬세요. (목사가 앉자, 레지네는 그 발밑에 발판을 밀어 넣는다) 자아, 이렇게 하시면 좋을 거예요.

만델스 오오! 고맙군, 고마워. 아주 편안해. (레지네를 본다) 그런데 아가씨, 지난번 만났을 때보다 키가 훨씬 커진 것 같군.

레지네 어머, 그래요? 마나님은 살도 쪘다고 하시던데요.

만델스 글쎄, 살이 쪘나? 하긴, 그러고 보니 그런 것도 같군. 하지만 꼭 알맞게 살이 쪘는데.

레지네 마나님을 불러 드릴까요?

만델스 고마워. 하지만 괜찮아. 그렇게 서두를 필요는 없어. 그런데 레지네, 아버님은 요즘 좀 어떠시지?

레지네 네, 덕분에 별일 없이 잘 지내세요.

만델스 아버님이 지난번 시내에 있을 때 나를 찾아오셨더군.

레지네 그러셨어요? 아버지는 목사님하고 말씀하시길 무척 좋아하세요.

만델스 아버님이 이곳에 계시니까 자주 찾아뵙지?

레지네 그럼요. 시간이 나면…….

만델스 아버님은 의지가 강한 사람이 못 되니까 곁에서 보살펴 주는 사람이 있어야 해.

레지네 네, 옳은 말씀이세요.

만델스 누군가 그분 옆에 있으면서 그분의 마음을 풀어 주고 조언을 해줘야 해. 아버님 자신도 지난번에 오셨을 때 절실하게 그것을 느낀다고 하시더군.

레지네 네, 저한테도 비슷한 말씀을 하셨어요. 그렇지만 마나님이 저를 보내 주실지 모르겠어요. 게다가 새로 세운 고아원에 일이 많을 텐데요. 그리고 저로서도 마나님 곁을 떠나기가 정말 힘들 것 같아요. 언제나 친절하게 대해 주시고 아껴 주시는걸요.

만델스 하지만 자식으로서의 도리도 해야지. 물론 알빙 부인의 허락을 받아야 하겠지만.

레지네 그렇지만 제 나이에 혼자 사는 아버지 밑에 가서 요릿집 일을 한다는 것이 좀 이상하지 않을까요?

만델스 아가씨! 지금 우리가 얘기하고 있는 분은 바로 아가씨의 아버지라는 사실을 잊었나?

레지네 그야 그렇죠. 하지만 심성이 바르고 착실한 분이라면 몰라도…….

만델스 그렇지만 레지네…….

레지네 제가 존경할 수 있고, 또 진정 그분의 딸이란 마음으로 모실 수 있는 분이라면 또 모르겠어요.

만델스 그건 그렇지. 하지만…….

레지네 그런 분이라면 저도 기꺼이 시내로 나가겠어요. 여기는 정말 너무나 쓸쓸한걸요. 그리고 세상에서 떨어져 혼자 있다는 게 어떤 것인지 목사님은 잘 아실 거예요. 이런 말씀드리기는 뭐하지만 저는 이래봬도 열심히, 그리고 성심 성의껏 일할 수 있는 사람이에요. 목사님, 혹시 저에게 알맞은 일자리 아시는 데 없나요?

만델스 내가? 없는데…… 정말 아는 데가 없어요.

레지네 하지만 목사님, 언제든 기회가 있으면 제 문제를 생각해 주세요.

만델스 (일어선다) 그래, 그렇게 하지.

레지네 그래서, 혹시 저한테…….

만델스 자아, 이쯤에서 부인을 불러 줄 수 없을까?

레지네 네, 곧 이리로 모셔 오겠습니다. (왼쪽으로 나간다)

만델스 (방안을 왔다갔다한다. 뒷짐을 지고 잠시 멈춰 서서, 뒷배경

쪽에서 정원을 바라본다. 그리고는 다시 테이블 옆으로 와 책 한 권을 집어들어 표제를 보고는 깜짝 놀란다. 그러더니 몇 번이고 자세히 들여다본다) 으음, 어쩐지…….

왼쪽 문에서 알빙 부인이 들어온다. 레지네가 따라 들어와서는 오른쪽 앞으로 나간다.

알빙 부인 (만델스에게 손을 내민다) 잘 오셨어요, 목사님.

만델스 안녕하세요, 부인. 약속대로 이렇게 왔습니다.

알빙 부인 항상 정확하시군요.

만델스 하지만 아시다시피 빠져 나오기가 여간 힘들어야지요. 교회의 무슨 위원(委員)이다 해서 맡은 일이 많아서요.

알빙 부인 그런데도 용케 이렇게 빨리 오셨군요. 이 정도면 점심식사 전에 일을 끝마칠 수 있을 것 같아요. 그런데 목사님 짐은 어디에?

만델스 (빠른 어조로) 제 짐은 저기 가게에 맡겨 놓았습니다. 오늘 밤에는 거기서 묵겠습니다.

알빙 부인 (미소를 억누르며) 정말 이번에도 저희 집에서 묵으실 생각이 없으시군요.

만델스 정말로 고마운 말씀입니다만, 여태껏 그곳에서 묵었기 때문에 이번에도 그리로 가야겠어요. 배를 타기도 편하고요.

알빙 부인 그럼 편하신 대로 하세요. 단지 서로 이렇게 나이 들어가는 처지니 그런 신경은 안 쓰셔도 될 텐데 하는 생각이 들어서요.

만델스 아, 무슨 그런 말씀을 하십니까. 그나저나 오늘은 부인께서도 꽤 즐거우시겠습니다. 우선 내일은 기쁜 날이고, 사랑스런 오스왈드까지 돌아와 있으니 말입니다.

알빙 부인 네, 그래요. 저 애가 2년 만에 집에 돌아와서 정말 얼마나 기쁜지 모르겠어요. 그런데 이번 겨울 동안 여기 있어 주겠다는군요.

만델스 그렇습니까? 그거 참 착한 아드님을 두셨습니다. 아드님으로서는 로마나 파리에서 사는 쪽이 훨씬 재미있을 텐데요.

알빙 부인 그렇겠지요. 하지만 대신 여기에는 엄마가 있으니까요. 정말 귀여운, 마음씨 착한 아이에요. 그 애는 아직도 저를 몹시 따르고 있답니다.

만델스 그거야 그렇겠죠. 오래 떨어져 있었고, 예술에 파묻혀 있다고는 하더라도 인간 본연의 감정을 숨길 수는 없을 테니까요.

알빙 부인 맞는 말씀입니다. 그렇지만 그 애는 그럴 염려는 없습니다. 만나 보시면 알겠지만 그 애는 아주 몰라보게 달라졌어요. 곧 이리로 올 거예요. 잠깐 쉬겠다고 소파에 누워 있거든요. 아, 내 정신 좀 봐. 이리로 앉으시죠.

만델스 고맙습니다. 그런데 지금 말씀드려도 좋을지…….

알빙 부인 네, 그야 물론. (테이블 앞에 앉는다)

만델스 자아, 그럼 보여 드려야겠군요. (여행 가방을 놓아 둔 의자에 가서 한 뭉치의 서류를 들고 와서, 테이블 저쪽에 앉아 서류를 펴 놓을 장소를 찾는다) 그럼 먼저 이것부터……. (잠깐 말을 끊는다) 그런데 부인, 이 책이 어떻게 여기까지 와 있습니까?

알빙 부인 이 책 말인가요? 이것은 제가 읽고 있는 책이에요.

만델스 이런 책을 읽으십니까?

알빙 부인 네.

만델스 그럼 부인은 이런 책을 읽고 난 뒤, 조금이라도 향상된다거나 행복해질 수 있다는 생각을 하신 적이 있습니까?

알빙 부인 글쎄요. 어쨌든 마음이 안정되는 것 같긴 해요.

만델스 이상하군요. 어째서일까요?

알빙 부인 글쎄요. 그걸 읽으니까 제 자신이 예전부터 생각하고 있던 여러 가지 일들이 해명되고 증명되는 것 같은 느낌이 들어요. 그런데 이상해요, 목사님. 그 책 속에는 별다른 이야기가 없거든요. 그저 세상 사람 누구나가 생각하고 있는 것이 씌어 있을 뿐이에요. 다만 세상 사람들은 그것을 명확하게 의식하지 않을 뿐만 아니라, 그것을 사실로 믿으려고도 하지 않을 뿐이죠.

만델스 아! 그럼 부인께서는 정말로 세상 사람들의 대부분이 그렇게 생각한다고 믿으시는 건가요?

알빙 부인 네, 저는 그렇게 믿고 있어요.

만델스 하지만 설마 이 고장에서야 그런 일이 없겠죠?

알빙 부인 아뇨. 여기서도 물론 마찬가지예요.

만델스 어쨌든 저는…….

알빙 부인 목사님께선 이 책을 왜 그리 마음에 안 들어 하시죠?

만델스 마음에 안 들어 한다고요? 부인은 설마 제가 일일이 이런 책의 내용까지 세밀하게 조사하고 있다고는 생각지 않으시겠죠?

알빙 부인 그렇다면 잘 모르시면서 이 책을 반대하고 계시다는 얘기군요?

만델스 이 책을 반대하는 것은 그만큼 이 책들을 충분히 읽어서죠.

알빙 부인 하지만 목사님 자신의 의견은 아니지 않아요?

만델스 부인, 사람이 살아가다 보면 남을 믿어야 할 경우가 정말 많습니다. 세상이란 그런 것이고, 또 그것은 옳은 일이지요. 그렇지 않고서야 이 인간 사회가 어떻게 되겠습니까?

알빙 부인 네, 그 말씀이 옳을지도 모르지요.

만델스 그렇지만 저도 이런 책에 여러 가지 재미있는 내용이 들어 있다는 것을 부정하는 것은 아닙니다. 더욱이 부인으로서는 외국에서 유행하는 사조가 어떤 것인지를 알고 싶어하는 것도 당연하겠죠. 아드님을 오랫동안이나 외국에 보내 놓고 계신 터이니까요. 그렇지만…….

알빙 부인 그렇지만?

만델스 (목소리를 낮추어) 그렇지만 부인, 그런 얘기는 하지 않으시는 편이 좋습니다. 집안에서 읽거나 생각한 것을 밖에 나가서 얘기할 필요는 없다는 얘깁니다.

알빙 부인 물론 그런 짓은 안합니다. 저도 그 말씀에는 동감합니다.

만델스 부인께서는 지금 저 고아원 생각을 많이 하셔야 합니다. 물론 이 고아원을 세우겠다고 결심한 것은 이 정신 문제에 대한 부인의 견해가 지금과는 많이 다르던 때의 일이었다고 생각합니다만.

알빙 부인 네, 틀림없이 그래요. 하지만 고아원에 관한 말씀은…….

만델스 그렇군요, 고아원에 관한 얘기를 하려던 참이었지요. 부인,

그럼 시작할까요? (종이 봉투를 뜯고 몇 통의 서류를 꺼낸다) 우선 이것을 좀 보세요.

알빙 부인 그것이 서류군요.

만델스 네, 이것이 전부입니다. 빠짐없이 정리했어요. 이것들을 이번 일에 맞추기 위해 무척 애를 썼습니다. 거의 강행군을 했지요. 어떻든 결재해야 할 단계에 가면 관청이란 정말 까다롭거든요. 그렇지만 이제 다 되었습니다. (종이를 뒤적거린다) 이것 보세요. 이것이 등기부에 기재된 양도증서(讓渡證書)인데 로젠볼트의 별장에 부속된 솔비크의 토지와 거기에 신축된 가옥 · 학교 · 교원주택, 그리고 예배당 등 일체가 기입되어 있습니다. 그리고 이것이 유산과 기부 행위 승인서입니다. 읽어 보십시오. (읽는다) 「육군 대위 알빙 씨 기부, 고아원 정관(定款)」

알빙 부인 (서류를 바라본다) 그렇군요.

만델스 저는 시종무관이라는 칭호를 피하고 육군 대위 쪽을 택했지요. 육군 대위 쪽이 훨씬 부드럽게 들리거든요.

알빙 부인 네, 네, 모두 알아서 해주세요.

만델스 그리고 이것은 이자부 자본금의 저금통장입니다. 고아원의 경상비를 충당하기 위해서 거치(据置)한 것이지요.

알빙 부인 정말 수고가 많으셨습니다. 하지만 이것은 목사님이 간직하고 계시는 게 좋겠군요.

만델스 좋습니다. 제 생각 같아서는 이 돈은 당분간 은행에 예금해 두는 편이 좋을 것 같습니다. 물론 이자는 별로 신통치 않습니다만. 반년 계산으로 4푼입니다. 나중에 적당한 시기에 가서 뭐든 유리한 채권(債券)을 사도록 하겠지만, 물론 가장 확실하고 틀림없는 채권이 아니면 안 됩니다. 그 문제는 나중에 다시 말씀드리지요.

알빙 부인 네, 목사님이 모두 알아서 해주시면 돼요.

만델스 여하튼 잘 살펴보겠습니다. 그런데 또 한 가지 전부터 물어보고 싶었던 것이 있습니다.

알빙 부인 무슨 일인데요?

만델스 고아원 건물에 대해 보험에 들 것인지 안 들 것인지…….

알빙 부인 네, 그야 물론 보험에 들어야겠지요.

만델스 하지만 잠깐, 이 문제는 좀더 검토해 볼 필요가 있을 것 같은데요.

알빙 부인 저는 무엇이든지 보험에 들고 있어요. 건물은 물론, 가구, 농작물, 가축까지도요.

만델스 당연하지요. 당신 소유의 재산이니까. 물론 저라도 그렇게 하겠습니다. 하지만 이번 일은 사정이 다르다고 생각합니다. 고아원은 말하자면 보다 숭고한 인생의 목적에 바쳐진 것이니까요.

알빙 부인 네, 하지만 만약…….

만델스 제 개인적인 생각으로도, 어떤 경우를 대비해서 보험에 들어 둔다는 것에는 아무런 이의가 없습니다만.

알빙 부인 그건 저도 그렇게 생각해요.

만델스 하지만 이 고장 외부 사람들의 의견은 어떨까요? 그것은 부인이 더 잘 아시겠죠?

알빙 부인 글쎄요, 의견이라면…….

만델스 이 고장에 그런 일에 반대하고 나설 수 있을 만한 실제적인 발언권자가 더러 있습니까?

알빙 부인 도대체 그 실제적인 발언권자란 어떤 사람을 두고 말씀하시는 건지요?

만델스 말하자면 사회적 지위도 높고 세력가여서, 그의 의견에는 일단 비중을 두지 않으면 안 될 만한 인물을 말하는 거죠.

알빙 부인 그런 인물이라면 이 고장에 적잖이 있고, 또 경우에 따라서는 뭐라고 반대하고 나설 사람도 있어요.

만델스 네, 바로 그겁니다. 시내에는 그런 종류의 사람들이 아주 많습니다. 잠깐 제 동료를 따라다니고 있는 무리들을 생각해 보세요. 보험에 든다는 것은 당신한테나 나한테나, 하느님의 섭리를 전적으로 신뢰하고 있지 않다는 증거처럼 해석될 우려도 있습니다.

알빙 부인 하지만 목사님, 당신이 고려해서 하시는 일에 누가 반대를 할까요?

만델스 그래요. 그것은 저도 알고 있습니다. 그러지 않을 거라는 건 저도 알고 있죠. 그렇다고 해서 왜곡되고 좋지 않은 해석이 내려지는 것을 막을 길은 없습니다. 그리고 이러한 일은 고아원 사업에까지 좋지 못한 영향을 끼치기 쉬운 법입니다.

알빙 부인 그런 일이 있을 것 같으면…….

만델스 그런데다 저도 혹시 무슨 일이라도 생겨서 굉장히 난처하고 괴로운 입장에 서게 되지 않을까 하는 염려를 하고 있는 것입니다. 시내의 유력한 친구들 사이에는 벌써부터 여러 가지로 이번 고아원 사업에 대해서 많은 말들이 오가고 있습니다. 사실 어느 정도는 시의 복지 차원에서 지어지기도 했으니 아마도 시의 빈민 구제비를 적잖이 경감시켜 줄 것입니다. 그런데 그렇게 되면, 제가 당신의 고문역이고 이 사업의 실무를 맡아 왔기 때문에, 우선 저에게 시기의 눈초리가 집중되지 않을까 염려도 되고요.

알빙 부인 오오, 그렇게 되면 안 되죠.

만델스 그건 고사하고라도 몇몇 신문과 잡지는 틀림없이 저를 노릴 것입니다.

알빙 부인 알겠어요. 그렇다면 단안을 내리지요.

만델스 (의자에 기대어) 그렇지만 만일 불행한 사고가 일어난다면요? 앞일은 아무도 모르는 거니까요. 그런 경우에 당신한테서 손실에 대한 보상을 받을 수 있을는지요?

알빙 부인 아니오. 확실히 말씀드리지만, 이제 더 이상은 저로서도 어떻게 할 수가 없어요.

만델스 알겠습니다. 부인, 그렇다면 우리는 서로 꽤 중대한 책임을 짊어지게 되는군요.

알빙 부인 하지만 달리 어떻게 할 방법이 없지 않아요?

만델스 그렇습니다. 옳은 말씀입니다. 달리 어쩔 수 없겠지요. 단지 남들의 오해를 받지 않도록 노력할 수밖에요. 어떤 일이 있어도 동료 신자에게 폐를 끼치지 않도록 해야죠.

알빙 부인 특히 목사님 입장에서는 더욱 그렇지요.

만델스 그러나 이런 사업에는 자연스럽게 행운이 따른다는 확신을 가져도 좋다고 생각합니다. 신의 각별한 가호가 있을 거라는 확신 말입니다.

알빙 부인 아무쪼록 그랬으면 좋겠군요.

만델스 그럼 보험은 단념하신 거죠?

알빙 부인 네, 분명히 그렇게 하겠습니다.

만델스 좋습니다. 그렇게 하기로 하죠. (기입한다) 그럼…… 보험은 들지 않음.

알빙 부인 그건 그렇다 치고……. 하필 오늘 같은 날 그런 말씀을 하시는 게 이상하군요.

만델스 아니, 그 문제는 벌써부터 여쭈어 보려고 했어요.

알빙 부인 사실은, 어제 거기서 조그만 사고가 일어났어요.

만델스 뭐라고요?

알빙 부인 별로 큰일은 아니에요. 목공장에서 대팻밥에 불이 붙었던 거예요.

만델스 엥스트란드가 일하고 있는 거기서 말입니까?

알빙 부인 네, 그 양반은 성냥 같은 걸 함부로 다루는 버릇이 있어요.

만델스 그 사람 그래도 꽤 멋을 아는 사나이랍니다. 뭐, 잡념과 유혹이 조금 있어서 그렇지요. 다행히 요즈음은 마음 잡고 생활하려고 노력하는 것으로 들었습니다만.

알빙 부인 누가 그런 얘기를 하던가요?

만델스 본인이 직접 그러더군요. 그래봬도 기술이 상당히 좋은 목수지요.

알빙 부인 네, 술이 안 취한 상태에서는 그렇지요.

만델스 그렇습니다. 그게 바로 그 사람의 병이지요. 하지만 본인 말을 빌리면, 다리 병신이기 때문에 술을 마시지 않고는 견딜 수 없다는 거예요. 저번에 시내에 들어왔을 때는 정말 대견하더군요. 나한테 와서 말하기를, 고맙게도 내가 이곳에서 일을 하게 해준 덕분에 앞으로는 딸 레지네하고 함께 살아갈 수 있는 돈이 생겼다고 하더군요.

알빙 부인 하지만 딸애하고는 별로 만나지 않는 것 같던데요?

만델스 아, 아니에요. 날마다 만난다고 하던데요. 자기 입으로 직접 그랬어요.

알빙 부인 글쎄요. 그럴지도 모르지요.

만델스 여하튼 그 사람은 자기에게 유혹이 왔을 때 곁에 있으면서 붙들어 줄 사람이 필요하다고 느끼고 있어요. 아주 기가 죽어서 나를 찾아와서는, 자기 스스로를 욕하면서 자신의 잘못을 고백하더군요. 그런 걸 보면 야곱 엥스트란드라는 사람도 착한 사나이인 것 같습니다. 부인, 저번에 그 친구가 저에게 말하기를 다시 레지네를 자기 곁에 두어야 안심이 되겠다고 하더군요.

알빙 부인 (벌떡 일어선다) 레지네를요?

만델스 부인도 반대는 하지 않으시겠죠?

알빙 부인 아니에요. 그것은 결단코 반대예요. 게다가 레지네는 고아원 일을 해야 해요.

만델스 하지만 생각해 보세요. 그 사람은 레지네의 아버지예요.

알빙 부인 레지네한테 그 사람이 어떤 아버지였는지 저는 잘 알고 있어요. 어떤 일이 있어도 그 애를 돌려보내는 건 찬성할 수 없어요.

만델스 (일어선다) 하지만 부인, 그렇게 고집을 부리시니 곤란하군요. 당신이 엥스트란드를 잘못 보시고 있는 게 참 유감입니다.

알빙 부인 (점점 침착을 되찾고) 어쨌든 저는 어릴 때부터 레지네를 맡아서 내내 곁에 두고 있었기 때문에……. (귀를 기울인다) 쉿, 조용히! 이 문제는 다음에 얘기하기로 하죠. (얼굴에 기쁨이 넘치며) 들어보세요. 오스왈드가 이층에서 내려오고 있어요. 자아, 이제는 저 애 일만 생각하고 싶어요.

가벼운 외투 차림의 오스왈드가 손에 모자를 들고 왼쪽 문에서 나타난다. 그는 커다란 마도로스 파이프로 담배를 피우고 있다.

오스왈드 (문 앞에 서서) 아, 실례했습니다. 저는 손님께서 서재에 계신 줄 알았어요. (곁으로 다가온다) 안녕하세요?

만델스 (물끄러미 그를 바라본다) 아아! 정말 이상하군요.

알빙 부인 어떠세요. 이젠 성인이 됐어요.

만델스 아니, 정말…… 아니, 이거 정말…… 이게 사실입니까?

오스왈드 네, 목사님. 접니다. 제가 바로 잃었던 아들입니다.

만델스 하지만 그 귀엽던 아드님이…….

오스왈드 아, 지금은 돌아온 아들이지요.

알빙 부인 오스왈드는 목사님께서 화가가 되겠다는 자신을 반대하시던 그때 일을 기억하고 있어요.

만델스 사람의 눈에는 가끔 이것은 안 되겠다고 보이던 것이 나중에는 반대로 되는 일이 있게 마련입니다. (머리를 흔든다) 여하튼 반갑구먼, 반가워. 잘 돌아왔어. 내 사랑하는 오스왈드 군, 나는 역시 옛날 이름으로 부르는 게 좋겠는데?

오스왈드 네, 그럼 뭐 달리 부르려고 하셨던가요?

만델스 그럼 됐어요. 친애하는 나의 오스왈드 군, 난 내가 무조건 예술가를 비난하는 사람이라고 생각해서는 안 된다고 말하고 싶네. 예술가 가운데서도 내면적 인간성을 버리지 않고 간직하고 있는 사람이 많다는 것은 나도 인정하니까.

오스왈드 제발 그랬으면 좋겠어요.

알빙 부인 (기쁨으로 얼굴을 빛내며) 저는 외면뿐 아니라 내면적인 인간성까지도 온전히 유지해 온 사람을 알고 있어요. 자아, 이 애를 좀 보세요.

오스왈드 (방안을 왔다갔다한다) 알았어요, 어머니! 그 얘긴 이제 그만하시지요.

만델스 아니, 그건 부인할 수 없는 사실이야. 더구나 오스왈드도 이제는 명성을 떨치기 시작하더군. 신문에서도 가끔 기대할 만한 신인(新人)이라는 칭찬을 하는 것 같고. 그런데 요즘 와서 그것이 좀 뜸한 것 같던데, 어떻게 된 거지?

오스왈드 (꽃 옆에 서서) 저는 요즈음, 전처럼 그렇게 그림만 그릴 수가 없게 되었지요.

알빙 부인 그럼. 화가도 때때로 쉴 때가 있어야지.

만델스 저도 동감입니다. 휴식을 취한 다음, 새로운 힘을 길렀다가 대작을 그려야지.

오스왈드 네에. 그건 그렇고 어머니, 아직 식사를 할 수 없나요?

알빙 부인 이제 30분도 안 걸릴 게다. 네가 배가 고픈 모양이구나.

만델스 게다가 담배도 잘 피우는군요.

오스왈드 아니에요. 이층 방에 아버님의 파이프가 있길래.

만델스 아아, 그게 바로 그거였군.

알빙 부인 뭐가요?

만델스 오스왈드가 그 파이프를 물고 방안에 들어섰을 때, 나는 문득 자네 아버지가 살아서 다시 나타났나 하고 생각했었네.

오스왈드 하하, 그랬어요?

알빙 부인 아하, 그럴 리가 있나요? 오스왈드는 저를 꼭 닮았는걸요.

만델스 그래요? 하지만 저 입 언저리의 주름살과 입모양은 꼭 돌아가신 알빙 씨를 연상케 하지 않아요? 담배 피우던 모습은 아주 똑같았어요.

알빙 부인 아무래도 그렇게는 생각할 수 없어요. 오스왈드의 입모양은 신부님이나 목사님들처럼 성직자다운 입모양이에요.

만델스 네, 그래요. 제 동료들과 입 맵시가 많이 비슷하군요.

알빙 부인 하지만 얘야, 이제 그만 파이프를 거두렴. 나는 담배 연기는 아주 질색이란다.

오스왈드 (담배를 끄면서) 그러지요. 그저 장난 삼아 한번 피워 본 것뿐이에요. 어렸을 때 이 파이프로 담배를 피워 본 일이 있어서요.

알빙 부인 뭐라고?

오스왈드 제가 굉장히 어렸을 때예요. 어느 날 밤, 제가 아버님 방에 들어가니까 아버님은 기분이 좋으셔서 싱글벙글 웃고 계셨어요.

알빙 부인 아니, 무슨 소리니? 네가 그때 일을 기억하고 있을 리가 없을 텐데.

오스왈드 그런데 그건 분명하게 기억하고 있어요. 그때 아버님은 저를 무릎 위에 올려놓으시고 이 파이프를 제 입에 물려 주셨어요. '이놈, 피워 봐라! 힘껏 빠는 거야.' 라고 하셨지요. 그래서 저는 힘껏 빨았어요. 그랬더니 얼굴이 파래지면서 이마에 커다란 땀방울이 맺히더라구요. 그러자 아버님은 재미있으시다는 듯 배꼽을 잡고 웃으셨지요.

만델스 그것 참, 이상하군요.

알빙 부인 아니에요, 목사님. 오스왈드가 꿈을 꾼 걸 거예요.

오스왈드 아뇨. 어머니, 정말이에요. 꿈이 아니에요. 어머니는 그걸 잊으셨어요? 그때 어머니가 들어오셔서 저를 안아 올려 제 방으로 데리고 가 주셨어요. 저는 속이 매스꺼워서 토했지요. 그러자 어머니는 우셨잖아요. 아버님은 종종 그런 장난을 하시곤 했어요.

만델스 그분도 젊었을 때는 정말 재미있고 씩씩한 분이셨어요.

오스왈드 게다가 세상을 위해서도 많은 일을 하셨지요. 여러 가지 좋은 일, 보람 있는 일을 하셨어요. 그런데 오래 사시지를 못했으니…….

만델스 응. 우리 친애하는 오스왈드 군! 자네는 사실 유능하고 훌륭한 분의 이름을 이어받은 거야. 아무쪼록 그 분의 뒤를 잘 이어가 주었으면 하네.

오스왈드 네. 정말 그래야겠어요.

만델스 어쨌든 오스왈드가 아버님의 기념일에 돌아와 주었으니 여간 고마운 일이 아니야.

오스왈드 최소한 저도 아버님을 위해서 그만한 일은 하고 싶었어요.

알빙 부인 게다가 이번에는 오랫동안 있어 주겠다고 하는걸요. 정말 착한 아이라고 생각해요.

만델스 그럼 오스왈드는 겨울 동안 여기에 있을 수 있다는 얘기로군.

오스왈드 언제까지라고 딱히 정하지 않고 있을 작정이에요. 이렇게 어머니 옆에 돌아와 있으니 마음이 아주 편하거든요.

알빙 부인 (얼굴을 빛내며) 응, 그렇지? 얘야.

만델스 (동정의 눈으로 그를 바라본다) 오스왈드, 자네는 꽤 일찍부터 세상에 이름을 떨친 셈이지?

오스왈드 정말 그래요. 때때로 저 역시 너무 이르지 않나 하고 생각하곤 해요.

알빙 부인 오오, 그렇지 않아. 올바른 청년이라면 오히려 그쪽이 나아. 더군다나 외아들이니까. 그런 경우에는 부모님 밑에 있으면서 버릇없이 사라면 안 된단 말야.

만델스 저는 그렇게 생각하지 않는데요. 부모의 집이란 자식에게 언제나 가장 좋은 안식처니까요.

오스왈드 저도 목사님과 같은 생각입니다.

만델스 부인 자신의 경우를 생각해 보세요. 장본인을 앞에 두고 냉정히 얘기해 볼 수도 있습니다. 오스왈드 군에게 그것이 어떤 결과를 가져왔나요? 이미 스물 예닐곱 살이 되었어도 아직껏 가정이라는 것을 잘 모르고 지냈단 말입니다.

오스왈드 죄송합니다만, 목사님. 그건 오해십니다.

만델스 그래? 하지만 난 자네가 언제나 예술가들하고만 교제해 온 것으로 아는데.

오스왈드 그건 그렇습니다.

만델스 게다가 대개는 젊은 예술가들이겠지?

오스왈드 물론 그렇습니다.

만델스 그리고 대부분의 경우, 가정을 이루며 살 만한 능력을 가지고 있지 못할 텐데.

오스왈드 그야 많은 사람들이 목사님 말대로 결혼할 만한 능력이 없어 못하기는 했지요.

만델스 바로 그거야. 내가 하려고 하는 말이 그거라고.

오스왈드 그렇다고 해도 그들은 가정을 가질 수 있어요. 그중에는 가정을 가지고 있고, 그것도 매우 질서 있고 아늑한 가정을 가진 사람도 있어요.

알빙 부인은 긴장한 모습으로 듣고 있다가 가끔 고개를 끄덕인다. 그러나 말은 하지 않는다.

만델스 아니, 내가 말하는 것은 홀아비의 살림을 말하는 게 아니야. 남편과 아내, 자녀들과 같이 살고 있는 가정을 말하는 거지.

오스왈드 그렇습니다. 하지만 또 자기의 자녀들과 그 자녀들의 어머니하고 함께라도 좋지 않아요?

만델스 (놀라서 두 손을 마주친다) 그렇지만 오스왈드 군!

오스왈드 왜요?

만델스 동거 생활이라고? 아이들 어머니하고 말이지?

오스왈드 그래요. 하지만 어린애의 어머니를 내쫓아 버리는 것보다는 낫다고 생각하지 않으세요?

만델스 지금 자네는 비합법적인 부부 관계를 말하고 있군. 소위 야합이란 말이지.

오스왈드 그것을 야합이라고 할 수 있을는지는 모르지만, 그런 사람들의 공동 생활을 보면 그다지 불순한 느낌은 들지 않아요.

만델스 하지만 여하튼 교육도 받고 예의도 아는 사나이와 젊은 여자가, 세상이 보는 앞에서 그런 식으로 살아갈 수 있다는 것은 생각할 수 없는 일이지.

오스왈드 그럼, 그들은 어떻게 하란 말입니까? 가난한 젊은 예술가와 가난한 아가씨가 결혼을 하려면 돈이 많이 드는데요.

만델스 어떻게 하면 좋으냐고? 어떻게 하면 좋을지 내가 말해 주지.

그들은 처음부터 서로 떨어져 있었어야 했어. 당연히 그래야 하고.

오스왈드 목사님의 말씀은 서로 뜨겁게 사랑하는 젊은 연인들에게는 아무 소용없는 말씀입니다.

알빙 부인 하긴 그렇군. 소용이 없겠어.

만델스 (계속해서 말한다) 대체로 정부가 그런 일을 방치해 둬도 좋다는 법은 없어. 그런 일이 공공연히 행해져도 좋을까요? (알빙 부인을 향한다) 제가 아드님의 신상에 대해 걱정하는 이유를 아셨죠? 부인의 아드님은 그런 부도덕이 멋대로 행해지고 뿌리를 박고 있는 사회 속에서 어울려 살고 있단 말입니다.

오스왈드 목사님, 제가 한 가지 말씀드리죠. 저는 그런 비정상적인 몇몇 가정에 일요일마다 초대를 받아 갔었는데요.

만델스 게다가 일요일에 손님까지 초대하나?

오스왈드 그렇습니다. 일요일은 사람들이 즐겨도 좋은 날입니다. 그리고 더욱 중요한 건, 저는 그런 장소에서 한번도 불쾌한 말을 들어본 적이 없고, 하물며 세상에서 부도덕이라고 말하고 있는 행동을 본 적도 없습니다. 도리어 제가 어떤 곳에서 비도덕적인 경우를 보았는지 아십니까?

만델스 글쎄, 잘 모르겠군.

오스왈드 그렇습니까? 그럼 실례를 무릅쓰고 말씀드리지요. 그것은 이른바 모범적인 남편이며 가정의 주인인 남자들이 파리에 올 때입니다. 예술가들은 그들이 늘 다니던 술집에서 종종 그런 광경을 볼 수 있었습니다. 그런 데서 우리들은 뭔가를 배우곤 했지요. 그런 신사들은 우리들이 꿈에도 모르는 곳을 알려주고, 지저분한 얘기도 곧잘 들려주니까요.

만델스 뭐라고? 그럼 이 나라의 저명 인사들이 외국에 가서?

오스왈드 목사님도 그런 저명 인사들이 외국에 다녀와서는 그쪽이 풍기 문란하다고 비난하는 것을 들으신 적이 있겠지요?

만델스 아아, 그야 물론.

알빙 부인 그런 얘기는 나도 들었어요.

오스왈드 그들의 이야기는 확실히 믿을 수 있는 얘깁니다. (이마를 누른다) 아아, 아름답고 훌륭한 외국에서의 자유로운 생활이 그런 식으로 모독되어야 하다니 유감입니다.

알빙 부인 얘야, 너무 흥분하지 말아라. 몸에 해롭다.

오스왈드 그렇군요, 어머니. 이런 흥분이 제 건강에 해로운 것을 미처 생각지 못했군요. 왜 이렇게 몸이 피곤할까요? 식사 전에 산책이나 좀 하고 오겠어요. 실례합니다, 목사님. 목사님은 이것을 모르셨을 거예요. 그러나 저는 이 말씀을 드리지 않고는 견딜 수가 없었어요. (오른쪽 두 번째 출입문으로 나간다)

알빙 부인 아아, 불쌍한 내 아들!

만델스 네, 그러시겠어요. 저런 상태가 되어 버렸으니.

알빙 부인은 상대방 얼굴을 보며 잠자코 있다.

만델스 (왔다갔다한다) 오스왈드는 자기 입으로도 잃어버린 아들이라고 말하고 있었어요. 아아, 정말 안됐어요.

알빙 부인 (여전히 그를 바라보고 있다)

만델스 당신은 어떻게 생각하십니까?

알빙 부인 저는 오스왈드의 말 한 마디 한 마디가 모두 옳다고 생각해요.

만델스 (멈춰 선다) 옳다구요? 그런 이론이 옳다니!

알빙 부인 이렇게 쓸쓸한 생활을 하고 있는 저 역시 그런 생각을 하곤 하지요. 하지만 감히 제가 어떻게 해보자는 생각은 없어요. 저는 이제 이 생활에 만족하고 있어요. 제 아들이 저 대신 얘기해 주겠지요.

만델스 그렇다면 부인, 저는 당신을 동정하고 싶습니다. 그리고 지금 이 자리에서 당신께 진지하게 한 말씀드리고 싶습니다. 이것은 어디까지나 당신의 사업 관리자나 고문으로서 드리는 말씀이 아니고, 당신 남편의 젊었을 적 친구로서 드리는 말씀도 아닙니다. 그저 성직자로서 하는 말입니다. 부인 생애의 제일 어려운 고비였던 그 당시에 제가 했던 것처럼 말입니다.

알빙 부인 그럼, 목사님이 어떤 말씀을 하시려는지 잘 듣도록 하죠.

만델스 우선 첫째로 부인, 저는 당신한테 상기시키지 않으면 안 될 일이 있습니다. 마침 좋은 계기이기도 합니다. 내일은 주인 양반의 10주기니까요. 돌아가신 분을 위해서 기념상의 제막식을 하기로 되어 있고요. 내일 저는 내빈 일동을 향해서 연설을 합니다. 그러나 오늘은 당신 한 사람만을 향해서 말씀드리고자 합니다.

알빙 부인 좋습니다. 그럼 말씀해 주세요.

만델스 부인은 기억하고 계십니까? 당신들이 결혼하고 일년도 채 되지 않아 당신은 자칫 깊은 죄악의 수렁 속에 빠질 뻔한 적이 있었습니다. 당신은 집과 가정을 버렸습니다. 주인 양반한테서 도망치신 겁니다. 그렇습니다, 부인. 도망이지요. 그리고 당신은 주인 양반이 그처럼 간절히 애원을 했는데도 돌아오기를 거절했어요.

알빙 부인 하지만 그 일 년 동안 제가 얼마나 큰 불행을 겪었는지 목사님은 잊으셨나요?

만델스 그것은 언제나 인생의 행복만을 찾으려는 반역의 정신에서 비롯된 것입니다. 도대체 우리 인간이 어떻게 행복을 구할 권리가 있다는 것입니까? 아닙니다, 부인. 우리들은 무엇보다도 우선 자기의 의무를 다하지 않으면 안 되는 것입니다. 그리고 부인의 의무라면 일단 부인께서 남편으로 선택해 성스러운 인연을 맺은 그분 곁에서 참고 살아야 하는 일이었습니다

알빙 부인 물론 당신은 그 시절에 알빙이 어떤 생활을 하고 있었는지, 어떤 짓을 하고 다녔는지 잘 알고 계시겠지요?

만델스 저도 주인 양반 주위에 어떤 소문이 떠돌아다녔는지 다 알고 있습니다. 물론 그의 청년 시절 생활 태도는 용서할 수 없습니다. 그 소문이 거짓이라고는 생각하지 않습니다. 그러나 아내가 남편을 재판해서는 안 되는 것입니다. 겸손한 마음으로 자신에게 지워진 십자가를 짊어지는 것이 부인의 의무이자 책임이었을 것입니다. 그런데 부인께선 그렇게 하지 않고 자기가 맡은 십자가를 내동댕이치고, 비틀거리는 자를 도와주지 않고 저버린 것입니다. 그럼으로써 주인 양반에 대한

소문을 남들의 상상에 맡겨 두고 만 것입니다. 그뿐만이 아니라 또 다른 사람의 명예까지도 손상시키려고 하셨습니다.

알빙 부인 또 다른 사람이라뇨? 그 다른 사람이란 누구를 가리키는 것인가요?

만델스 부인이 저희 집을 은신처로 택하신 것은 매우 경솔한 처사였습니다.

알빙 부인 저희들의 목사님한테, 우리 집안의 친지분한테 간 것이 잘못이었을까요?

만델스 바로 그 점입니다. 그야말로 제가 그때 흔들리지 않는 확신을 가지고 있어서, 당신의 성급한 결심을 돌이키게 해드린 것도, 당신을 올바른 의무의 길로 이끌어서 집으로 돌아가게 하는 방법을 세워 드릴 수 있었던 것도, 모두가 하느님의 은총이라고 하지 않으면 안 될 것입니다.

알빙 부인 네. 물론 그것은 목사님의 공덕이었어요.

만델스 아니, 단지 저는 보다 높은 곳에 계시는 분의 심부름꾼에 지나지 않습니다. 제가 부인으로 하여금 의무와 순종의 테두리로 들어가게 해드린 것이, 후일 부인을 위해서 좋은 공덕이 되지 않았습니까? 그 후에는 모두 제가 예언한 대로 되었습니다. 알빙도 사내답게 과실을 뉘우치고 개선하지 않았습니까? 그 후로는 평생 별 문제 없이 정답고 사이좋게 지내지 않았나요? 주인은 마침내 이 고장의 자선가가 되었고, 나중에는 부인까지 자기가 하는 일에 동조하도록 이끌지 않았습니까? 그래서 당신은 훌륭한 내조의 공을 세우셨습니다. 네, 네, 그 점에 관해서는 크게 칭찬해 드리고 싶습니다. 그러나 이번에는 부인의 일생에서 두 번째 실수에 대해 말씀드리겠습니다.

알빙 부인 무슨 말씀을 하시려는 건가요?

만델스 부인이 예전에 아내로서의 의무를 저버린 것처럼, 어머니로서의 의무도 저버리셨다는 겁니다.

알빙 부인 예에?

만델스 부인은 일생 동안 어쩔 수 없는 아집에 사로잡혀 계신 듯합니다. 부인의 모든 생각이나 행동이 속박에서 벗어나 자유로워지고 싶어하셨습니다. 부인은 어떤 속박이 있으면 그것을 조금도 참지 못하셨어요. 무슨 일이든 당신의 생활을 속박하고 압박하는 것이라면 그것이 무엇이든 아무런 양심의 거리낌 없이 팽개쳐 버리곤 했지요. 부인은 아내로서의 의무가 귀찮다고 생각되면 남편을 팽개치고, 어머니로 있는 것이 괴로우면 아들을 먼 외국으로 떼어 내 버리고 말았던 것입니다.

알빙 부인 네, 그것은 사실이에요. 저는 그랬어요.

만델스 그랬기 때문에 당신은 오스왈드와 남이 되어 버리고 만 것입니다.

알빙 부인 아녜요, 아녜요. 그렇지는 않아요.

만델스 아닙니다. 부인은 그러셨어요. 또 그럴 수밖에 없었습니다. 그런데 부인은 그를 어떻게 맞이하셨던가요. 잘 생각해 보세요, 부인. 부인은 남편 되시는 분한테 큰 죄를 지으신 것입니다. 그것을 생각해서 당신은 그 사람의 기념상을 세우셨습니다. 그러나 이번에는 아드님에 대해서 어떤 죄를 저질렀나 아셔야 합니다. 그러나 아드님을 잘못된 길에서 되돌릴 여유는 아직 있습니다. 당신 자신이 우선 바른 길로 되돌아서십시오. 그리하여 그의 마음을 돌릴 수 있으면 돌리게 하세요. 왜냐하면 (집게손가락을 들고) 당신은 죄 많은 어머니시니까요. 이런 말씀을 드리는 것이 제 의무라고 생각합니다.

잠시 침묵이 흐른다.

알빙 부인 (서서히 스스로를 억제하면서) 목사님, 말씀은 잘 들었습니다. 내일은 당신도 제 주인을 기념하기 위해서 남들 앞에서 연설을 하시겠지요. 저는 거기에 대해서는 아무 말씀도 안 드리겠어요. 하지만 지금은 당신한테서 솔직한 말씀을 들은 만큼, 저도 말씀드릴 것이 있습니다.

만델스 그러시겠죠. 부인은 당신 자신에 대해서 변명을 하실 생각인가요?

알빙 부인 아니에요. 저는 다만 하고 싶은 얘길 하려는 것뿐이에요.

만델스 네.

알빙 부인 목사님이 말씀하신 그 의무의 올바른 길로 저를 이끌어 주신 후의 저나, 제 남편의 생활에 관해서 여러 가지 말씀을 하셨지만, 그 모든 것은 목사님 자신이 직접 보고 느끼신 대로 하신 말씀은 아닐 것입니다. 왜냐하면 그때부터 친구처럼 매일 찾아주시던 발걸음을 딱 끊으시고 저희들을 찾지 않으셨으니까요.

만델스 그야 부인 내외분이 그 후에 곧 시내를 떠나셨으니까요.

알빙 부인 그랬어요. 하지만 남편이 살아 있는 동안에도 목사님은 끝내 이 집에 한번도 오시지 않았어요. 그러다가 고아원 사업이 시작되자 비로소 마지못해 저를 찾아주신 거죠.

만델스 (당황한 듯한 낮은 목소리로) 헬레네, 지금 저를 비난하시려거든 다시 한번 생각해 주시기 바랍니다.

알빙 부인 그 목사라는 직위 때문에 신중할 수밖에 없었다고 하실지도 모르죠. 더군다나 그 당시 저는 가정을 버리고 도망친 여자였으니까요. 그런 여자였으니 누구라도 배척할 만해요.

만델스 부인, 그것은 너무 지나친 생각이십니다.

알빙 부인 네, 그 얘기는 그만두지요. 단지 목사님은 저희 부부를 판단하시는 데 깊이 알아보시지도 않고 세상에 퍼진 소문에 의존하셨다는 사실을 말씀드리고 싶은 것입니다.

만델스 네, 그랬죠. 그래, 그것이 어찌 되었단 말씀입니까?

알빙 부인 그래서 만델스 목사님, 이제 사실을 말씀드리려고 합니다. 언젠가 꼭 말씀드리려고 마음먹고 있었어요. 물론 그것도 당신한테만 말씀드리는 것이지만.

만델스 그럼, 그 사실이라는 얘기는 대체 어떤 것입니까?

알빙 부인 다름이 아니라, 남편은 몸이 건강했을 때도 그랬지만 돌아가시기 직전까지도 역시 방탕한 생활을 했었다는 것입니다.

만델스 (의자를 더듬는다) 무슨 말씀이신지?

알빙 부인 결혼해서 19년이 지나도 역시 그 사람의 방탕한 생활 태도는 고쳐지지 않았어요. 그것은 당신이 우리들을 다시 결합시킨 후에도 마찬가지였지요.

만델스 그러면 그 젊은 시절의 과실, 무질서한 생활, 말하자면 잠시 탈선한 것을 가지고 당신은 방탕한 생활이라고 하시는 거군요.

알빙 부인 집에 드나들던 의사가 그런 어휘를 사용하더군요.

만델스 저는 지금 부인의 말씀을 도무지 이해할 수가 없습니다.

알빙 부인 이해 못하셔도 좋습니다.

만델스 글쎄요. 조금 어지러워지는군요. 두 분의 결혼 생활, 남편과 더불어 사시던 그 동안의 생활이 결국 뚜껑을 덮은 깊은 수렁에 지나지 않았다는 말씀이군요.

알빙 부인 그겁니다. 그 외에는 아무 것도 아니었습니다. 이제 아시겠죠?

만델스 그건 아무래도 납득이 가지 않는데요. 알 수가 없어요. 아니, 이해할 수가 없어요. 어떻게 그런 짓을 할 수가 있었을까요? 어떻게 그런 일이 소문이 안 날 수 있었을까요?

알빙 부인 그렇기 때문에 저는 매일매일 끊임없이 싸우지 않으면 안 되었어요. 그러다가 오스왈드가 태어났을 때, 알빙의 태도가 약간 좋아진 것처럼 보였어요. 하지만 그것도 오래 가진 않았어요. 그렇게 되자 저는 전보다 두 배로 고생을 했어요. 죽느냐 사느냐의 고생이었죠. 제가 낳은 애의 아버지가 어떤 인간이라는 것이 남에게 알려지지 않게 하려고 애썼어요. 그런데 당신도 아시다시피 알빙은 사람의 마음을 사로잡는 재주가 있었지요. 누구든 그이를 만나 보고 좋은 사람이라는 느낌을 받지 않는 사람은 없었어요. 그 사람이야말로 실제의 생활보다 훨씬 세상 평판이 좋았던 사람 축에 끼일 거예요. 그런데 만델스 목사님, 목사님께서 알아주셨으면 하는 게 있어요. 바로 그러는 사이에 무엇보다도 끔찍한 사건이 일어났다는 거예요.

만델스 그보다 더 끔찍한 사건이라뇨?

알빙 부인 그때까지 그이가 바깥에 나가서 몰래 하고 다니는 짓을 잘 알면서도 저는 모르는 척하고 있었습니다. 그런데 그 추악한 일이 저희들의 집안에서 일어났던 거예요.

만델스 뭐라구요? 아니, 여기서요?

알빙 부인 네, 바로 저희들의 집안에서요. 저쪽 (오른쪽의 두 번째 출입문을 가리킨다) 저 식당에서 처음으로 그 사건을 발견했지요. 제가 볼일이 있어서 저쪽 방에 들어가려고 하는데 문이 반쯤 열려 있었어요. 그때 저는 하녀가 꽃에 줄 물을 갖고 뜰에서 나오는 소리를 들었지요.

만델스 그래서요?

알빙 부인 바로 그 뒤로 이번에는 알빙의 발소리가 들렸어요. 그러자 남편은 그 하녀에게 낮은 목소리로 뭐라고 속삭이더군요. 그때 들은 말이 (짧은 웃음을 띠고) 지금까지도 가슴을 아프게 하면서 우습게도 제 귀에 쟁쟁하게 울리는 것 같아요. 제가 부리고 있던 하녀가 작은 소리로 '어머, 놔 주세요. 나리님, 이러지 마세요.' 라고 말하지 않겠어요!

만델스 허어, 그런 경솔한 짓을 하다니. 어처구니없군요. 하지만 부인, 그것만으로는 그저 경솔하다 할 뿐이지 별것 아니잖습니까?

알빙 부인 저는 곧 제가 어떻게 생각해야 할 것인지 알게 되었어요. 그 후 남편은 하녀에 대한 욕망을 이루고야 말았어요. 그리고 그들의 관계는 결과를 남기고 말았지요.

만델스 (화석처럼 굳어지며) 그래, 그 모든 일이 이 집에서, 이 집안에서 일어났단 말인가요?

알빙 부인 저는 이 집에서 정말 꽤 여러 가지 일을 참아 왔어요. 낮이나 밤이나 남편을 집에 붙들어 두기 위해서, 저쪽 이층 방에서 그 사람의 술 상대를 한 적도 있었지요. 저는 그 사람과 마주 앉아 술잔을 맞부딪치기도 하고, 술을 마시기도 하고, 쓸데없는 소리를 지껄이기도 하고, 애써 장단을 맞추기도 했어요. 그렇게 해서 간신히 잠자리에 들게 한 적도 있었지요.

만델스 (감동하여) 그렇게까지 참아 오셨군요.

알빙 부인 저는 제 아들을 위해서 그 모든 것을 참았던 거예요. 하지만 그러던 중에 끝내 최후의 모욕을 당하고 말았어요. 하녀 아이가…… 그래서 저는 결심했습니다. 이젠 결말을 내지 않으면 안 되겠다고 말입니다. 그래서 우선 저는 이 집을 지배하는 경영권을 제 손에 쥐기로 했습니다. 그것도 아주 완고하게 말입니다. 남편에 대해서도 다른 사람에 대해서도 마찬가지로, 무슨 일이든 제 손에 전권을 쥐기로 했습니다. 그리고 제 손에 무기가 쥐어지니까 남편도 아무 말을 할 수가 없었지요. 그때 저는 오스왈드를 외국에 내보낸 것입니다. 벌써 일곱 살이나 되어서 이것저것 눈치도 채고, 어린 주제에 따져 묻기를 좋아했기 때문에 더는 참을 수가 없었던 것입니다. 이 더럽혀진 집안에 감돌고 있는 공기가 싫든 좋든 어린애를 감염시킬 것으로 생각되어, 그 애를 외국에 내보내기로 한 것입니다. 이것으로 목사님도, 왜 아버지가 살아 있는 동안 그 애를 이 집에 오지 못하게 했는지, 그 이유를 아셨겠죠? 그것이 저에게 얼마나 괴로운 일이었던가는 아무도 헤아릴 수 없을 겁니다.

만델스 그렇다면 부인은 이 인생이 어떤 것인가를 정말로 경험하신 셈이군요.

알빙 부인 제가 만일 무슨 일이라도 하지 않았다면 전 도저히 그것을 참아 내지 못했을 거예요. 그래서 저는 일을 했습니다. 재산도 불리고 살림살이도 늘였어요. 그 덕분에 알빙은 명성을 얻게 되었지요. 목사님은 그런 일들을 그이가 자진해서 했을 거라고 생각하십니까? 그 양반은 아침부터 밤까지 소파 위에서 뒹굴며 낡아빠진 직원 명부나 뒤적거리고 있었습니다. 그런 일들을 그가 하다니요, 천만에요. 그리고 좀더 말씀드리지만, 그이의 기분이 좋을 때를 이용해서 뭐든지 할 수 있도록 마음을 북돋워 준 것도 저였습니다. 그 후 다시 방탕한 생활을 시작하고, 그 대가로 비참한 병을 얻게 되었을 때도 일체의 무거운 짐을 제가 짊어졌습니다.

만델스 그런데 그러한 남편을 위해서 당신은 기념상을 세웠단 말씀입니까?

알빙 부인 그것은 불순한 마음이 시킨 거예요.

만델스 불순한 마음이라…… 그게 무슨 뜻이지요?

알빙 부인 저는 언젠가 그 사실이 새 나가 남들이 알게 되고야 말 것이라는 걱정을 떨쳐 버리지 못했어요. 그래서 저 고아원에서의 소문을 가라앉히고 세상의 의혹을 없애지 않으면 안 되겠다고 생각한 것입니다.

만델스 그렇다면 그런 목적은 분명히 이루신 셈이군요, 부인.

알빙 부인 게다가 저한테는 또 하나 다른 이유가 있었습니다. 저는 저 귀여운 오스왈드가 그 아비한테서 털끝만한 유산도 물려받지 않도록 해주고 싶었던 것입니다.

만델스 그러면 그것은 알빙의 재산으로 하신 겁니까?

알빙 부인 그래요. 제가 해마다 고아원을 위해서 지출한 총액은 거의……. 저는 정확하게 계산했습니다. 그 당시 육군 중위 알빙이 결혼할 때 쓴 비용에 상당하는 것이었어요.

만델스 알겠습니다.

알빙 부인 결국 그것은 제 몸값이었습니다. 저는 그 돈을 조금이라도 오스왈드의 손에 넘겨 주고 싶지 않았어요. 제 아들은 제 돈으로 키우고 제 돈을 물려주고 싶었습니다.

오스왈드가 오른쪽 두 번째 출입문에서 나타난다. 모자와 외투는 밖에서 벗고 들어온다.

알빙 부인 (오스왈드에게) 아니, 벌써 돌아왔니? 얘야.

오스왈드 네, 이렇게 비가 계속 내리니 밖에서 뭘 할 수가 있어야죠. 식사 준비가 다 되었다고 하던데요. 잘되었어요.

레지네 (소포 하나를 들고 식당에서 나온다) 마님, 소포가 왔어요.

알빙 부인 (만델스를 보고) 아마 내일 부를 축가겠지.

만델스 음!

레지네 식사 준비 다 됐어요.

알빙 부인 그래 곧 갈게. 잠깐……. (소포를 풀기 시작한다)

레지네 (오스왈드에게) 도련님, 포도주는 흰 것을 드릴까요, 붉은 것을 드릴까요?

오스왈드 둘 다 줘요.

레지네 네, 알겠어요. (식당으로 들어간다)

오스왈드 또 내가 마개를 따 주지 않으면 안 될 테지. (뒤따라 식당으로 들어간다. 식당 문이 반쯤 열려 있다)

알빙 부인 (소포를 풀고) 역시 그래요. 축가예요.

만델스 (두 손을 깍지 끼고) 제가 내일 어떻게 하면 기분 좋게 연설할 수 있을까요? 그런 얘기를 모두 들었으니…….

알빙 부인 아, 그야 그 자리에 서시면 좋은 생각이 떠오르시겠죠.

만델스 (식당에 있는 사람들에게 들리지 않도록 작은 목소리로) 그래요, 남들이 의심하지 않도록 해야 되겠지요.

알빙 부인 (가라앉은, 그러나 분명한 목소리로) 그래요. 하지만 그것으로 이 지긋지긋한 희극도 끝나게 되는 것입니다. 내일 모레가 되면 돌아가신 분은 영원히 저희 집을 떠나는 거예요. 이 집에는 저희 모자 외에는 아무도 없게 될 거예요.

식당에서 의자 넘어지는 소리가 들린다. 동시에…….

레지네 (날카롭게, 그러나 속삭이는 소리로) 어머, 도련님. 왜 이러세요. 이거 놓으세요.

알빙 부인 (깜짝 놀란다) 아니. (정신을 잃은 듯이 반쯤 열린 문을 뚫어지게 바라본다. 안에서 오스왈드가 기침을 하더니 콧노래를 부르는 소리가 들린다. 곧이어 병마개 따는 소리)

만델스 (흥분하여) 무슨 일이죠? 네? 알빙 부인!

알빙 부인 (거친 목소리로) 유령이에요! 온실 속의 그들 한 쌍이…… 그대로 다시 나온 거예요.

만델스 뭐라구요? 그럼 레지네가? 그렇다면 그 애가…….

알빙 부인 그래요. 오세요. 아무 말씀도 하지 마세요. (만델스의 팔을 잡고 휘청거리면서 식당으로 들어간다)

제 2 막

같은 방, 짙은 안개가 아직도 주위 경치를 덮고 있다. 만델스와 알빙 부인이 식당에서 나온다.

알빙 부인 (문을 열고 들어서면서) 대접이 변변치 못해서 죄송합니다. (식당을 향해서 말한다) 오스왈드, 너도 이리 오겠니?

오스왈드 (안에서) 네. 그런데 잠깐 밖에 좀 나갔다 오겠습니다.

알빙 부인 오, 그렇게 해라. 이제 비도 그쳤구나. (식당 문을 닫고 앞쪽 현관께로 나오며 부른다) 레지네야.

레지네 (밖에서) 네, 마님!

알빙 부인 저 아랫방에 가서 꽃다발 만드는 것 좀 도와줘라.

레지네 네, 알겠습니다.

알빙 부인 (레지네가 나간 것을 확인한 뒤, 문을 닫는다)

만델스 오스왈드에게는 들리지 않겠지요?

알빙 부인 문이 닫혀 있어서 들리지 않을 거예요. 게다가 그 애는 산책을 하겠다고 했으니…….

만델스 아직도 마음이 가라앉지 않는군요. 모처럼의 맛있는 음식도 어떻게 먹었는지 모를 지경입니다.

알빙 부인 (이리저리 걸으며 마음을 가라앉히려 한다) 저도 마찬가지예요. 하지만 어떻게 해야 좋을지 모르겠어요.

만델스 글쎄요. 어찌면 좋지요? 어떻게 해야 좋을지 모르겠군요.

알빙 부인 제가 생각하기로는 아직 불행한 사태까지는 벌어지지 않은 것 같은데요.

만델스 그럼요. 그럴 리가 있겠습니까? 그렇긴 하지만 참 곤란한 일이군요.

알빙 부인 모든 일이 오스왈드가 장난 삼아 그런 것뿐일 겁니다. 그것만은 믿으셔도 좋을 거예요.

만델스 그렇겠지요. 지금도 말씀드린 것처럼, 전 이런 일에는 전혀 경험이 없어서요. 하지만 제 생각으로는 이건 반드시…….

알빙 부인 어쨌든 레지네를 집에 둘 수가 없을 것 같군요. 그것도 한시 바삐 내보내는 게 좋겠어요. 다른 방법이 없으니까요.

만델스 그렇지요. 그러셔야죠.

알빙 부인 그렇지만 어디로 보내야 할까요? 마음이 놓이지 않는군요.

만델스 어디로라니요? 그야 당연히 아버지한테로 돌려보내야지요.

알빙 부인 누구한테로요?

만델스 아버지…… 아니, 물론 엥스트란드야 아니죠…… 하지만 부인, 정말 그게 사실일까요? 어떻게 그런 일이 있을 수가. 혹시 부인께서 잘못 알고 계신 게 아닐까요?

알빙 부인 글쎄, 그랬으면 얼마나 좋겠어요. 하지만 제가 잘못 생각한 게 아니에요. 요한네가 저에게 모든 것을 고백하고 뉘우쳤어요. 또 알빙도 잡아떼지 않았고요. 그래서 어떤 방법을 써서라도 그 일을 무마할 수밖에 없었습니다.

만델스 그렇군요. 그럴 수밖에 없었겠군요.

알빙 부인 그래서 요한네를 곧 내보냈어요. 앞으로 입밖에 내지 않겠다는 조건으로 상당한 돈을 주어 보냈습니다. 그래서 요한네는 시내로 돌아가 스스로 나머지 일을 처리했어요. 그 애는 예전부터 알고 지내던 엥스트란드와 다시 교제를 시작한 거지요. 아마 돈이 얼마나 많은가를 자랑해 보였던 모양이에요. 그리고는 여름 동안에 이 근처로 요트를 타고 왔던 어느 외국인과 어찌어찌 되었다고 적당히 이야기를 꾸며댔던 모양입니다. 그래서 결국 그 애는 엥스트란드와 급하게 결혼을 했지요. 게다가 그 결혼식에는 당신께서도 입회를 하셨어요.

만델스 아무래도 납득이 잘 가지 않는군요. 전 지금도 결혼식을 부탁하러 온 그때의 일을 또렷하게 기억하고 있습니다. 그는 완전히 기가 죽은 표정으로 찾아와서 약혼녀와 경솔한 짓을 하고 말았다며 하소연을 했었지요.

알빙 부인 그는 모든 책임을 자기가 덮어쓴 것이었군요.

만델스 그렇지만 그런 거짓말을! 더욱이 나한테 그런 거짓말을 하다니. 야곱 엥스트란드가 그런 사람인 줄은 정말 몰랐군요. 좋습니다. 제가 그 사람에게 한마디 해야겠습니다. 그렇게 되면 그 사람도 제 말에 아무 대꾸 못하겠지요? 도대체 그런 무책임하고 부도덕한 결혼을 하다니! 돈 때문에 결혼을 한다는 건……. 그 하녀에게 대체 얼마를 주셨습니까?

알빙 부인 300타레르였습니다.

만델스 저런, 어처구니가 없군요. 겨우 300타레르 정도의 돈에 눈이 멀어 타락한 여자와 결혼을 하다니.

알빙 부인 그럼 타락한 남자와 결혼을 한 저는 어떻구요?

만델스 아니, 무슨 그런 말씀을 천만에요. 타락한 남자라니요?

알빙 부인 그렇다면 당신께서는 알빙이 제 손을 잡고 제단 앞으로 나갔을 때, 엥스트란드에게 이끌려 식장으로 나온 요한네보다 깨끗했다고 생각하셨습니까?

만델스 그야, 그래도 하늘과 땅 차이 아니겠습니까?

알빙 부인 조금도 다를 바 없어요. 하긴 지참금엔 대단한 차이가 있었겠지요. 300타레르의 푼돈에 비해 이쪽은 재산의 전부였으니까요.

만델스 하지만 그런 비교는 하시는 게 아닙니다. 부인께서는 틀림없이 스스로의 마음과 상의하셨을 것이고, 친척분들과도 의논을 하셨을 테니까요.

알빙 부인 (상대방을 보지 않으며) 목사님께서 말씀하신 저의 마음이 그때 어디로 향해 있었던가는 잘 알고 계셨을 줄로 생각했는데요.

만델스 (냉담하게) 제가 그런 걸 알고 있었다면 매일처럼 이 댁 주인을 찾아오지 않았을 겁니다.

알빙 부인 그야 어쨌든 제가 제 자신의 마음과 상의하지 않았던 것만은 확실합니다.

만델스 그렇겠군요. 그렇긴 하더라도 가까운 친척분과는 의논을 하셨겠지요? 여느 집처럼 어머님과 두 숙모님하고 말입니다.

알빙 부인 그야 했고말고요. 그 세 분은 저를 위해 요리조리 따져 보셨어요. 그리고는 이런 청혼을 거절하는 것은 어리석은 짓이라며, 얼마나 저를 설득하기 위해 애쓰셨는지 아마 목사님은 짐작도 못하실 거예요. 그랬던 어머님도 지금쯤 천국에서 그토록 좋은 연분이라던 그 결과를 보시고 어떻게 생각하고 계실는지?

만델스 누구라도 미래의 일에는 책임을 질 수 없는 것입니다. 아무튼 당신네들의 결혼이 법률상의 절차를 밟은, 충분히 합의한 뒤의 결혼이었음에는 추호도 의심할 여지가 없습니다.

알빙 부인 (창가에 서서) 네, 그래요. 법률과 절차! 때때로 저는 이런 생각을 합니다. 이 두 가지가 세상 모든 불행의 화근이 되고 있는 게 아닐까 하고 말입니다.

만델스 부인, 그건 죄를 짓는 말입니다.

알빙 부인 그럴는지도 모르죠. 하지만 그런 속박이나 방해를 저는 더 이상 참을 수가 없는 것입니다. 더 이상은 못 참겠어요. 저는 이제 자유를 찾아 앞으로 나아갈 겁니다.

만델스 그건 또 무슨 말씀입니까?

알빙 부인 (유리창을 두드린다) 애초부터 알빙의 추악한 행실을 덮어 주지 말 걸 그랬어요. 하지만 그땐 별다른 방법이 없었습니다. 저 자신을 위해서도 그렇게 하지 않을 수 없었던 거죠. 제가 비겁했던 겁니다.

만델스 비겁했다니요?

알빙 부인 세상 사람들이 저희들의 일을 알게 되면 '불쌍한 사나이야. 그 사나이의 행실이 그렇게 되어 버린 것도 무리는 아니지. 아무튼 도망가 버릴 정도의 아내와 살고 있으니.' 하고 말입니다.

만델스 그렇게 말씀하시는 것도 무리는 아니군요.

알빙 부인 (가만히 상대방 얼굴을 본다) 생각대로만 할 수 있다면 전 오스왈드를 불러 이렇게 말했을 겁니다. '오스왈드야, 너희 아버지는 타락한 사람이었단다.' 하고 말입니다.

만델스 어떻게 그런 말씀을…….

알빙 부인 그리고 나서 전 그 애에게 아까 목사님께 들려드린 이야기를 모조리 들려줄 겁니다. 하나도 빼지 않고 말이에요.

만델스 말씀은 그럴듯하게 들립니다만, 동감할 수는 없는 말이군요.

알빙 부인 그건 저도 알고 있습니다. 그럼요, 알고말고요. 제 자신이 생각해 봐도 화가 나니까요. (창가를 떠난다) 저는 정말로 비겁해요.

만델스 부인은 자신의 의무와 책임을 다하고 계시는데도 그걸 비겁하다고 하시는군요. 아이들이란 마땅히 자기 부모를 존경해야 한다는 것을 잊으셨나요?

알빙 부인 그렇게 일반적인 말씀은 그만두시고 차라리 이런 질문을 해보시죠. '오스왈드는 시종무관 알빙을 경애하지 않으면 안 되는 것일까?' 하고요.

만델스 하지만 어머니로서의 당신 마음속에는 아드님의 이상을 깨뜨려서는 안 된다는 생각이 들어 있지 않나요?

알빙 부인 있어요. 그렇지만 사실…….

만델스 그럼, 이상은?

알빙 부인 아아! 이상, 이상…… 제가 이렇게 비겁하지만 않았다면.

만델스 제발 부인, 그 이상을 모른 체하지 말아 주십시오. 안 그러시면 나중에 심한 보복을 당하게 되실지도 모릅니다. 더구나 오스왈드의 경우엔 더욱 그렇습니다. 유감스럽게도 오스왈드에겐 그 이상이라는 게 그다지 많은 것 같지 않습니다. 하지만 그의 아버지가 이상이 되고 있다는 건 아까의 일로 미루어 보아도 알 수가 있습니다.

알빙 부인 맞는 말씀이십니다.

만델스 그런 그의 생각은 부인이 편지를 통해 그의 마음속에 움트게 하고 자라게 해주셨던 거예요.

알빙 부인 네. 의무와 신중함이 저로 하여금 그렇게 쓰도록 했습니다. 그러니까 저는 그런 일로 해서 해마다 그 아이한테 거짓말을 해 온 것입니다. 이 얼마나 비겁한…… 전 얼마나 비겁한 짓을 한 걸까요?

만델스 부인, 당신은 아드님의 가슴속에 아름다운 환상을 갖게 해주신 겁니다. 그리고 그건 결코 하찮은 일이 아니었습니다.

알빙 부인 흠, 글쎄 그것이 좋은 결과를 가져왔는지 어떤지는 알 수 없어요. 그러나 어떤 사정이 있더라도 그 애가 레지네와 장난치도록 내버려둘 수는 없습니다. 그 애가 불행해지는 일이 있어서는 안 되니까요.

만델스 그렇고말고요, 부인. 그런 일이 있어서는 안 되지요.

알빙 부인 저로서도 그 애가 진실한 생각에서 하는 행동이라고는 생각되지 않아요. 또 그게 그 애의 행복이 되리라고도 생각지 않습니다.

만델스 그렇다면 어쩌실 겁니까?

알빙 부인 글쎄, 그게 행복이 될 수는 없을 겁니다. 레지네가 그러고 싶어하지 않을 테니까요.

만델스 네에, 그래서 어떻게 하시겠다는 겁니까? 말씀해 보세요.

알빙 부인 제가 이렇게까지 비겁자가 아니었다면 그 애에게 이렇게 말했을 겁니다. '그 애와 결혼을 하든 말든 네가 하고 싶은 대로 해라. 다만 거짓말을 해서는 안 된다.' 고 말입니다.

만델스 어떻게 그런 소리를! 게다가 정당하지 않은 그런 결혼을 말입니까? 전례가 없는 일이지요.

알빙 부인 전례가 없다고요? 글쎄 목사님도 가슴에 손을 얹고 생각해 보십시오. 이 나라에는 그런 가까운 친척들이 결혼해서 함께 사는 예가 많지 않습니까?

만델스 무슨 말씀을 하시는지 통 알 수가 없군요.

알빙 부인 당신은 제 말뜻을 잘 알고 계실 텐데요.

만델스 그렇다면 부인께선 그런 일이 있을 수도 있을 거라는 말씀이시죠? 하긴 유감스럽게도 가정 생활이란 게 당연히 순결해야 하지만 그렇지 못하는 수가 많긴 합니다. 그렇지만 부인이 지금 생각하고 계시는 일은 그 누구도 결코 생각하지 못할 일입니다. 적어도 자신 있게 생각할 수 없는 일이죠. 더구나 이 경우는 그것과 다릅니다. 어머니로서 아드님의 그런 행동을 용납하려는 것은 있을 수 없는 일이죠.

알빙 부인 아닙니다. 전 그렇게 되길 바라는 게 아닙니다. 저는 어떤 일이 있어도 그런 일을 인정하고 싶지 않아요. 제가 이야기한 것이 바로 그거예요.

만델스 그러나 부인 말씀대로 당신이 비겁하기 때문이라는 거지요? 그럼 만일 비겁하지 않다면? 정말 놀라운 일입니다. 그런 죄스러운 결합을 인정하려 하다니!

알빙 부인 하지만 우리들은 모두 그런 식의 결합에서 태어난 게 아니었던가요? 도대체 누가 이 세상을 그런 식으로 만들었을까요?

만델스 부인, 그런 문제를 당신과 의논하지는 않겠습니다. 아무래도 부인께선 그런 문제에 대해 올바른 견해를 갖고 계시지 않은 것 같습니다. 자신이 비겁하기 때문에 그런 말을 용기 있게 하지 못한다고까지 말씀하시다니!

알빙 부인 사실이 그러니까요. 그럼, 왜 제가 그런 식으로 생각하는지 들어보십시오. 제가 몹시 두려워하고 있는 건 뭔가 무서운 유령 같은 게 저한테 달라붙어서 그게 떨어지지 않는 것처럼 생각되는 점입니다.

만델스 무슨 말씀을 하시는 겁니까?

알빙 부인 유령 같은 것 말이에요. 아까도 저쪽 방에서 레지네와 오스왈드의 목소리를 들었을 때, 문득 눈앞에 유령이 보이는 것처럼 느꼈습니다. 그러나 인간이란 누구나 정도의 차이는 있겠지만 다같이 유령이라는 생각이 듭니다. 그건 단지 어머니, 아버지로부터 물려받은 유전적인 것이 우리들 몸에 붙어 있다는 것만은 아닙니다. 그것은 갖가지 몹쓸 생각과 또 여러 가지 낡은 미신 같은 것이 달라붙어 있는 겁니다. 그런 것이 우리들 몸 안에서 살고 있다는 건 아니지만, 우리들을 워낙 끈질기게 따라다녀서 떼어버릴 수가 없는 것입니다. 신문 한 장만 손에 들고 읽어 보아도 한줄 한줄 사이에 유령이 숨어 있는 것 같아요. 아마 지구 위에 유령이 가득 살고 있을 겁니다. 바닷가 모래알처럼 무수히 많은 유령이 말이에요. 그래서 우리들은 모두 햇빛 아래 나가기를 싫어하지 않습니까?

만델스 저런, 그건 부인이 가지고 계신 책에서 얻으신 결과지요? 정말 훌륭한 결과입니다. 그 위험하고 선동적인 자유주의의 책이!

알빙 부인 목사님 그건 오해십니다. 제가 그런 생각을 가지도록 인도한 건 바로 목사님이었습니다. 그런 뜻에서 목사님께 진심으로 감사드려요.

만델스 저에게요?

알빙 부인 그래요. 목사님은 소위 의무라든가 책임이라든가 하는 틀 속에 언제나 저를 집어넣으려 하셨어요. 당신은 제 마음이 싫어하며 반항하는 것을 옳다고 오히려 칭찬하셨어요. 그래서 저는 당신의 이론의 근거를 파헤쳐 보고 싶어졌어요. 단지 한 가닥 정도만 풀려고 했는데 그것이 한번 풀리기 시작하니까 뒤이어 자꾸자꾸 풀리는 게 아니겠어요. 그래서 저는 그게 재봉틀 바느질해 놓은 것이란 걸 알게 되었습니다.

만델스 (감동을 받은 듯이 작은 목소리로) 그것이 제가 여태껏 괴로워하며 싸워 온 대가일까요?

알빙 부인 아니오. 그것보다는 차라리 목사님의 비참한 실패라고 말씀하시는 편이 옳을 것입니다.

만델스 아닙니다. 헬레네, 그건 제 생애의 가장 큰 승리였어요. 저 자신에 대한 승리입니다.

알빙 부인 그러나 그건 우리 두 사람에 대해서는 죄악이었어요.

만델스 부인이 정신없이 저한테 달려와서 '제가 왔어요. 저를 받아 주세요.' 하고 말씀하셨을 때 제가 당신을 나무라며 주인 양반한테 돌아가라고 한 게 죄악이었을까요?

알빙 부인 네, 저는 그렇게 생각해요.

만델스 우리들은 서로의 생각을 전혀 이해하지 못하고 있군요.

알빙 부인 적어도 지금으로선 그렇군요.

만델스 글쎄, 제 마음속에서는 부인을 언제나 다른 사람의 아내 이상으로는 생각해 본 적이 한번도 없었습니다.

알빙 부인 그러세요? 정말 그런 식으로 생각하셨나요?

만델스 헬레네!

알빙 부인 사람이란 예전의 자신을 쉽사리 잊어버리니까요.

만델스 그렇지 않아요. 저는 지금도 옛날의 저와 똑같습니다.

알빙 부인 (어조를 바꾸어) 네, 그래요. 옛날 이야기는 이제 끝내시죠. 목사님은 지금도 위원회며 관청의 일 때문에 눈코 뜰 사이가 없어요. 그런데 저는 아직 이 고장에서 어물거리며 눈에 보이는, 또는 눈에 보이지 않는 유령과 싸우고 있죠.

만델스 눈에 보이는 유령은 제가 물리쳐 드리겠습니다. 여러 가지 말씀을 듣고 보니 젊고 철없는 아가씨를 여기에 맡겨 두는 건 제 양심이 허락하지 않을 것 같습니다.

알빙 부인 목사님은 그 아이의 생활을 안정시켜 줄 좋은 기회라고 생각하지 않습니까? 제 말씀은 적당한 자리를 찾아 결혼을 시키자는 말입니다.

만델스 물론이에요. 어쨌든 그 길이 그 아이를 위해 가장 바람직한 일이라고 생각합니다. 레지네는 이미 나이가 찼으니까요. 물론 저는 그런 일에 대해 그다지 잘 알지는 못하지만 말입니다.

알빙 부인 레지네는 조숙한 편이에요.

만델스 아무래도 그런 것 같군요. 그 아이가 저번에 저한테 들렀을 때 보니까 몰라보게 자랐다는 느낌이 들긴 했습니다. 아무튼 우선은 그 아이를 아버지한테 돌려보내는 게 좋을 것 같군요. 아 참, 그런데 엥스트란드가 전혀 남이라니……. 그 사람이 나한테 거짓말을 하다니!

누군가 현관의 문을 두드린다.

알빙 부인 누구신가요? 들어오세요.

엥스트란드 (주일답게 옷을 차려 입고 입구에 선다) 저어, 이거 정말 실례했습니다.

만델스 아아, 흐음!

알빙 부인 엥스트란드, 자넨가?

엥스트란드 하녀들이 아무도 안 보이길래 이렇게 주책없이 문을 두드렸습니다요, 죄송합니다.

알빙 부인 아아, 그래, 그래. 자, 이쪽으로 들어와요. 무슨 일로 왔나?

엥스트란드 (들어온다) 아닙니다. 실은 목사님께 잠깐 여쭐 말씀이 있어서요.

만델스 (방안을 왔다갔다한다) 흐음, 그래? 나한테 할 이야기가 있다고?

엥스트란드 네, 꼭 좀…….

만델스 (그 앞에 멈춰 선다) 그래, 무슨 일인가?

엥스트란드 네, 목사님. 그러니까 그게 별거 아닙니다. 이런 이야기입죠. 이제 맡은 일도 모두 끝났고요, 마님, 여러 가지로 감사했습니다. 이제 모두 무사히 끝났으니 제 생각으로는 오랫동안 함께 일해 온 사람들끼리…… 네, 말씀드리자면 우리끼리 오늘 저녁에 간단한 예배라도 드리면 어떨까 해서요.

만델스 예배를? 저쪽 고아원에서 말인가?

엥스트란드 네, 하지만 목사님께서 절대로 안 된다고 하시면…….

만델스 물론 좋은 생각이긴 한데, 그런데…… 흐음…….

엥스트란드 지금까지 저는 밤이면 거기서 잠깐씩 기도를 드리곤 해

왔습니다요.

알빙 부인 그래?

엥스트란드 네, 가끔 그랬습죠. 그저 잠깐씩 기도 시간을 갖곤 했습죠. 하지만 워낙 아무 것도 모르는 무식한 녀석이 하는 일이라서, 만족스럽진 못했습니다. 그래 마침 목사님도 오시고 해서 한번 부탁을 드려 봐야겠다고 생각했던 겁니다.

만델스 알겠소. 그런데 엥스트란드, 우선 자네한테 물어볼 게 한 가지 있네. 자네는 깨끗한 마음으로 예배를 드렸소? 양심에 꺼림칙한 일이 없었냔 말이오.

엥스트란드 글쎄요. 그 양심이란 게 어떤 것을 말씀하시는 건지…….

만델스 하지만 그 이야기가 꼭 하고 싶은데, 어떤가? 대답할 수 있겠나?

엥스트란드 네, 그 양심이란 게 때로는 막연한 것이라서요.

만델스 과연 그렇겠군. 그것만은 자네도 알고 있군. 그럼 적어도 이것만은 솔직하게 대답해 줘요. 도대체 저 레지네의 일은 어떻게 된 거요?

알빙 부인 (당황해서) 어머나, 목사님!

만델스 (부인을 제지하며) 아, 괜찮습니다. 제가 알아서 하겠습니다.

엥스트란드 레지네의 일이라뇨? 정말 목사님은 저를 놀라게 하십니다. 혹시 레지네가 무슨 일을 저지른 건 아니겠죠?

만델스 그렇지는 않은 것 같네. 아니 내가 알고 싶은 건 대관절 자네와 레지네는 어떤 관계냐는 말일세. 자네가 그 아이의 친아버지가 맞나?

엥스트란드 (자신없는 말투로) 네…… 흠. 목사님은 저와 죽은 요한네와의 이야기를 알고 계시는군요.

만델스 더 이상 진실을 속이려고 하지 말아요. 죽은 자네의 부인은 이 댁에서 물러갈 때 이 댁 마님한테 숨김없이 사정을 말씀드렸다니까.

엥스트란드 뭐라구요? 정말 어이없는 짓을 했군요.

만델스 그러니까 엥스트란드, 이제 자네의 본모습이 드러난 걸세.

엥스트란드 그토록 욕을 하고, 맹세까지 하던 년이…….

만델스 욕을 했다고?

엥스트란드 아닙니다요. 그저 다만 맹세를 했을 뿐이죠. 그것도 아주 진심으로 했습죠.

만델스 그럼, 몇 년 동안이나 자네는 나한테 거짓말을 해 왔단 말인가? 누구보다도 자네를 굳게 믿고 있던 나에게 말이야.

엥스트란드 정말로 죄송하게 됐습니다. 하지만 어쩔 수가 없었습니다요.

만델스 그렇다면 엥스트란드, 자네는 나한테 잘못한 걸세. 지금까지 줄곧 자네 일을 의논해 주고 힘닿는 데까지는 도움도 주지 않았나? 어때, 말해 보게. 내 말이 틀렸다고 생각하나?

엥스트란드 아뇨, 맞는 말씀입니다요. 만일 목사님이 안 계셨더라면 곤란하고 어려움을 겪어야 했을 때가 한두 번이 아니었습죠.

만델스 그런데 자네는 나한테 그런 식으로 보답했군. 교회의 기록에도 거짓을 기입하게 하고, 오랫동안 진실을 고백하지 않고 나를 속여 왔어. 자네의 소행은 정말 무책임하기 그지없네. 오늘부터는 절대로 나를 찾아오지 말게.

엥스트란드 (한숨을 쉰다) 네. 뭐라고 말씀하셔도 저로서는 드릴 말씀이 없습니다만…….

만델스 그래. 자네, 뭐 또 할 말이라도 있단 말인가?

엥스트란드 그럼 목사님은 제가 죽은 그 사람에 대한 이야기를 아무에게나 떠들고 다녔다면 좋았겠다는 말씀이십니까? 목사님, 그렇다면 목사님께서 죽은 요한네의 입장에서 생각해 보십쇼.

만델스 내가 말인가?

엥스트란드 아닙니다. 그게 꼭 그런 말씀이 아니라…… 하나에서 열까지 그 여자 입장이 되어 생각해 보시라는 건 아닙니다요. 만일 목사님께서도 남부끄러운 일을 저지르셨다고 한다면 그렇지 않겠느냐, 그 말입니다. 남자인 우리가 불쌍하게 죽은 여자를 두고 너무 심하게 다루어서는 안 되는 일이지 않습니까? 안 그렇습니까, 목사님?

만델스 아니지, 난 그렇지 않다네. 그래서 자네를 책망하고 있는 게 아닌가?

엥스트란드 그럼, 제가 한 가지 극히 사소한 질문을 해도 되겠습니까?

만델스 무슨 말인지 해보게.

엥스트란드 남자가 타락한 여자를 구해 준다는 건 옳고 좋은 일이 아닐까요?

만델스 그야 물론이지.

엥스트란드 그리고 사람이라면 한번 약속한 말은 반드시 지켜야 하지 않겠습니까?

만델스 그야 말할 나위도 없지. 하지만…….

엥스트란드 그 당시 요한네는 그 영국 놈한테, 아니 미국 놈이든 러시아 놈이든 상관없습니다만, 어쨌든 어떤 사내 녀석에게 봉변을 당하고 시내로 돌아왔지요. 그 전에도 요한네는 두세 번 저의 청혼을 거절한 적이 있었습니다요. 그 여자는 겉모습만 중요하게 생각하는 성미였기 때문에 제 다리가 이렇게 병신인 게 마음에 들지 않았던 겁니다. 말이 나온 김에 아주 말씀드리겠습니다요. 제 다리가 이렇게 된 것은 언젠가 아무 것도 모른 채 무도회에 발을 들여놓았을 때였습죠. 마침 뱃놈들이 술에 취해 싸움을 하고 있었던 것입니다요. 그래서 저는 그놈들한테 마음 고쳐 먹고 새생활을 하라고 타일렀습죠. 그러자…….

알빙 부인 (저쪽 창가에서) 흠!

만델스 아, 나도 알고 있지. 무지막지한 그 사람들이 자네를 계단 밑으로 밀어 버렸다지? 그 사건은 전에도 들은 적이 있다네. 어쨌든 명예로운 부상을 당한 셈이지.

엥스트란드 제가 그걸 자랑하자고 말씀드린 건 아닙니다. 제가 말씀드리고 싶은 것은, 그때 요한네가 와서는 가엾게 울며불며 그 동안 있었던 이야기를 모두 하더군요. 그 얘기를 듣고 있자니 요한네가 불쌍해서 가슴이 아팠습니다요.

만델스 정말 그렇게 생각했나? 그래서?

엥스트란드 그래서 제가 이렇게 말했습죠. 그 미국 놈이라는 게 온 세계를 제집 드나들 듯이 돌아다니는 녀석이고, 넌 그 녀석 때문에 죄를 지은 여자가 되었다고 말입니다요. 즉 타락한 여자가 되었다는 뜻이었습죠. 그러나 야곱 엥스트란드는 이렇게 두 다리로 꿋꿋하게 서 있는 깨끗한 사람이라고 말해줬습니다요. 대충 그런 이야기를 해주었습죠.

만델스 알겠네. 그래서 어찌 되었단 말인가?

엥스트란드 네, 그래서 저는 요한네를 붙잡아 기운을 북돋워 준 뒤 정식으로 결혼을 했습죠. 그래서 그 여자가 외국인과 무슨 일이 있었다는 게 세상에 알려지지 않았던 것입니다요.

만델스 그랬었군. 그건 자네가 아주 잘한 일이었네. 하지만 자네가 그때 돈을 받았다고 했는데 나로선 그 사실을 용납할 수가 없네.

엥스트란드 돈이라고요? 저는 돈이라곤 동전 한 닢도 받은 적이 없습니다요.

만델스 (이상하다는 듯이 알빙 부인을 본다) 하지만…….

엥스트란드 아,네, 잠깐 기다려 보십쇼. 이제야 생각이 나는군요. 요한네는 그때 돈을 조금 가지고 있었습니다요. 하지만 그런 건 저한테 필요가 없었습죠. 돈은 꼴도 보기 싫다고 말했습니다요. 그까짓 더러운 금화 따위…… 아니, 지폐였을지도 모르겠습니다만. 그런 건 미국 놈 낯짝에다 던져 버리라고 말해줬습니다요. 하지만 이미 그 사나이는 바다를 건너 어디론가 가버린 뒤였죠.

만델스 그러니까 돈을 돌려줄 상대가 떠나고 없었다는 말이지?

엥스트란드 네. 그래서 저는 요한네와 상의한 끝에 그 돈을 태어날 아이의 양육비에 쓰기로 했던 것입니다요. 못 믿으시겠다면 그 돈을 어떻게 썼는지, 낱낱이 적어서 보여 드릴 수도 있습니다요.

만델스 얘기가 전혀 다른데.

엥스트란드 그렇게 된 이야깁죠. 목사님, 그러니까 말하자면 저는 레지네에겐 그리 나쁜 아비는 아니라는 것입니다요. 제 힘이 닿는 데까지 해주긴 했습니다만, 변변치 못한 인간이 하는 일이라서요.

만델스 그래, 그래, 알겠네.

엥스트란드 하지만 어쨌든 저는 자신 있게 말할 수 있습죠. 아이를 키우고 죽은 요한네와도 사이 좋게 지냈다구요. 그런대로 집안은 편안했습죠. 하지만 일부러 목사님을 찾아가서 저는 이러이러한 착한 일을 했다고 자랑할 생각은 들지 않았습니다요. 그럼요, 이 야곱 엥스트란드가 그런 일을 할 땐 말없이 합죠. 그런데 저란 놈이 그렇게 좋은 일만 하고 다닐 수 없었기 때문에, 가끔 목사님을 가 뵙게 되면 여전히 잘못한 일에 대해서만 고해하게 되었습죠. 그러니까 아까도 말씀드렸던 것처럼 어쩐지 양심이란 건 정말 사람을 불편하게 하는뎁쇼.

만델스 자, 야곱 엥스트란드, 손 좀 내밀어 보게.

엥스트란드 왜요, 목사님?

만델스 아무 말도 하지 말아요. (손을 잡아 악수를 한다) 이제 됐네.

엥스트란드 그럼 목사님께서 제 잘못을 용서해 주시는 겁니까요?

만델스 내가 자네를? 아닐세, 천만에! 내가 오히려 자네에게 용서를 빌어야지.

엥스트란드 무슨 말씀을…….

만델스 아니, 정말일세. 진심으로 그렇게 생각하고 있네. 자네를 잘못 보았던 걸 사과하겠네. 앞으로 기회가 생긴다면 내 호의를 보여주겠네.

엥스트란드 정말이신가요?

만델스 암, 그렇고 말고.

엥스트란드 그러시다면 마침 잘되었습니다요. 제가 이번 일을 하고 받은 돈이 좀 있는데, 그걸로 제 생각에 이 거리에 선원 숙소 같은 걸 세우면 어떨까 하는뎁쇼.

알빙 부인 자네가 말인가?

엥스트란드 네, 이를테면 이 댁의 고아원 같은 것입니다요. 선원들이란 육지에 올라오게 되면 많은 유혹을 받게 마련이죠. 그래서 저희 숙소에 묵게 하면서 제가 아버지처럼 돌봐 줄까 합니다요.

만델스 어떻게 생각하십니까, 알빙 부인?

알빙 부인 글쎄요. 시작한다고 해도 자본이 얼마 없으니……. 어디선가 자선가라도 나서서 도와주신다면…….

만델스 과연 그렇군요. 아무튼 그 이야기는 나중에 다시 한번 천천히 하기로 합시다. 정말 좋은 생각이니까. 이제 시간이 다가오고 있으니 자네는 우선 가서 여러 가지 준비를 하게. 예배를 드려야 하니까 촛불을 켜 놓게. 그리고 같이 예배를 드립시다. 이제 나도 당신이 거짓된 사람이 아니라는 것을 알았으니까 말이오.

엥스트란드 네. 저도 그렇게 하는 것이 좋을 것 같습니다요. 그럼, 마님, 이만 가보겠습니다. 안녕히 계십시오. 정말 여러 가지로 고마웠습니다. 그리고 레지네도 잘 좀 보살펴 주십시오. (눈물을 닦는다) 죽은 요한네의 아이인데…… 거, 신기하게도 마치 제 자식처럼 정이 들었습니다요. (인사를 하고 앞쪽 현관을 돌아 사라진다)

만델스 자, 부인, 어떻게 생각하십니까? 저 사람한테 듣고 보니 아주 다른 얘긴데요.

알빙 부인 글쎄, 그렇군요.

만델스 이만하면 남을 비난하는 것이 얼마나 경솔한 일인가 아시겠지요? 하지만 그게 잘못이었다는 걸 알게 되는 것도 역시 기쁜 일입니다. 부인께서는 혹시 다른 생각이라도 하시는지요?

알빙 부인 제 생각에 당신이야말로 언제 봐도 커다란 어린애 같아요. 아마 앞으로도 틀림없이 그 상태로 계실 거예요.

만델스 제가요?

알빙 부인 (두 손을 상대방 어깨에 얹는다) 저는 그런 당신의 목을 두 팔로 꼭 안아 드리고 싶은 생각까지 드는걸요.

만델스 (놀라며 급히 물러난다) 아니, 어떻게 그런 말까지…….

알빙 부인 (가볍게 웃으며) 아아, 당신은 저를 두려워하시는군요.

만델스 (테이블 옆에서) 부인은 이따금 표현을 과장되게 하시는 경향이 있으시군요. 아무튼 이 서류를 챙겨서 가방에 넣어야겠습니다. (서류를 정리해서 넣는다) 그럼, 이것으로 일단 작별 인사를 해야겠습니다. 오스왈드 군이 돌아오면 인사 전해 주십시오. 나중에 다시 말씀 드리러 올 테니까요. (모자를 집어들고는 현관을 돌아 나간다)

알빙 부인 (한숨을 쉬며 잠시 창밖을 내다본다. 그리고 방안을 약간 정돈하고 식당으로 가려다가 그만 소리를 지르며 입구에서 멈춰 선다) 아니, 오스왈드, 여태껏 거기 서 있었느냐?

오스왈드 (식당에서) 피우던 담배를 마저 피우려고요.

알빙 부인 잠깐 산책하고 온다지 않았니?

오스왈드 날씨가 이래서야 어디…….

컵 부딪치는 소리. 알빙 부인은 문을 열어젖힌 채 뜨개질감을 들고 창가의 소파로 가 앉는다.

오스왈드 (여전히 식당 안에서) 지금 가신 분은 목사님이시죠?

알빙 부인 응. 그래 저기 고아원으로 내려가셨단다.

오스왈드 네에.

또다시 컵과 병이 부딪치는 소리.

알빙 부인 (걱정스러운 눈초리로) 오스왈드, 리큐르는 조심해서 마셔야 한다. 독한 술이거든…….

오스왈드 이런 눅눅한 날씨에는 좋은 술이에요.

알빙 부인 거기서 담배를 피우면 안 되잖아.

오스왈드 그렇군요. 지금 곧 갈게요. 아직 조금 남아 있으니까 마저 마시고요. 자, 왔어요. (담배를 든 채 들어온다. 뒤의 문을 닫는다. 짧은 침묵)

오스왈드 목사님은 어디로 가셨다고요?

알빙 부인 좀전에 고아원으로 가셨다고 했잖니?

오스왈드 아 참, 그랬었지.

알빙 부인 오스왈드, 너무 오래 그렇게 식탁에 앉아 있으면 못쓴단다.

오스왈드 (담배 든 손을 뒤로 돌리며) 하지만 어머니, 이렇게 있으니까 전 기분이 좋아지는걸요. (어머니를 다정하게 어루만진다) 생각해 보세요. 제가 이렇게 다시 집에 돌아와 있다는 건, 즉 어머님 방에서 어머님 식탁에서, 어머님이 만들어 주시는 음식을 먹는 게 아니겠어요? 정말 기분이 좋아요.

알빙 부인 그래? 네가 그렇게 생각해 준다면 이 어미도 기쁘단다.

오스왈드 (약간 답답한 듯이 이리저리 걸으며 담배를 피운다) 여기선 또 무슨 할 일이 없잖아요. 아무 것도 할 수가 없어요.

알빙 부인 그래?

오스왈드 이렇게 침침한 날씨라니. 글쎄, 하루 종일 햇빛 구경을 할 수가 없잖아요? (방안을 걷는다) 휴우, 정말 아무 것도 할 수 없다니.

알빙 부인 어쩌면 널 위해서는 집에 돌아오지 않았던 편이 좋았을지도 모르겠구나.

오스왈드 아니에요, 어머니. 돌아오길 정말 잘했어요.

알빙 부인 그래야지. 그렇지 않다면야 차라리 너를 곁에 데리고 있는 즐거움쯤 열 번이라도 단념하겠다.

오스왈드 (테이블 옆에 멈춰 선다) 어머니, 제가 돌아온 것이 정말 그렇게 기쁘세요?

알빙 부인 기쁘고말고. 네가 와 있다는 게 얼마나 기쁜 일인지 넌 모를 거야.

오스왈드 (신문을 손으로 만지작거린다) 전 또 제가 있으나 없으나 어머니한텐 별다를 게 없는 줄 알았어요.

알빙 부인 아니, 넌 어미한테 무슨 말을 하는 거냐?

오스왈드 어머니는 지금까지도 저 없이 잘 지내 오셨잖아요?

알빙 부인 그래. 난 네가 없이도 지금까지 잘 지내 왔어. 그건 사실이야.

침묵 속에 저녁놀이 조용히 스며든다. 오스왈드는 방안을 이리저리 걷다가 담배를 내려놓는다.

오스왈드 (알빙 부인 곁에 선다) 어머니, 저, 어머니 옆에 좀 앉아도 될까요?

알빙 부인 (옆으로 비켜 앉는다) 그럼. 여기 앉아라, 오스왈드.

오스왈드 (앉는다) 어머니, 사실은 저 드릴 말씀이 있는데요.

알빙 부인 (긴장하며) 그래, 해보렴.

오스왈드 (앞쪽을 응시한다) 이제 더 이상 참고 있을 수가 없어서

요.

알빙 부인 뭐냐? 뭐가 어쨌다는 거지?

오스왈드 (여전히 앞을 응시하면서) 사실은 편지로 말씀드리려고 했는데 쓸 수가 없었어요. 그래서 집에 돌아왔는데 역시 또…….

알빙 부인 (아들의 팔꿈치를 잡는다) 오스왈드, 도대체 뭐가 어찌 되었단 말이냐?

오스왈드 어제 저녁부터 줄곧 그런 생각을 버려야겠다고 애써 봤는데…… 그 생각에서 벗어나려고요. 그런데 도저히 그게 안 된단 말입니다.

알빙 부인 (일어난다) 그래, 오스왈드, 무슨 얘기든 다 털어놔 봐라. 궁금하구나.

오스왈드 (다시 어머니를 소파에 앉힌다) 자, 앉으세요. 어떻게든 알아들으실 수 있도록 말씀드리겠어요. 제가 여행에서 돌아와서는 먼길에 시달려 고단하다고 말씀드렸었죠?

알빙 부인 그랬지. 그런데 그게 어쨌단 말이냐?

오스왈드 그런데 그것만이 아니었어요. 그런 단순한 피로가 아니었어요.

알빙 부인 (그만 소파에서 일어나려 한다) 그럼 어디 아픈 게 아니냐?

오스왈드 (다시 어머니를 소파에 앉힌다) 글쎄, 가만히 좀 계세요. 진정하시고요. 전 병이 난 게 아니에요. 또 흔히 병이 났다고 하는 것과도 달라요. (두 손으로 머리를 감싸 쥔다) 어머니, 전 정신적으로 망가졌어요. 폐인이 된 거라구요. 전 이제 평생 일 같은 건 못하게 되었어요. (두 손으로 얼굴을 가리고 어머니 무릎에 엎드려 흐느껴 운다)

알빙 부인 (안색이 창백하게 되어 떨면서) 아니, 평생 동안 일을 못하게 되다니, 아니야, 그럴 리가 없어. 오스왈드, 내 얼굴을 좀 봐. 절대로 그럴 리가 없어.

오스왈드 (절망한 눈빛으로 올려다본다) 이제 다시는 일을 못하게 됐어요. 몸은 살아 있지만 죽은 거나 마찬가지예요. 어머니, 이런 끔찍한 일을 상상이나 해보셨어요?

알빙 부인 아, 불쌍한 오스왈드! 그런데 그런 끔찍한 일이 어떻게 너한테 일어났단 말이냐?

오스왈드 (다시 일어난다) 그래요. 제가 도저히 짐작조차 할 수 없는 게 바로 그 점이에요. 저는 결코 방탕하거나 난폭한 생활을 한 적이 없었어요. 그건 어떤 점에서도 마찬가지예요. 어머니, 저를 믿어 주세요. 절대로 그런 일은 없었단 말입니다.

알빙 부인 오스왈드, 그건 나도 그렇게 믿고 있단다.

오스왈드 그런데도 저는 이렇게 되고 말았어요. 정말 끔찍한 일이 나에게 벌어진 거예요.

알빙 부인 아니, 얘야, 그렇다면 이제 곧 좋아질 거야. 그저 단순한 과로일 게다. 틀림없이 그럴 거야.

오스왈드 (침울하게) 저도 처음에는 그렇게 생각했었어요. 그런데 그게 아니거든요.

알빙 부인 그래? 어쨌든 자초지종을 얘기해 봐라.

오스왈드 저도 지금 그걸 말씀드리려는 겁니다.

알빙 부인 네가 그것을 처음 느낀 것은 언제였지?

오스왈드 그건 지난번에 여기 왔다가 다시 파리로 돌아갔을 때였어요. 처음에는 정신을 차리지 못할 정도로 두통이 심했어요. 주로 뒷골이 아픈 것 같았어요. 목덜미에서 머리까지 마치 쇠고랑 같은 걸로 졸라맨 느낌이었다구요.

알빙 부인 그래서?

오스왈드 그래도 전 흔히 있는 두통이려니 했습니다. 어렸을 때도 두통으로 고생한 적이 있었으니까요.

알빙 부인 그래, 그랬었지.

오스왈드 그런데 그게 아니었어요. 그건 곧 알 수 있었어요. 마침 커다란 작품을 새로 시작하려던 참이었는데, 저에게 남아 있던 모든 힘이 없어지는 것 같았어요. 마치 온 전신이 마비된 불구자 같았어요. 무엇이든 종합해서 생각할 힘이 없어진 거예요. 머리가 어지럽고 눈앞에서 뭔가 빙글빙글 돌기 시작하더니……. 그게 끝없이 계속되더라구요. 정말 무서운 일이었어요. 결국 견디지 못하고 어쩔 수 없이 의사를 불렀지요. 그리고 그 의사한테 제 증상을 설명해 주고 진상을 듣게 된 것이에요.

알빙 부인 그래, 의사가 뭐라고 하던?

오스왈드 그 의사는 파리에서 유명한 의사였어요. 그는 저에게 제 증상에 대해 종이에 쓰라고 하더군요. 그리고 나서 의사는 여러 가지를 물어봤는데 제가 느끼기에는 별로 중요하지 않은 질문들 같았어요.

뭐 때문에 그런 걸 물어보는지 알 수가 없었어요.

알빙 부인 그래서?

오스왈드 마침내 의사는 이렇게 말했어요. '당신은 태어날 때부터 몸에 이미 벌레에 먹힌 곳을 지니고 있었습니다' 라구요. 분명하게 그는 베르무뤼(vermoulu)라는 말을 썼어요.

알빙 부인 (긴장하며) 그건 무슨 뜻이지?

오스왈드 저도 몰랐어요. 그래서 좀더 자세히 얘기해 달라고 그랬죠. 그랬더니 그 늙은 험담가가 이렇게 말하더군요. (주먹을 쥔다) 오오!

알빙 부인 뭐라고 말했는데?

오스왈드 아버지의 죄가 아들에게 유전됐다는 거예요.

알빙 부인 (조용히 일어난다) 아버지의 죄가?

오스왈드 저는 그 의사의 뺨을 갈겨 주고 싶었어요.

알빙 부인 (방안을 이리저리 걷는다) 아버지의 죄가!

오스왈드 (억지로 미소짓는다) 그래요. 어머닌 어떻게 생각하세요? 물론 저는 딱 잘라서 말도 안 되는 소리라고 그랬지요. 그러나 그 의사는 제 말에 꼼짝도 하지 않았어요. 그는 자신이 한 말을 끝까지 우겼어요. 그래서 저는 어머니가 보내 주신 편지를 꺼내서 아버지에 대해 쓰신 구절을 번역해서 들려주었습니다.

알빙 부인 그랬더니?

오스왈드 물론 그 의사도 체념을 했는지, 그렇다면 자기가 잘못 생각한 것 같다고 하더군요. 그리고는 자세히 설명을 해주었어요. 그건 정말 이해할 수 없는 사실이었어요. 저는 젊고 유쾌한 예술가 친구들과의 교제를 멀리해야 했어요. 그런 교제를 할 만한 소질이 부족했던 저에게는 너무나 힘에 겨웠던 거예요. 이를테면 인과응보인 셈이죠.

알빙 부인 오스왈드, 왜 그런 생각을 하는 거냐?

오스왈드 그 의사는 달리 어떻게 설명할 수가 없다고 말했습니다. 그야말로 마른하늘에 날벼락 같은 얘기였어요. 제 일생은 아주 망가져 버렸어요. 모두 제 잘못이에요. 제가 이 세상에서 창조할 수 있다고 생각했던 지극히 아름다운 것, 위대한 것들을 이젠 생각조차 할 수 없게 되어 버렸어요. 아아, 인생을 새로 시작할 수만 있다면, 아무 일도 없었던 때로 되돌릴 수만 있다면 얼마나 좋을까요! (소파 위에 엎드리며 얼굴을 묻는다)

알빙 부인은 두 손을 마주잡고 괴로운 모습으로 이리저리 걷는다.

오스왈드 (잠시 얼굴을 들고 팔베개를 하며 옆으로 눕는다) 최소한 그게 유전이라면, 제 힘으로 어쩔 수 없는 일이라면 모르겠지만, 그게 아니란 말예요. 그런데 그건 내 잘못으로, 천박하고 분별 없는 경거망동으로 제 일생의 행복과 건강을, 그리고 미래까지 망치고 말았으니까요!

알빙 부인 아아, 아니다. 얘야, 그런 일은 있을 수 없어. (아들 위로 몸을 구부리며) 그건 네가 생각한 것처럼 네 자신이 죄를 범했기 때문이 아니란다.

오스왈드 아닙니다. 어머닌 모르십니다. (일어난다) 이렇게 어머니께 걱정을 끼쳐 드려서 죄송합니다. 저는 가끔 차라리 어머니께 사랑을 받지 않는 존재였다면 하고 생각하기도 했습니다.

알빙 부인 아니 그게 무슨 말이냐? 오스왈드, 넌 내가 이 세상에서 가장 소중하게 여기는 존재가 아니냐? 나의 하나뿐인 영혼 같은 아들이 아니냐?

오스왈드 (어머니의 두 손을 잡으며 입을 맞춘다) 그래요. 그래요, 그건 잘 알고 있어요. 이렇게 집에 돌아와 있으면 그걸 잘 알 수 있단 말입니다. 그런데 저에게는 그게 가장 괴로운 일이에요. 이제, 이 정도 말씀드렸으니 어머니도 대충 짐작하셨겠지요? 오늘은 이 이야기를 여기서 끝내기로 해요. 더 이상 그 일을 생각하고 싶지 않아요. (방안을 이리저리 걷는다) 어머니, 뭐 마실 게 없을까요?

알빙 부인 마실 것? 뭐가 마시고 싶지?

오스왈드 뭐든지 좋아요. 차가운 푼슈가 있을까요?

알빙 부인 하지만 얘야.

오스왈드 어머니, 제발 말리지 마세요. 부탁입니다. 고통스럽고 지긋지긋한 이런 생각을 씻어 버리려면 마시지 않고는 못 배기겠어요. (온실 쪽으로 간다) 게다가 또 방은 왜 이렇게 어두운 거지?

알빙 부인이 오른쪽에 있는 초인종 끈을 잡아당긴다.

오스왈드 그칠 줄 모르고 내리는 이 지긋지긋한 비는 앞으로도 몇 주일이나 더 오려는 건지. 비가 내린 지도 벌써 달포나 됐는데. 햇빛은 보이지도 않아. 몇 번을 고국에 돌아왔어도 햇빛이 비치는 걸 한 번도 본 적이 없어.

알빙 부인 오스왈드, 너 또 여길 떠나려는 게냐?

오스왈드 흠. (깊은 한숨을 쉰다) 그럴 생각은 조금도 없어요. 아무 것도 생각할 수가 없다니까요. (작은 목소리로) 그런 건 이미 포기해 버렸어요.

레지네 (식당에서) 마님, 부르셨나요?

알빙 부인 그래. 램프를 가져 오련.

레지네 네. 지금 곧 가져 가겠어요. 불은 벌써 켜 놨어요.

알빙 부인 (오스왈드 쪽으로 걸어간다) 오스왈드, 나한테 숨기고 있는 건 없겠지?

오스왈드 아무 것도 숨기는 거 없습니다. (테이블 옆으로 간다) 드리고 싶은 말씀은 다 드렸어요.

레지네가 램프를 들고 나와 테이블 위에 놓는다.

알빙 부인 레지네야, 샴페인이 있을 테니 작은 병으로 하나 가져 오너라.

레지네 네. (나간다)

오스왈드 (어머니의 머리를 두 손으로 감싼다) 그러실 줄 알았어요. 어머니께서 제 목이 마르게 그냥 두시지 않을 줄 알았다구요.

알빙 부인 내 소중하고 가여운 아들이 하는 일인데 무슨 일인들 막겠니?

오스왈드 (기운이 나서) 정말입니까? 어머니, 진심으로 하시는 말씀입니까?

알빙 부인 왜 그러니? 무엇을 말이냐?

오스왈드 무엇이든 막지 않겠다고 하신 말씀이요. 무엇이든.

알빙 부인 갑자기 그건 또 무슨 말이냐?

오스왈드 쉬잇!

레지네 (작은 샴페인 병과 컵 두 개가 담긴 접시를 들고 나와 테이블 위에 놓는다) 따라드릴까요?

오스왈드 아니야, 고마워. 내가 따를 테니까, 괜찮아.

레지네가 다시 나간다.

알빙 부인 (테이블 옆에 앉는다) 그게 무슨 말이냐? 내가 막아서는 안 되는 일이라는 게?

오스왈드 (병마개를 따면서) 우선 한 잔 마시구요. 어머니도 한 잔 드릴까요? (마개가 튀기며 열린다. 컵 하나에 샴페인을 따르고 또 다른 컵에 따르려 한다)

알빙 부인 (컵을 막는다) 아니야. 난 안 마시겠다.

오스왈드 그럼 저만 마시겠습니다. (컵을 비운다. 또 한 잔을 따라서 마신다. 그리고 나서 테이블 옆에 앉는다)

알빙 부인 (안타까운 표정으로) 그래, 무엇이지?

오스왈드 (어머니 얼굴을 보고 앉으며) 어머니, 아까 목사님과 어머닌 좀 이상했어요. 식탁에서 아무 말씀도 없으시고…….

알빙 부인 눈치 챘었니?

오스왈드 네. (짧은 침묵) 어머니 말씀해 주세요. 레지네를 어떻게 생각하십니까?

알빙 부인 어떻게 생각하다니?

오스왈드 네, 어떻게 생각하시냐구요? 귀여운 아이죠?

알빙 부인 하지만 얘야, 넌 나보다는 그 애를 잘 모르잖니?

오스왈드 그야 그렇죠.

알빙 부인 그 애는 너무 오래 자기 부모 밑에 있었어. 좀더 빨리 우리 집으로 데리고 왔더라면 좋았을걸.

오스왈드 글쎄요. 하지만 옆에서 보기엔 좋은 아이 같던데요. (컵에 술을 따른다)

알빙 부인 하지만 레지네는 결점도 많은 아이란다.

오스왈드 그러면 어때요? (또 마신다)

알빙 부인 그래도 난 그 애를 불쌍하게 생각하고 귀여워한단다. 또 그 애에 대해서는 책임을 지고 있으니까 말이야. 어떤 일이 있어도 그 애 신상에 잘못이 있어선 안 될 거라고 생각하지.

오스왈드 (벌떡 일어선다) 어머니, 저를 구해 줄 사람은 레지네밖에 없습니다.

알빙 부인 그건 무슨 뜻이냐?

오스왈드 저 혼자 힘으로는 이 마음의 괴로움을 더 이상 견딜 수가 없어요.

알빙 부인 하지만 얘야, 내가 네 힘이 되어 주고 있잖니?

오스왈드 네, 저도 그렇게 생각했어요. 그래서 어머니한테 돌아온 겁니다. 하지만 그게 안 되더군요. 그게 안 된다는 걸 확실히 알았습니다. 도저히 여기서 이렇게 지낼 순 없습니다.

알빙 부인 아니, 얘야.

오스왈드 어머니, 저는 이제 다른 식으로 살아가려고 해요. 그러니 아무래도 어머니 곁을 떠나지 않으면 안 될 것 같습니다. 저는 이제 어머니가 제 곁에서 저를 보고 계시는 게 괴로워요.

알빙 부인 아아, 가엾은 오스왈드! 하지만 얘야, 네가 그렇게 온전하지 못한 동안은…….

오스왈드 이것이 가벼운 병이라면야 저도 어머니 곁에 있을 거예요. 어머니 이상 가는 친구는 없으니까요.

알빙 부인 아무렴, 그렇고말고.

오스왈드 (불안한 듯이 원을 그리며 걷는다) 하지만 두렵습니다. 이 괴로움이, 이 회한이, 죽도록 무서운 이 공포가.

알빙 부인 (뒤에서 따라 걷는다) 공포라니? 무슨 공포? 그게 무슨 소리냐?

오스왈드 더 이상 아무 것도 묻지 말아 주세요. 저도 모르겠어요. 그걸 확실히 말로 표현할 수가 없어요.

알빙 부인 (오른쪽으로 가서 초인종 끈을 잡아당긴다)

오스왈드 왜 그러시는 겁니까?

알빙 부인 네게 기운을 주려는 거야. 난 네가 유쾌해졌으면 싶다. 그런 식으로 안절부절 못하며 돌아다닐 생각만 하면 안 된단 말이야. (입구에 얼굴을 내민 레지네에게) 큰 병으로 샴페인을 좀더 가져 오너라. (레지네가 나간다)

오스왈드 아니, 어머니…….

알빙 부인 얘야, 아무리 이런 시골에 살고 있더라도 어떻게 하면 재미있게 살아갈 수 있는지는 나도 안단다.

오스왈드 조금 아까 그 아이의 귀여운 모습을 보셨죠? 체격도 아주 튼튼하고 속속들이 건강해 보이는데요.

알빙 부인 (테이블 앞에 앉는다) 앉아라, 오스왈드. 차분히 앉아서 의논하자꾸나.

오스왈드 (앉는다) 어머니, 어머닌 모르시겠지만 전 레지네에게 약속한 게 있어요.

알빙 부인 네가 말이냐?

오스왈드 하긴 뭐 대수롭지 않은 약속이긴 하지만……. 물론 대단한 건 아닙니다. 지난번에 제가 돌아왔을 때의 일인데요.

알빙 부인 그래서?

오스왈드 그 애가 이것저것 파리에 대해서 묻길래 가끔 그곳 이야기를 해주곤 했었습니다. 그러면서 어쩌다가 너도 한 번 가보지 않겠느냐고 이야기를 했던 겁니다.

알빙 부인 흐흠!

오스왈드 그때, 그 애 얼굴이 빨개지더니 이렇게 말했습니다. '네, 저도 한번 꼭 가 봤으면 좋겠어요.' 라고 말이에요. 그래서 난 곧 가게 해주겠다고 약속을 했던 겁니다.

알빙 부인 그래서?

오스왈드 물론, 그 뒤로 저는 그런 이야기가 오고갔던 사실조차 까맣게 잊고 있었습니다. 그런데 어제 제가 그 애더러, 이번에는 집에 오래 있을 작정인데 기쁘지 않느냐고 물으니까…….

알빙 부인 그러니까?

오스왈드 그랬더니 그 애는 고개를 갸우뚱거리며 '그렇다면 제가 파리로 가는 일은 어떻게 된 건가요?' 하고 묻지 않겠습니까?

알빙 부인 그 애가?

오스왈드 그래서 저는 그 애가 내 말을 곧이듣고, 그 뒤로는 줄곧 제 말을 염두에 둔 채 열심히 프랑스어공부를 했다는 걸 알았습니다.

알빙 부인 오오라, 그래서…….

오스왈드 어머니! 그래서 저는 저 날씬하고 귀엽고 청순한 처녀가 지난번에는 조금도 느끼지 못했던, 마치 두 팔을 벌리면 금방이라도 달려와 안길 듯이 서 있는 것을 보자…….

알빙 부인 아니, 얘야, 너.

오스왈드 그러자 저는 이 아이야말로 날 구해 줄 구원자다, 하는 생각을 하게 되었어요. 아무튼 그녀의 몸 속에는 삶의 즐거움이 깃들어 있으니까요.

알빙 부인 (놀란다) 삶의 즐거움이라니? 그게 너를 어떻게 구원해

준단 말이냐?

레지네 (식당에서 샴페인 병을 가지고 나온다) 늦어져서 죄송합니다. 지하실로 가지러 가야 했거든요. (병을 테이블 위에 놓는다)

오스왈드 컵을 하나 더 가져 오렴.

레지네 (이상하다는 듯이 그를 본다) 저어, 마님 컵은 거기 있는데요.

오스왈드 알아, 레지네. 네 것으로 하나 더 가져 오라는 말이야.

레지네 (깜짝 놀라며 재빨리 눈치를 보듯 곁눈질로 부인을 본다)

오스왈드 왜 그래?

레지네 (작은 목소리로 눈치를 살피듯이) 저어, 마님이 뭐라고 하실지…….

알빙 부인 가지고 오너라, 레지네야.

레지네가 식당으로 들어간다.

오스왈드 (그녀의 뒷모습을 바라보며) 저 걷는 모습을 좀 보세요. 날씬하고 건강해 보이시죠?

알빙 부인 저 애는 안 돼, 오스왈드.

오스왈드 이미 결정한 일입니다. 그렇게 알고 계세요. 그리고 어머니께선 더 이상 아무 말씀도 하지 말아 주십시오.

레지네 (컵 하나를 들고 나온다)

오스왈드 앉아요, 레지네.

레지네가 눈치를 살피듯 부인 쪽을 본다.

알빙 부인 괜찮으니까 앉거라.

레지네가 식당 입구 가까운 의자에 앉아 빈 컵을 손에 들고 있다.

알빙 부인 오스왈드, 너 아까 삶의 즐거움이라고 했지? 그게 무얼 가리키는 말이냐?

오스왈드 네. 그 삶의 즐거움이란, 어머니…… 우리 집에서는 알 수가 없을 거예요. 전 여기서 그런 분위기를 한 번도 느껴 본 적이 없었거든요.

알빙 부인 내가 이렇게 네 곁에 있어도 그런 생각이 드느냐?

오스왈드 집에 있어도 그건 마찬가지입니다. 하지만 어머닌 그걸 모르실 겁니다.

알빙 부인 아니다. 어쩐지 나도 알 것 같구나, 이젠.

오스왈드 또 일하는 즐거움…… 그래요, 근본적으로 거슬러 올라가면 결국 같은 것일지도 모릅니다만, 그렇지만 역시 여기서는 이해 못하실 거예요.

알빙 부인 그럴지도 모르겠구나. 오스왈드야, 좀더 자세히 얘기해 보렴.

오스왈드 다만 제가 말하고 싶은 것은 이 고장에서는 이상한 생각들을 가지고 있다는 거예요. 일을 한다는 것은 저주받은 행동이며 죄에 대한 보상이라 생각하고, 또 삶이란 고통스러운 것이어서 그것으로부터 벗어날 수 있다는 희망이 있어야 비로소 감당할 힘이 생긴다고 여긴단 말이에요.

알빙 부인 그렇단다. 인생이란 괴로움의 골짜기라고 하니 말이야. 그러니까 고생하며 건너가지 않으면 안 된다는 거지.

오스왈드 그런데 외국에서는 그런 생각을 하는 사람이 아무도 없어요. 이제 그 누구도 진심으로 그런 가르침을 믿지 않습니다. 세계는 밝고 행복에 넘쳐 있다고 생각합니다. 게다가 어머닌 아직 모르고 계시지만, 제가 그린 그림은 모두 생활의 즐거움을 그린 것뿐입니다. 언제나 생활의 즐거움만을 그렸죠. 거기엔 광명과, 태양 광선과 일요일의 공기가 있습니다. 그리고 행복에 겨워 만족해 하는 인간의 얼굴이 있습니다. 그렇기 때문에 저는 여기에서 어머니와 이렇게 있는 게 두려운 겁니다.

알빙 부인 두렵다고? 어째서 나와 여기 있는 게 두렵단 말이냐?

오스왈드 제 몸 속에서 움직이고 있는 모든 게 이곳에서는 저주스러운 것으로 변하는 것처럼 생각되거든요.

알빙 부인 (가만히 아들을 바라본다) 정말 그렇게 될 거라고 생각하니?

오스왈드 저는 그렇게 생각해요. 그래서 여기 집에 있으면서 저쪽 외국에서 해온 것 같은 생활을 그대로 한다고 해도 그건 같은 생활이 되지 못할 거예요.

알빙 부인 (긴장한 채 듣고 있다가, 곧 크고 사려 깊은 눈을 뜨며 말한다) 이제야 겨우 조금 사정을 알겠구나.

오스왈드 무얼 아신다는 겁니까?

알빙 부인 이제야 비로소 알았어. 이제는 나도 말할 수 있겠구나.

오스왈드 어머니, 전 지금 어머니가 무슨 말씀을 하고 계신지 모르겠는데요.

레지네 (자리에서 일어나며) 저는 저쪽에 가 있을까요?

알빙 부인 아니야, 여기 앉아 있거라. 오스왈드, 이제 모두 이야기해 줄 테니 잘 듣거라. 그리고 그 다음에 잘 생각해 보고 결정하도록 해라. 오스왈드도 레지네도.

오스왈드 쉬잇, 조용해요. 목사님이…….

만델스 (앞쪽 현관으로 들어온다) 또 왔습니다. 가서 한 시간 가량 영혼이 깨끗해질 흡족한 예배를 드리고 오는 길입니다.

오스왈드 여기서도 그랬습니다.

만델스 엥스트란드에게 역시 선원 숙소를 짓도록 해야겠습니다. 레지네도 그곳으로 보내서 돕도록 하는 게 좋을 것 같습니다.

레지네 아니에요, 그건 안 됩니다.

만델스 (비로소 그녀가 있다는 걸 깨닫는다) 아니, 여기 있었군. 손에 그런 컵까지 들고, 웬일이지?

레지네 (급히 컵을 내려놓는다) 실례했습니다.

오스왈드 레지네는 저와 함께 가기로 했습니다.

만델스 가다니, 둘이 함께?

오스왈드 그렇습니다. 제 아내로서…… 물론 레지네가 찬성한다면 말이죠.

만델스 도무지 무슨 얘긴지 잘 모르겠군요.

레지네 저는 아무 것도 모르는 일이에요, 목사님!

오스왈드 혹시 제가 가지 않는다면 이 사람도 여기에 그대로 있을 겁니다.

레지네 (자기도 모르게) 이대로라고요?

만델스 부인, 정말 놀랐는데요.

알빙 부인 그 어느 쪽도 안 될 겁니다. 이제부터 모든 걸 털어놓고 이야기하려던 참입니다.

만델스 하지만 그런 말씀은 안하시는 게 좋을 것 같은데요. 안 됩니다.

알빙 부인 그렇지만 다른 방법이 없잖아요. 전 이제 그것에 관한 이야기를 할 수 있고 또 하고 싶습니다. 그것으로 제 이상이 깨지거나 하진 않을 거예요.

오스왈드 어머니, 제게 뭐 숨기고 계신 일이라도 있는 겁니까?

레지네 (귀를 기울인다) 어머, 마님, 들어보세요. 밖에서 사람들의 목소리가 들리는데요. (온실로 가서 바깥을 내다본다)

오스왈드 (급히 왼쪽 창문으로 간다) 저게 무슨 일일까? 저 불빛은 어디서 나는 거지?

레지네 (외친다) 고아원에 불이 났어요.

알빙 부인 (창가로 달려간다) 불이라고?

만델스 불이? 그럴 리가…… 내가 조금 전까지도 거기 있었는데…….

오스왈드 내 모자가 어디 있지? 아니야, 지금 그게 문제가 아니지. 아버지의 고아원이……. (정원 입구에서부터 달려나간다)

알빙 부인 레지네야, 내 숄을 다오. 모두 타 버리는구나!

만델스 아아! 알빙 부인, 이 혼탁한 집에 불의 심판이 내린 겁니다.

알빙 부인 그래요, 맞아요. 그 말씀이 옳아요. 이리 오너라. 저기 가 보자, 레지네야. (부인과 레지네가 현관을 통해 달려나간다)

만델스 (두 손을 모은다) 보험에도 들지 않았는데. (같은 길로 뒤따라 나간다)

제 3 막

같은 방, 문이 모두 열려 있다. 램프는 아직도 테이블 위에 켜져 있다. 밖은 어둡다. 다만 후면 왼쪽에 불빛이 보일 뿐이다. 알빙 부인이 머리에서부터 커다란 숄을 쓰고 온실 안쪽에 서서 밖을 쳐다보고 있다. 역시 숄을 둘러쓴 레지네가 부인에게서 조금 뒤에 떨어져 서 있다.

알빙 부인 토대까지 아주 몽땅 타 버렸군.

레지네 지하실이 아직도 타고 있어요.

알빙 부인 오스왈드는 어째서 돌아오지 않는 걸까? 이젠 도저히 어떻게 할 수도 없을 텐데.

레지네 저어, 모자를 가지고 가 볼까요?

알빙 부인 저런, 모자도 안 쓰고 갔니?

레지네 (현관을 가리킨다) 네, 안 쓰고 가셨어요. 저기 걸려 있는데요.

알빙 부인 내버려 둬라. 곧 돌아오겠지. 내가 가 보겠다. (정원 입구로 나간다)

만델스 (현관으로 들어온다) 알빙 부인은 안 계시냐?

레지네 방금 정원으로 나가셨어요.

만델스 이렇게 무서운 밤은 처음이야.

레지네 이런 어이없는 불행이 또 어디 있을까요!

만델스 아아, 이제 그 이야기는 그만두자. 도저히 그것에 관해 생각할 기력조차 없구나.

레지네 네. 그런데 도대체 어찌된 영문일까요?

만델스 얘야, 제발 내게 묻지 말아다오. 내가 어떻게 그걸 알겠니? 너까지 그래야 되겠어? 이제 그만해. 지금도 네 아버지가…….

레지네 네? 아버지가 어떻게 되었나요?

만델스 네 아버지가 내 머리를 뒤죽박죽으로 만들어 놓았지.

엥스트란드 (현관으로 해서 들어온다) 목사님!

만델스 (놀라서 뒤를 돌아본다) 자네, 여기까지 또 쫓아왔나?

엥스트란드 정말 무섭고 엄청난 일입니다요.

만델스 (이리저리 걷는다) 못 견디겠어. 어떻게 이런 일이!

레지네 도대체 무슨 일이 있었어요?

엥스트란드 정말 놀랄 일이야. 글쎄, 레지네야, 그 예배 때문이었어. (작은 목소리로) 드디어 저 사람이 함정에 빠진 거야, 알겠니? (큰 목소리로) 목사님이 그런 실수를 하신 것도 따지고 보면 저 때문입니다요.

만델스 하지만 내가 그럴 리가……. 엥스트란드, 그런 말을 하다니…….

엥스트란드 하지만 목사님을 빼 놓고는 불을 다룬 사람이 아무도 없었습니다요.

만델스 (멈춰 선다) 그래? 자넨 자꾸 그렇게 말하는데, 나는 손에 불을 들었던 기억이 없단 말일세.

엥스트란드 저는 목사님이 촛불을 잡더니 손가락으로 심지를 끊어서 타다 남은 심지를 대팻밥 속에 버리시는 걸 틀림없이 보았습니다요.

만델스 그걸 확실히 보았단 말이지?

엥스트란드 네, 분명히 보았습니다요.

만델스 정말 알 수 없는 일이군. 도대체 촛불의 심지를 손가락으로 끊는다는 걸 난 한번도 해본 적이 없는데 말이야.

엥스트란드 네에, 어쩐지 하시는 게 서툴러 보이더라구요. 그런데 그게 뭐 문제가 되나요?

만델스 (불안스럽게 걷는다) 아아, 나한테 아무 것도 묻지 말아 주게.

엥스트란드 (그를 따라 걷는다) 그리고 보험에도 들지 않으셨다구요, 목사님?

만델스 (여전히 걸으며) 그래, 그렇다니까. 그건 아까도 말했잖나.

엥스트란드 (뒤를 따르며) 보험에도 안 들으셨다……. 그러면 잿더미가 된 고아원은 결국 다 망하는 건데. 이건 정말 엄청나고 어이없는 재난이군요.

만델스 (이마에 흐르는 땀을 닦는다) 그래, 그렇군.

엥스트란드 사람들이 말하기를, 이 일은 시나 지방을 위해서 매우 훌륭한 자선 사업이라고 하던데, 이런 좋은 일이 그렇게 되다니! 신문 같은 데서 목사님을 좋게 말하지 않을 것 같은뎁쇼.

만델스 내가 걱정하는 것도 바로 그거란 말일세. 제일 큰 문제가 바로 그거라니까. 아마도 여기 저기서 공격과 비난을 퍼붓겠지……. 아아, 생각만 해도 속이 울렁거리는군.

알빙 부인 (정원에서 들어온다) 그 애가 불 끄는 일까지 할 필요는 없는데, 오스왈드는 뭐 하고 있는 걸까.

만델스 아아, 부인, 돌아오셨군요.

알빙 부인 이젠 연설하실 필요가 없게 되었군요, 목사님!

만델스 아아, 기쁜 마음으로 연설을 하려고 했는데…….

알빙 부인 (침울한 목소리로) 차라리 이렇게 되어서 다행이에요. 그 고아원은 원래 축복을 받을 수 없는 곳이었어요.

만델스 그렇게 생각하십니까?

알빙 부인 목사님은 그렇게 생각하지 않으십니까?

만델스 그렇지만 참으로 큰 재난이었습니다.

알빙 부인 목사님, 저랑 사무적인 이야기 좀 하시겠어요? 잠깐 의논드릴 일이 있습니다. 엥스트란드, 목사님께 무슨 볼일이라도 있는 건가?

엥스트란드 (현관 입구에서) 네, 드릴 말씀이 조금 있어서요.

알빙 부인 그렇다면 잠시 거기 좀 앉아서 기다려요.

엥스트란드 고맙습니다만, 여기 서서 기다립죠.

알빙 부인 (만델스에게) 그럼, 목사님은 다음 배로 돌아가십니까?

만델스 네, 그렇습니다. 이제 한 시간 뒤면 떠날 겁니다.

알빙 부인 그러시면 서류를 모두 다시 가져가 주시지 않겠습니까? 저는 다시 이 문제에 대해 이야기하고 싶지 않아서요. 이제는 다른 문제에 대해 생각해 봐야 할 것 같습니다.

만델스 네에.

알빙 부인 나중에 제가 위임장을 보내드리겠어요. 모든 일을 목사님이 알아서 처리하실 수 있도록 말이에요.

만델스 그야 기꺼이 맡아 드리지요. 지난번의 유산에 관한 결정은 이렇게 된 이상 어쩔 수 없이 바꾸어야 겠군요.

알빙 부인 그렇고말고요.

만델스 그래서 저는 우선 솔비크의 토지를 지방 공유로 할까 생각하고 있습니다. 부수된 토지도 결코 값어치가 없는 것이라고 할 수는 없으니까요. 뭔가 유익한 용도가 생길 겁니다. 그리고 은행에 예금해 두신 돈의 이자는 나중에 뭔가 시를 위해 유익한 사업의 유지비로 그쪽에 기부하도록 하겠습니다.

알빙 부인 목사님 좋으실 대로 하십시오. 저는 어떻게 되든 괜찮으니까요.

엥스트란드 제발 저의 선원 숙소를 잊지 말아 주십시오.

만델스 물론 그래야지. 하지만 시간을 두고 천천히 의논해야 하지 않겠나?

엥스트란드 의논은 무슨 의논입니까요, 첫!

만델스 (한숨을 쉬며) 그렇긴 하지만 내가 언제까지 이 일에 관여할 수 있을지 아직 모르니까 말일세. 여론이 나더러 은퇴하라는 요구를 할지도 모르고. 그건 어쨌든 이번 화제의 원인 조사 결과에 달려 있지요.

알빙 부인 뭐라고요, 목사님?

만델스 아무튼 조사가 끝나지 않으면 아무 것도 결정할 수가 없을 테니까요.

엥스트란드 (곁으로 다가간다) 물론 제가 있는 한……. 이 야곱 엥스트란드가 있는 이상…….

만델스 그래, 그래, 하지만…….

엥스트란드 (작은 목소리로) 이 야곱 엥스트란드는 자신의 은인이 궁지에 빠졌는데 모르는 체할 그런 놈은 아닙니다요.

만델스 하지만 자네가 어째서?

엥스트란드 야곱 엥스트란드는 말하자면 구원의 천사죠, 목사님.

만델스 아닐세. 나는 꼭 그렇게 해주길 바라지는 않네.

엥스트란드 아닙니다요. 그건 꼭 그렇게 합죠. 예전에도 한 번 남의 죄를 자신이 짊어진 사나이가 있었습니다요.

만델스 (손을 잡는다) 야곱, 자네는 참 보기 드문 사람이군. 그럼 자네의 선원 숙소는 내가 책임지겠네. 그건 안심해도 돼.

엥스트란드는 너무나 감격해서 고맙다는 인사도 못한다.

만델스 (여행용 가방을 어깨에 멘다) 자, 가세. 우리들은 같이 배를 타겠습니다.

엥스트란드 (식당 입구에서 레지네에게 작은 목소리로) 이봐, 너도 어서 오너라. 널 프랑스의 여신처럼 만들어 줄 테니.

레지네 (고개를 뒤로 젖힌다) 고맙군요. (앞쪽 현관으로 가서 목사의 외투를 가지고 온다)

만델스 부인, 그럼 안녕히 계십시오. 부디 이 댁에 질서와 정의로운 마음이 하루 속히 깃들기를 빌겠습니다.

알빙 부인 안녕히 가세요, 만델스 씨.

알빙 부인은 오스왈드가 정원 입구로 들어오는 것을 보고 온실 쪽으로 간다.

엥스트란드 (레지네와 함께 목사에게 외투를 입히면서) 잘 있거라. 네게 무슨 일이 일어나면 야곱 엥스트란드가 있는 곳을 찾아라. (작은 목소리로) 선창 골목이다. 알지? (알빙 부인과 오스왈드를 향해) 그리고 이번에 세우는 선원 숙소는 '시종무관 알빙의 집' 이라고 이름을 붙이겠습니다. 그리고 제 생각대로 그 집을 돌보게 되면 아무쪼록 돌아가신 시종무관님의 명예에 부끄럽지 않도록 뜻을 따를 작정입니다요.

만델스 (입구에서) 암, 그래야지. 자 어서 가세, 엥스트란드. 여러분

안녕히 계십시오. 잘 있어요. (엥스트란드와 앞쪽 현관을 지나 밖으로 나간다)

오스왈드 (테이블 옆에 서서) 어떤 집 이야기를 하고 있는 겁니까?

알빙 부인 숙소 같은 거지. 저 사람이 만델스 목사님하고 함께 세우겠다는구나.

오스왈드 그것도 역시 불타 버릴 겁니다. 고아원 건물처럼.

알빙 부인 어째서 그렇게 생각하는 거냐?

오스왈드 모두 다 불타 버리고 말 것입니다. 아버지를 기념하는 것은 무엇 하나 남지 않을 겁니다. 제 자신도 점점 타 없어지는걸요.

레지네가 놀라서 그의 얼굴을 바라본다.

알빙 부인 오스왈드, 불난 곳에 그렇게 오랫동안 있을 필요는 없었는데.

오스왈드 (테이블 옆에 앉는다) 저도 그렇게 생각했었어요.

알빙 부인 얘야, 네 얼굴을 닦아야겠구나. 땀으로 축축하게 젖었는데. (자기의 손수건으로 오스왈드의 얼굴을 닦아 준다)

오스왈드 (마음이 내키지 않는 얼굴로 앞쪽을 응시한다) 고마워요.

알빙 부인 얘야, 피곤하지 않니? 가서 좀 자는 게 좋을 것 같구나.

오스왈드 (두려운 목소리로) 아뇨, 안 자겠어요. 저는 절대로 자지 않을 겁니다. 그러기로 결심했습니다. (귀찮은 듯이) 이제 곧 싫어도 지긋지긋하게 자야 할 텐데요.

알빙 부인 (걱정스러운 듯이 아들을 본다) 얘야, 너 아무래도 병이 난 것 같구나. 이 일을 어쩌냐?

레지네 (긴장하며) 어디 아프세요?

오스왈드 (안절부절 못하며) 문을 모조리 닫아 줘요. 너무 무서워…….

알빙 부인 어서 문을 닫아라, 레지네야.

레지네가 문을 닫고 현관으로 통하는 문 앞에 서 있다. 알빙 부인이 숄을 벗는다. 레지네도 숄을 벗는다.

알빙 부인 (의자 하나를 오스왈드 곁으로 밀어 놓으며 앉는다) 자, 네 곁에 앉으마.

오스왈드 네, 그렇게 해줘요. 레지네, 너도 여기 있어 줘. 레지네는 언제나 내 곁에 있어 줘야 해. 넌 내가 부탁하면 언제든지 손을 내밀어 나를 도와주겠지?

레지네 전 무슨 말씀이신지 잘 모르겠는데요.

알빙 부인 손을 내밀어 주다니?

오스왈드 네, 그럴 필요가 생겼을 때 말입니다.

알빙 부인 오스왈드, 이 엄마가 여기서 이렇게 널 도와주잖니?

오스왈드 어머니가요? (웃는다) 아닙니다. 어머니는 그걸 하실 수 없습니다. (우울하게 미소짓는다) 어머니가 말이죠? 하하하! (어머니를 똑바로 바라본다) 물론 어머니가 가장 가까운 사이지요. (사납게) 그런데 어째서 레지네는 그렇게 날 서먹서먹하게 대하는 거지? 넌 왜 날 오스왈드라고 부르지 않는 거지?

레지네 (작은 목소리로) 마님께서 뭐라고 하실지 몰라서요.

알빙 부인 조금만 더 기다리거라. 곧 그렇게 부르도록 해주마. 자, 너도 이리 와서 앉도록 해라.

레지네는 주저하면서 조용히 테이블 맞은편에 앉는다.

알빙 부인 자, 이제 네 마음속에 있는 무거운 짐을 덜어 주마.

오스왈드 어머니가 어떻게 하시겠다는 말씀인가요?

알빙 부인 네가 말하는 양심의 가책이며 후회, 스스로의 반성 같은 것에 대해서 말이다.

오스왈드 그것을 어머니의 힘으로 할 수 있을 거라고 생각하십니까?

알빙 부인 그래, 내가 하는 말을 들으면 그렇게 된단다. 너는 아까 삶의 즐거움이라는 말을 했었지? 그 말을 듣고 나서 나는 문득 내 생애를 다른 눈으로 보게 됐단다.

오스왈드 (고개를 저으며) 저는 무슨 말씀이신지 모르겠습니다.

알빙 부인 너는 아버지가 아직 젊은 중위로 있을 때의 일을 모르지? 그때는 삶의 즐거움이라는 게 있었단다.

오스왈드 그래요. 그건 저도 알고 있습니다.

알빙 부인 네 아버지를 바라만 봐도 언제나 봄날 같은 맑고 따뜻한 화려함을 느낄 수 있었지. 그리고 언제나 강한 힘과 활기가 흘러 넘쳤단다.

오스왈드 그래서 어떻게 되었다는 겁니까?

알빙 부인 그런데 사는 것이 즐거웠던 그이는 결국……. 그 무렵의 네 아버진 아이들 같았으니까. 그런 사람이 이 자그마한 도시에 와서 살게 되었지. 아버진 보람 없는 나날을 보내고 아무런 낙도 없이 세속적인 쾌락에 빠져들게 되었단다. 그야말로 뚜렷한 생활의 목표라든가 보람이 없는 곳에서 사는 거였지. 있다는 건 관청의 잡무뿐이었으니까. 생활의 즐거움이 무엇인지 느낄 수 있는 친구가 하나도 없었단다. 고작 있다는 게 게으름뱅이나 주정꾼뿐이었지.

오스왈드 어머니…….

알빙 부인 그러다가 결국 와야 할 게 오고 말았지.

오스왈드 무엇이 왔다는 겁니까?

알빙 부인 네가 집에 있게 되면 어떻게 될 거라고, 네 자신이 말했지?

오스왈드 그럼 어머닌 아버지가…….

알빙 부인 가엾은 네 아버진 자기 몸에 넘쳐흐르던 생활의 즐거움을 모두 털어놓을 데가 없었던 거야. 그리고 나 역시 아버지를 위해서 집안에 활기를 불어넣지 못했었고.

오스왈드 어머니께서도?

알빙 부인 난 말이야, 의무라든가 책임이라든가 하는 것만 배워 왔단다. 그때까지 나는 오랜 시간 동안 그것들만 믿어 왔었지. 무슨 일이든 의무에 얽매여 살아온 거야. 자신의 의무라든가 남편의 의무라든가 하는 식으로. 오스왈드, 그래서 난 어쩐지 그런 것 때문에 아버지에게 가정의 재미를 느끼지 못하도록 한 것 같구나.

오스왈드 어머니는 왜 저에게 그런 말을 한 번도 편지에 써 보내 주시지 않으셨어요?

알빙 부인 하지만 얘야, 그때까지는 아직 아들한테 그런 말을 해줄 수 있을 만큼 내 자신도 마음의 준비가 되어 있지 않았단다.

오스왈드 그럼, 그때까진 그것을 어떻게 생각해 오신 겁니까?

알빙 부인 (천천히) 내가 아는 한 가지 사실은, 네 아버지는 네가 태어나기 전부터 망가져 있었다는 것이다.

오스왈드 (비통한 목소리로) 아아! (일어나 창가로 간다)

알빙 부인 그리고 또 매일같이 나를 괴롭힌 생각은 레지네 역시 아버지의 다른 자식이라는 것이었단다.

오스왈드 (얼른 돌아서서) 레지네가?

레지네 (쉰 목소리로 외치듯이 묻는다) 제가요?

알빙 부인 그렇단다. 이제 두 사람 다 알 수 있겠지?

오스왈드 아니, 레지네가?

레지네 (앞을 응시한다) 그럼, 제 어머닌 그런 여자였군요.

알빙 부인 레지네, 네 어머니는 여러 가지 좋은 점도 많이 가지고 있었단다. 알겠니?

레지네 네, 그렇다고는 해도 역시 그런 여자였어요. 저도 가끔 그렇게 생각한 적이 있었어요. 그렇다면 마님, 이제 저를 떠나게 해주세요.

알빙 부인 레지네, 떠나겠다는 말이 진심이냐?

레지네 네, 진심입니다. 부디 허락해 주세요.

알빙 부인 물론 네가 하고 싶은 대로 해도 좋다마는, 그러나…….

오스왈드 (레지네에게 다가간다) 떠난다고? 이 집에서? 하지만 너는 이제 우리와 같은 식구가 아니냐?

레지네 고맙군요, 알빙 도련님! 아니, 이제는 오스왈드라고 불러도 되겠네요. 하지만 이런 일이 벌어질 거라곤 꿈에도 생각하지 못했어요.

알빙 부인 레지네야, 내가 여태껏 너한테 숨겨 온 건 잘못이지만…….

레지네 네, 잘 알겠어요! 오스왈드가 아프다는 것만 알았어도……. 이제 저희들 사이에 문제될 건 아무 것도 없게 되었어요. 정말 안 되겠어요. 저는 여기 이렇게 시골에 눌러앉아 있으면서 환자들 시중이나 들고 있을 수는 없어요.

오스왈드 이렇게 가까운 관계에 있는 사람을 위해서도 그렇단 말이냐?

레지네 그래요, 도저히 그럴 수가 없어요. 저같이 가난한 처녀는 젊었을 때 일을 해야 합니다. 그렇지 않으면 어름어름하는 사이에 이것도 저것도 안 될 거예요. 더구나 저 역시 이 마음속에는 삶의 즐거움이 있으니까요. 그렇지요, 마님?

알빙 부인 암, 그렇고말고. 하지만 부디 함부로 살지 말고 몸조심해야 한다.

레지네 글쎄요. 어떻게 될는지요? 될 대로 되겠지요. 오스왈드가 아버지를 닮은 것처럼, 저도 어머니를 닮게 되겠지요. 그런데 한 가지 여쭈어 보고 싶은 게 있는데요. 목사님도 제 이야기를 알고 계시나요?

알빙 부인 그분은 모든 걸 다 알고 계시단다.

레지네 (숄을 만지작거린다) 그래요? 그럼 전 이번 배를 타고 조금이라도 빨리 떠날 수 있도록 서둘러야겠어요. 목사님하고 같이 가는 편이 편할 테니까요. 그리고 저도 그 돈에 대해서는 그 가련한 목수만큼은 권리가 있다고 생각하거든요.

알빙 부인 그건 그렇지, 레지네. 그 돈은 네게 주어야지.

레지네 (부인을 바라본다) 마님께서는 저를 애당초 점잖은 집안의 아이처럼 키워 주실 수도 있었을 겁니다. 그렇게 하시는 것이 저에겐 어울렸을 거예요. (목을 뒤로 젖힌다) 아, 주책없는 소리, 아무래도 좋습니다. (불쾌하다는 듯이 곁눈질로 마개가 닫힌 샴페인 병을 본다) 저도 언젠가는 귀하신 분들과 샴페인을 마시게 될는지도 모르니까요.

알빙 부인 그럼, 잘 가거라. 그리고 필요할 때는 언제든지 나를 찾아오도록 해라.

레지네 네, 고맙습니다. 하지만 전 다시는 오지 않을 거예요. 만델스 목사님이 저를 받아주시겠지요. 그게 안 되더라도 몇 군데 더 갈 만한 데는 있습니다.

알빙 부인 어디냐, 그게?

레지네 시종무관 알빙 기념 숙소.

알빙 부인 레지네야, 알겠다. 너는 아주 타락할 작정이구나.

레지네　글쎄요. 좋으실 대로 생각하십시오. 안녕히 계세요. (인사를 하고 현관으로 나간다)

오스왈드　(창가에 서서 바깥을 본다) 가 버렸나요?

알빙 부인　그래.

오스왈드　(입속으로 혼잣말로) 바보 같은 아이군.

알빙 부인　(아들의 뒤로 가서 어깨에 두 손을 얹는다) 오스왈드, 마음이 몹시 상한 것 같구나. 그렇지 않니?

오스왈드　(뒤돌아본다) 아버지에 대한 이야기 말입니까?

알빙 부인　그래. 너의 불행한 아버지 이야기가 혹시 네게 너무 큰 충격을 주지나 않았을까 걱정이 되는구나, 얘야.

오스왈드　천만에요. 왜 그런 걱정을 하세요? 물론 몹시 놀라긴 했지만 어쨌든 나와는 관계없는 일이니까요.

알빙 부인　(두 손을 내려놓는다) 관계없는 일이라고? 그럼 네 아버지가 그토록 불행했었다는데도 넌 아무렇지도 않단 말이냐?

오스왈드　물론 저도 남들이 하는 만큼의 동정은 가지요.

알빙 부인　그것뿐이냐, 그래? 네 아버지인데도?

오스왈드　(짜증스러운 듯이) 글쎄 아버지, 아버지 하시지만 저는 아버지라는 분을 전혀 모르니까요. 다만 기억하고 있는 건 담배를 피우게 해서 기분이 나빠지게 했다는 것뿐입니다.

알빙 부인　그럴 수가 있을까? 설사 그런 일이 있었다 하더라도 아버지에 대한 애정은 있어야 할 게 아니냐.

오스왈드　아들이 아버지에게 감사할 게 아무 것도 없는데 말이에요? 그 사람에 대해서 아는 게 전혀 없어도 말입니까? 그토록 사물에 대한 분별이 확실한 어머니께서도 역시 낡은 미신 같은 생각을 가지고 계시는군요.

알빙 부인 하지만 그게 어디 단순한 미신일 뿐이겠니?

오스왈드 그래요. 그렇게밖에 생각할 수 없잖아요. 그것도 역시 옛날부터 내려온 사고방식에 불과하지 않습니까?

알빙 부인 (놀라며) 그래, 유령이란 말이겠지?

오스왈드 (방안을 걷는다) 그래요. 그건 유령이라고 해도 좋습니다.

알빙 부인 (감정이 극도에 달하여) 그럼, 오스왈드, 넌 나도 사랑하지 않는단 말이냐?

오스왈드 어머니는 적어도 제가 알고 있는 사람이니까요.

알빙 부인 아니, 알고 있는 사람? 겨우 그뿐이란 말이냐?

오스왈드 그리고 어머니가 얼마나 절 사랑해 주시는지도 알고 있으니까요. 그것만큼은 저도 감사하게 생각하고 있어요. 게다가 이렇게 병에 걸리고 보니 어머닌 저를 위해선 없어서는 안 될 소중한 존재세요.

알빙 부인 아아, 그렇겠지, 오스왈드! 네가 그 덕분에 집으로 돌아와 줬으니 나를 위해선 네가 병에 걸린 게 다행인 셈이구나. 그건 나도 알고 있었단다. 난 여태껏 너를 내 것으로 만들지 못했었어. 이제부터라도 애를 써서 너를 내 것으로 만들어야겠구나.

오스왈드 (귀찮다는 듯이) 네, 네, 그런 건 모두 말뿐이에요. 어쨌든 제가 환자라는 걸 잊지 말아 주십시오. 다른 사람의 일까지 걱정할 수는 없으니까요. 그저 제 한 몸만 걱정하기도 괴로우니까요.

알빙 부인 (작은 목소리로) 난 괜찮아. 조용히 하면서 참고 있을 테니까.

오스왈드 그리고 더욱 쾌활하게 말이에요, 어머니!

알빙 부인 암, 그렇고말고. 네 말대로 하마! (아들 곁으로 간다) 그러니 이젠 너도 양심의 가책이라든가 후회 따위로 네 자신을 괴롭히는 일은 하지 마라!

오스왈드 알았어요. 하지만 누가 이 공포를 없애 줄까요?

알빙 부인 공포라니?

오스왈드 (방안을 거닌다) 레지네라면 그렇게 해주었을지도 모르죠.

알빙 부인 무슨 말인지 모르겠구나. 공포는 뭐고, 레지네는 또 어쨌다는 거냐?

오스왈드 이제 밤이 몹시 깊어졌지요?

알빙 부인 곧 아침이 올 거다. (온실 안을 들여다본다) 벌써 저쪽 산마루가 밝아 오는구나. 그리고 오늘은 틀림없이 날씨가 좋을 거야. 이제 곧 네가 그토록 보고 싶어하던 태양이 떠오를 게다.

오스왈드 그거 참 반가운 일이군요. 아아, 그러고 보니 아직도 저를 즐겁게 해주고 살고 싶은 생각을 갖게 해주는 게 얼마든지 있군요.

알빙 부인 암, 그렇고말고.

오스왈드 일은 할 수 없어도 말입니다.

알빙 부인 아니다. 얘야, 이제 곧 일도 할 수 있게 될 게다. 이제 예전처럼 머리를 짓누르는 우울한 생각에 괴로워하는 일은 없을 테니까.

오스왈드 네. 어머니가 제 마음속에서 그런 생각을 없애 주시는 건 고마워요. 이제 나머지 하나만 깨끗하게 극복해 버리면 되겠는데……. (소파 위에 앉는다) 어쨌든 여기서 실컷 잡담이나 할까요?

알빙 부인 오냐, 그러자꾸나. (소파 옆에 안락의자를 밀어붙이고 아들과 달라붙듯이 앉는다)

오스왈드 그러는 동안에 해가 떠오르겠죠? 그러면 어머니도 알게 되실 겁니다. 그때면 제가 느끼는 이 공포도 없어질 테니까요.

알빙 부인 그게 무슨 말이냐? 내가 뭘 알게 된다고?

오스왈드 (어머니 말에는 개의치 않고) 어머니, 어머니가 어제 저녁 말씀하신 것처럼 제가 부탁하는 거라면 뭐든지 들어주시겠어요?

알빙 부인 그야 물론이지, 해주고말고.

오스왈드 그럼 지금도, 그리고 앞으로도 계속 그렇게 해주시겠습니까?

알빙 부인 나를 믿어라, 얘야. 단 하나뿐인 아들의 소원인데……. 오직 너만 믿고 사는 내가 아니냐?

오스왈드 네, 그럼 말씀드리겠습니다. 어머니, 어머니는 마음이 강하고 굳센 분이라고 믿고 있어요. 그러니 제 이야길 들으셔도 놀라지 마시고 침착하셔야 합니다.

알빙 부인 아니 무슨 일인데 그러니?

오스왈드 조용히 들으셔야 합니다. 소리를 지르셔도 안 돼요. 아시겠습니까? 꼭 그렇게 하시겠다고 약속해 주세요. 우린 침착하게 얘기를 나눠야 합니다. 꼭 그렇게 하셔야 해요. 약속하실 수 있으시죠, 어머니?

알빙 부인 암, 그렇게 하고말고. 꼭 약속할 테니 어서 이야기나 해보렴.

오스왈드 네, 그럼 말씀드리겠어요. 제가 몸이 피곤하다든지, 무슨 일을 할 수 없다든지 하는 이 모든 것이 병은 아닙니다.

알빙 부인 아니, 그럼 무슨 병이란 말이냐?

오스왈드 아무래도 제가 유전으로 물려받은 병은…… (이마를 짚으며 매우 낮은 목소리로) 여기에 있는 것 같아요.

알빙 부인 (거의 아무 말 하지 못할 것 같은 표정으로) 아니다, 오스왈드, 아니야!

오스왈드 어머니, 소리 지르지 마세요. 저는 참을 수가 없어요. 그래요 그건 이 속에 숨어 있는 겁니다. 그리고 그게 언제 뛰쳐나올지는 아무도 몰라요.

알빙 부인 아니, 그렇게 무서운 일이?

오스왈드 자, 아무튼 진정하세요. 제 병은 그거예요.

알빙 부인 그럴 리가 없어. 오스왈드, 어째서 그런 일이? 절대로 그럴 리 없어.

오스왈드 아니에요. 파리에서 한 번 발작이 일어났었어요. 그땐 금방 멎었어요. 하지만 그때 제 상태가 어땠었다는 걸 나중에 알고 저는 공포에 떨었어요. 정말 견딜 수 없는 공포를 느꼈지요. 그래서 부랴부랴 짐을 챙겨서 집으로 돌아온 겁니다.

알빙 부인 그럼, 공포라는 게 그것이란 말이지?

오스왈드 네, 정말 그건 뭐라고 말할 수 없을 만큼 기분 나쁜 일이에요. 차라리 죽을병일 망정 흔한 병이었으면 좋겠어요. 왜냐하면 죽는다는 건 그다지 두렵지 않기 때문입니다. 그야 물론 저도 되도록 오래 살고 싶기는 하지만요.

알빙 부인 그럼, 그럼. 조금이라도 더 오래 살아야지. 그래, 네 심정을 알겠구나.

오스왈드 그러나 이건 정말 소름 끼치도록 기분 나쁜 일이에요. 분명히 그건 다시 어린애가 되는 겁니다. 밥을 먹여 주고 일일이 시중을 들어 주어야 하니까요. 오오, 말로 다 할 수가 없어요.

알빙 부인 하지만 어린애한테는 엄마가 있으니 걱정 없잖니?

오스왈드 (벌떡 일어서며) 아니에요. 저는 그건 절대로 싫어요. 글쎄, 생각해 보세요. 앞으로 몇 년일지 모르는 시간을 그렇게 살아야 하고, 또 산다고 해도 사람 구실도 못한 채 나이만 들어 백발이 된다는 걸, 또 그러는 사이에 어머니가 저보다 먼저 돌아가실지도 모르는 일이고요. (어머니가 앉아 있던 의자에 앉는다) 의사가 그러더군요. 발작이 일어난다고 해서 곧 죽지는 않는다고요. 뇌연화증(腦軟化症)이라고 하더군요. (우울하게 미소짓는다) 아주 아름다운 병명이지요? 저는 그 뒤로 병명을 생각할 때마다 앵두처럼 빨간 비단 커튼 같은 아름답고 부드러운 걸 연상하게 되었어요.

알빙 부인 (큰소리로) 오스왈드!

오스왈드 (다시 벌떡 일어서서 방안을 왔다갔다한다) 그런데 어머니는 레지네를 보내 버리고 마셨어요. 그 아이를 보내지 말고 붙들어 두는 게 좋았을 것을. 레지네라면 제 시중을 들어줄 겁니다.

알빙 부인 (곁으로 다가간다) 아니, 그게 무슨 소리니? 이 세상에 너를 위해서 내가 시중 들어 주지 못할 일이 어디 있겠니?

오스왈드 사실은 제가 파리에서 발작이 일어났을 때 의사가 말했어요. 다시 한번 발작이 일어난다면 그땐 가망이 없다구요.

알빙 부인 아니 의사가 그런 소리를 하다니……. 인정머리도 없는 사람이구나!

오스왈드 제가 의사에게 그것을 부탁했던 거예요. 저는 나중에 이 고비를 어떻게든 넘겨야 되겠다고 말이에요. (재미있다는 듯이 웃는다) 그래서 실제로 나중을 위한 준비도 했고요. (주머니에서 조그만 상자를 꺼낸다) 어머니, 여기 좀 보세요.

알빙 부인 그게 뭐냐?

오스왈드 아편 가루예요.

알빙 부인 (놀라서 쳐다본다) 아니, 오스왈드!

오스왈드 저는 이걸 열두 봉지나 모았답니다.

알빙 부인 (손을 뻗어 빼앗으려 한다) 그걸 이리 다오, 오스왈드.

오스왈드 아직 안 돼요, 어머니. 드릴 수 없습니다. (상자를 다시 주머니 속에 집어넣는다)

알빙 부인 이런 걸 보고 난 도저히 살아갈 수가 없구나.

오스왈드 어머니, 참아 주세요. 레지네가 여기 있기만 해도 저는 이런 사정 얘기를 그 애한테 했을 겁니다. 제 마지막 시중을 들어 달라고 부탁했을 텐데……. 그 애라면 틀림없이 저를 도와주었을 거예요. 분명히!

알빙 부인 그건 안 될 말이다!

오스왈드 저에게 또다시 발작이 일어나 마치 어린애처럼 제 앞을 못 가리게 된다면, 이젠 도저히 틀려 버려서 구해 낼 도리가 없게 된다면…….

알빙 부인 레지네라도 그런 시중은 절대로 들지 못할 거다.

오스왈드 레지네라면 할 거예요. 하지만 레지네는 몹시 경박한 여자라 나 같은 환자의 시중을 드는 일에 곧 싫증이 나 버릴 겁니다.

알빙 부인 그렇다면 레지네가 없는 것이 얼마나 다행한 일이냐?

오스왈드 그래요. 하지만 그렇게 되면 싫든 좋든 그걸 어머니가 하셔야 돼요.

알빙 부인 (커다란 소리로 외친다) 내가 말이냐?

오스왈드 어머니가 제일 가까운 사이 아닙니까?

알빙 부인 내가 말이냐? 네 어미가?

오스왈드 어머니니까 더욱 그래야지요.

알빙 부인 내가 말이냐? 너를 낳은 내가?

오스왈드 저는 어머니보고 저를 낳아 달라고 부탁하지 않았어요. 게다가 어머니는 저에게 이런 삶을 부여해 주셨어요. 저는 그것을 바라지 않았는데도……. 어머니에게 다시 돌려 드리고 싶어요. (얼굴 모습이 달라진다)

알빙 부인 누가 좀 와 줘요. 누구 없어요? (현관으로 달려나간다)

오스왈드 (뒤를 쫓아가며) 가지 마세요. 제 곁을 떠나지 마세요. 어딜 가시려는 거예요.

알빙 부인 (현관에서) 의사 선생님을 불러올게! 제발 가게 해다오.

오스왈드 (역시 현관에서) 어머니, 아무 데도 가시면 안 돼요. 누구도 여기 들어오게 하지 마세요. (열쇠를 돌린다)

알빙 부인 (다시 들어온다) 오스왈드, 오스왈드, 어쩌면 좋으냐?

오스왈드 (뒤따라온다) 어머닌 어머니로서 저에게 애정을 가지고 계시죠? 그런데 제가 이렇게 말할 수 없는 고통 속에 빠져 있는데도 가만히 보고만 계시겠어요?

알빙 부인 (한참 있다가 마음을 가라앉히고) 그럼, 내게 맡겨라.

오스왈드 어머니가 해주시겠어요?

알빙 부인 부득이한 경우라면 그렇게 하마. 하지만 그렇게 되지는 않을 거야. 절대로 그런 일은 있을 수 없어!

오스왈드 그렇지 않기를 바라는 건 어머니 마음이에요. 그래서 살 수 있는 데까진 그렇게 생각하고 살아가겠어요. 고마워요, 어머니! (그는 어머니가 옆으로 밀어 준 안락의자에 앉는다. 날이 밝는다. 램프에는 아직도 불이 켜져 있다)

알빙 부인 (조심스럽게 그의 곁으로 간다) 얘야, 이제 좀 마음이 가라앉았니?

오스왈드 네.

알빙 부인 (아들 위로 몸을 굽히며) 오스왈드, 그건 네가 공연히 해보는 무서운 공상일 뿐이야. 모두가 상상이란 말이다. 너는 마음의 상처가 너무 많아 그걸 감당하지 못하게 된 거야. 그렇지만 이제는 마음 놓고 푹 쉬렴. 그리고 집안에서 이 어미 곁에만 있거라. 네가 바라는 것이라면 어떤 것이라도 들어줄 테니까. 네가 어렸을 적 어미 팔에 안겨 있던 때처럼 말이다. 자, 봐라, 발작은 이미 가볍게 지나갔어. 내가 뭐라든? 난 벌써 다 알고 있었단다. 게다가 오스왈드, 날씨가 얼마나 좋으냐? 반짝이는 햇빛! 이제야 겨우 네가 태어난 나라가 얼마나 아름다운지 볼 수 있겠구나.

알빙 부인이 테이블 옆으로 가서 램프의 불을 끈다. 해가 솟는다. 후경의 빙하와 산꼭대기가 환한 아침 햇살에 빛나고 있다.

오스왈드 (안락의자에 앉아 등을 돌린 채 꼼짝도 하지 않는다. 갑자기 그가 말한다) 어머니, 저에게 저 태양을 주십시오.

알빙 부인 (테이블 옆에 서서 놀란 표정으로 아들을 주시한다) 얘야, 뭘 달라고?

오스왈드 (둔하고 억양 없는 목소리로 되풀이한다) 태양, 태양을!

알빙 부인 (옆으로 달려간다) 오스왈드! 얘야, 왜 그러니?

오스왈드의 몸이 의자 위에서 점점 구부러진다. 근육이 모두 축 늘어져 힘이 없다. 얼굴은 표정을 잃어버렸고, 눈동자는 움직이지 않은 채 멍하니 허공 쪽을 응시한다.

알빙 부인 (두려워 벌벌 떨면서) 왜 그러니? (큰소리로 부른다) 오스왈드, 너 왜 그러니? (아들 곁으로 가서 몸을 흔든다) 오스왈드, 오스왈드, 나를 좀 봐라. 날 알아보겠니?

오스왈드 (여전히 억양 없는 목소리로) 태양을, 태양을!

알빙 부인 (절망적인 모습으로 벌떡 일어서서 두 손으로 머리카락을 쥐어뜯으며 외친다) 못 보겠어. 정말 볼 수가 없어. (정신 나간 사람처럼 중얼거린다) 도저히 더 이상 볼 수가 없어……. (갑자기) 그래, 그게 어디 있더라? (재빠른 동작으로 아들의 가슴에서 무얼 찾는다) 안 된다, 안 돼! 그럴 순 없어. 하지만…… 아니야, 아니야, 안 돼. (몇 발자국 그에게서 떨어져 서서 두 손으로 머리카락을 움켜쥐고 잔뜩 겁에 질린 표정으로 그를 지켜보고 있다)

오스왈드 (여전히 움직이지 않고) 태양을…… 태양을!

작가와 작품 해설

헨릭 입센의 생애와 작품 세계

노르웨이 출신의 극작가 헨릭 입센(Henrik Ibsen)은 『인형의 집』으로 전세계의 이목을 집중시키며 명실상부한 근대극의 일인자가 되었다. 상인 집안에서 태어난 그는 부유한 어린 시절을 보냈으나, 8세 때 아버지가 파산하는 바람에 15세까지 약방의 도제로 일해야 했다.

독학으로 대학 입학을 준비함과 동시에 신문에 풍자적인 만화와 시를 기고하기도 했던 그는, 1848년에 로마 시대의 혁명가를 주인공으로 한 희곡 『카틸리나』를 출간하기도 했으나 그다지 주목을 받지는 못했다. 그러다가 1850년 『전사의 무덤』이라는 희곡이 극장의 단막물로 채택된 후로는 대학 진학을 포기하고 아예 작가의 길로 나서게 되었다.

1851년 가을에는 베르겐의 국민 극장에서 전속 작가 겸 무대감독으로 일했는데, 이때 무대 기교를 연구한 것이 훗날 극작가로 대성하는

밑거름이 되어 주기도 했다. 이 시기의 작품으로는 『에스트로트의 잉겔 부인』(1855), 『솔하우그의 향연』(1856), 『헤르게트란의 전사』(1857) 등이 있다.

1857년에는 새로 생긴 노르웨이 극장의 지배인으로 일하기도 했으나, 경영난으로 인해 5년 만에 폐쇄되는 아픔을 겪기도 했다. 이때 최초의 현대극 『사랑의 희극』(1866)과 『왕위를 노리는 자』를 발표하기도 했지만 역시 인정을 받지는 못했다.

이때부터 고국을 등지고 독일을 거쳐 이탈리아로 가서 그리스 · 로마의 고미술을 접하게 된 그는, 이상을 찾아 헌신하다 쓰러지는 목사 브랑을 주인공으로 한 대작 『브랑』(1866)을 발표하여 명성을 얻기 시작했다.

연달아 파우스트 풍의 편력극인 『페르 귄트』(1867)와 10년의 세월이 걸린 세계사극 『황제와 갈릴레아 사람』(1873) 등을 발표하며 그의 사상적 입장을 확고히 했다.

이어 그는 사회의 허위와 부정을 파헤치는 사회극을 쓰기 시작했는데, 이때 발표한 것이 『사회의 기둥』(1877)과 『인형의 집』(1879)이다.

코펜하겐 왕립 극장에서 초연된 『인형의 집』은 기존의 여성상을 부정하고 '아내이며 어머니이기 이전에 한 사람의 인간으로서 살겠다'는 새로운 유형의 여인을 만들어 냄으로써 전세계의 화제를 집중시켰으며, 근대 사상과 여성 해방 운동에까지 깊은 영향을 끼쳤다.

입센이 50대에 들어서 발표한 『인형의 집』은 오늘날 근대 연극사에 있어서 하나의 획을 그은 작품이다. 사실주의 작가인 입센은 그 구성과 표현에 있어 새로운 이상을 시도했으며 엄청난 성공을 거두었다.

『인형의 집』은 발표되면서부터 굉장한 반향을 불러일으켰다. 왜냐하면 당시의 가치관을 전복시키고 여성도 하나의 독립된 인격체로서 인정해야 한다는 주장을 했기 때문이다. 이에 여성 해방론자들은 그에게 박수 갈채를 보냈지만, 대부분의 가부장제를 옹호하는 보수적 성향의 사람들은 결혼과 가정의 신성함을 파괴하는 작품이라며 입센에게 격렬한 비난을 퍼부었다. 새로운 흐름을 주도하는 모든 작품들이 그렇듯이 이 작품도 그 당시의 사회적 관념으로서는 용납되지 않았던 것이다. 따라서 이 작품은 여러 나라에서 상연이 금지되거나, 상연되더라도 결말 부분이 수정되어 상연되는 해프닝을 겪기도 했다. 또한 사교계에서도 그의 작품에 관한 언급을 금기시했다.

이 작품은 여성의 자유와 사회적 인간으로서의 독립을 주요 내용으로 하고 있지만, 그보다는 사회와 개인의 갈등이라는 넓은 의미로 해석할 필요가 있다. 입센은 이 극을 통해 시대의 사상이 한 인간 속에서 어떻게 극적으로 작용하는지를 긴밀한 구성력과 생동감 있는 인물을 등장시켜 보여주고 있기 때문이다.

따라서 노라가 자신의 삶을 인형 같은 여자요, 아내의 삶이었다고 판단하고 하나의 인간으로 살고 싶다며 집을 뛰쳐나가는 것은 확실히 여성의 독립 선언이라고 할 수 있지만, 그렇다고 단순히 이 작품을 여성 해방 운동의 입장에서만 보아서는 안 된다. 어찌 보면 여성 해방을 운운하는 것은 후세의 해석일지 모른다. 작품 속에 들어 있는 인간의 삶에 대한 진지한 모색 없이 단순히 여성 해방 운동의 입장에서만 이 작품을 해석하면 곤란하다. 입센은 인생의 허위를 파헤쳐 철저하게 진실을 희구했던 작가이기 때문이다.

작품 『인형의 집』 줄거리 및 해설

엄마로서, 아내로서 행복한 삶을 살고 있는 주인공 노라는 밝고 명랑하며 후덕한 여자이다. 새해에 은행장으로 취임할 예정인 남편 헬메르는 아내를 '내 다람쥐' 혹은 '내 종달새'라고 부르며 사랑스런 어린애 취급을 한다.

여기에 악덕 고리대금업자 크로그스타가 등장하면서 극은 급류를 타게 된다. 신혼 시절, 중병을 앓던 남편을 요양 보내기 위해 돈이 필요했던 노라는 아버지의 서명을 위조해 급전을 쓴 적이 있다. 이 사실을 모르는 남편은 행장 취임을 계기로 은행에 근무하고 있던 크로그스타를 해임하려 한다. 이를 눈치 챈 크로그스타는 자신의 유임을 노라에게 청탁한다. 그리고 만약 이를 들어주지 않을 시에는 위조 서명을 폭로하겠다며 노라를 협박한다.

이 사실을 알게 된 남편은 아내에게 배신당했다며 노라에게 부도덕하다는 등 욕을 퍼붓고 형식상의 부부 관계를 유지하되 어머니와 아내로서의 모든 자격을 박탈하겠다고 한다. 이에 노라는 억울해 한다. 비록 자신이 저지른 행위가 불법일는지는 몰라도 남편의 생명을 구하기 위해서는 어쩔 수 없었던 일이었기 때문이다.

크로그스타가 서류 변조 사실을 폭로하겠다는 협박성 편지를 보내오자, 노라는 이 편지를 남편이 못 보게 하려고 전전긍긍한다. 노라는 자신의 이러한 난처함을 친구인 크리스티네에게 털어놓는다. 크로그스타와 한때 연인 사이였던 크리스티네는 크로그스타를 만나 노라의 가정을 지켜 달라며 하소연한다. 더불어 이제라도 같이 살자고 설득한다.

이에 삶의 의욕을 되찾은 크로그스타는 먼젓번의 의도를 포기하겠노라는 두 번째 편지를 써서 우편함에 떨어뜨리고 간다. 이 두 번째 편지와 함께 동봉된 차용증을 본 남편은 이제 살았다며 기뻐한다.

사건이 해결되고 남편이 다시 결합을 원했을 때 노라는 이를 거절하고 집을 나온다. 어려서는 아버지의 인형이었고, 결혼해서는 남편의 인형으로 사는 삶을 노라는 단호하게 거부한 것이다. 이는 현실과 타협하지 않고 자신의 정체성을 찾기 위한 노라의 선택이었다.

작가 연보

1828년 3월20일에 노르웨이 텔레마르크 주(州) 시엔에서 부유한 상인 집안의 아들로 출생.

1836년(8세) 8세 때 집이 파산하여 15세까지 약방의 도제(徒弟)로 일을 함.

1848년(20세) 희곡 『카틸리나』를 발표했으나 별로 주목받지 못함.

1850년(22세) 단막물 『전사의 무덤』이 극장에서 상연됨. 이후 작가의 길로 나섬.

1851년(23세) 음악가 O.B.불이 베르겐에서 개관한 국민 극장의 전속 작가 겸 무대감독으로 일하게 됨.

1857년(29세) 『헤르게트란의 전사』를 발표. 노르웨이 극장의 지배인이 됨.

1866년(38세) 현대극 『사랑의 희극』과 『왕위를 노리는 자』를 발표. 이후 『브랑』을 발표하여 명성을 얻음.

1867년(39세) 『페르 귄트』 발표.

1873년(45세) 세계사극 『황제와 갈릴레아 사람』을 발표하여 그의 사상적 입장을 확고하게 굳힘.

1879년(51세) 『인형의 집』을 발표하여 세계적 명성을 얻음.

1881년(53세) 『유령』 발표.

1890년(62세) 고국으로 귀국. 『건축사 솔네스』 발표.

1898년(70세)	『우리들 죽은 사람이 눈뜰 때』 발표.
1906년(78세)	5월 23일 세상을 떠남.